SŒUR EMMANUELLE, SECRETS DE VIE

Pierre Lunel est professeur de droit romain à la faculté de Paris. Il a publié une dizaine de romans et biographies dont : *L'Insurgé de Dieu*, consacré à l'abbé Pierre, *Bob Denard, le roi de fortune*, et *Un bébé, s'il vous plaît ! Démons et merveilles de la procréation assistée*, en 2003.

Paru dans Le Livre de Poche :

L'Abbé Pierre, l'insurgé de Dieu

Quarante ans d'amour

PIERRE LUNEL

Sœur Emmanuelle, secrets de vie

EDITIONS ANNE CARRIÈRE

PROLOGUE

A son habitude, sœur Emmanuelle a cent choses à faire. Elle me reçoit entre deux portes, dans le petit salon de l'hôtel que dirige sa cousine, qui met une chambre à sa disposition lors de ses passages à Paris. Depuis nos rencontres au Caire, il y a près de dix ans, quand je préparais un livre sur sa vie chez les chiffonniers, elle n'a pas changé. Derrière les larges lunettes, les yeux sont toujours du même bleu intense que l'âge n'a pas délavé. C'est à croire que le temps n'a pas de prise sur cette femme à l'inépuisable énergie. Le foulard gris autour de la tête, la chemisette blanche style T-shirt, la blouse grise avec deux grosses poches, les tennis à bout de souffle et le fourre-tout en plastique composent toujours la même image. Seule innovation : elle porte au doigt la bague d'un tissage coloré que lui a offerte l'évêque du Soudan.

— Ainsi, me dit-elle, tu veux écrire à nouveau sur moi ! Tu ne m'avais donc pas suffisamment harcelée de questions en Egypte ? Qu'est-ce que tu as en tête exactement ?

— Je voudrais raconter votre troisième vie, ma sœur.

— Quelle troisième vie ? A ma connaissance, je n'en ai qu'une.

— Il y a eu l'enseignante de Turquie et d'Egypte, la religieuse des bidonvilles du Caire, et maintenant, il y a votre existence au sein de votre communauté du Midi de la France et vos diverses activités, notamment auprès des SDF de Fréjus. Cela fait bien trois vies. J'ai fait le récit des deux premières. Vous me permettrez bien de le compléter.

— Et à quoi ce livre pourrait-il servir ?

— Il sera utile. Pas à vous, bien sûr, qui n'en avez rien à faire, mais aux enfants dont vous vous occupez et aux gens de votre association. Je les ai rencontrés et, si vous êtes d'accord, ils le sont aussi. Ils pensent que ce sera utile aux soixante mille enfants dont ils s'occupent.

Je sais par expérience que l'argument portera. « Utile » est, avec « efficace » et « pratique », l'un de ses adjectifs préférés.

— Si l'Association pense que cela peut servir à quelque chose, on peut toujours essayer, dit-elle prudemment. Mais j'espère qu'il ne s'agit pas d'un portrait. Seul Dieu connaît le fond des êtres !

La première fois, en 1992, j'avais eu le malheur de prononcer ce mot de « portrait », et elle ne l'a pas oublié. Je comprends qu'elle soit un peu lasse de se voir peinte, dans d'innombrables articles de journaux, sous des couleurs qui ne varient guère.

— Ce ne sera pas un portrait, ma sœur.

— Tant mieux. Je retourne bientôt à Callian. Tu n'auras qu'à m'accompagner. Là-bas, tu feras la connaissance de mes sœurs. C'est ma famille, tu verras. Elles sont si gentilles !

I

UN PARIS-NICE MOUVEMENTÉ

Dans le taxi qui nous conduit à Orly, le chauffeur lui raconte sa vie, ses enfants, ses problèmes les plus intimes. Au bout de quelques minutes, on les croirait de vieux amis.

Après avoir réglé la course, je demande à sœur Emmanuelle :

— Comment faites-vous pour que les gens vous prennent comme confidente ? Bien sûr, il vous a reconnue, mais cela ne suffit pas.

— J'aime parler aux gens. L'autre jour, j'entre dans une boutique avec sœur Marthe. Pendant qu'on répare mes lunettes, la vendeuse se met à me raconter des choses qu'elle ne dit sûrement pas facilement sur sa vie. En sortant, Marthe, qui est très réservée, était effarée. Je lui ai dit : « Que veux-tu, ça lui faisait plaisir d'ouvrir son cœur et elle l'a ouvert. » Pour le chauffeur, c'était pareil. Les gens n'attendent qu'une chose : qu'on les écoute.

Dans l'ascenseur de l'aérogare, nous croisons un homme qui lui sourit.

— Ah, que c'est agréable quelqu'un qui sourit à Paris ! s'exclame-t-elle en empoignant le chariot à bagages pour soulager un peu sa hanche douloureuse.

Nous n'avons pas de chance. La formule redoutable descend des haut-parleurs. «En raison d'une grève des personnels», le vol sur Nice est retardé de deux heures. Nous nous installons côte à côte. Ce n'est plus avec la sœur Emmanuelle de jadis que je voyage, mais avec une célébrité. Les gens s'arrêtent devant elle, lui demandent la permission de l'embrasser, la touchent subrepticement comme s'ils voulaient s'emparer d'un peu de son aura de sainteté. C'est tout juste si on ne lui demande pas des autographes. Une amie m'a raconté qu'un jour, voyageant en compagnie d'Emmanuelle, elle s'était arrêtée dans une halte d'autoroute. Là, elle a vu avec stupeur une file de dames se former devant la toilette que la sœur venait d'utiliser alors que les autres restaient vides! Même à ce modeste niveau, on voulait participer à la sainteté! L'histoire m'avait semblé une galéjade. Je commence à la trouver vraisemblable.

Alors que nous nous installons dans les fauteuils de la salle d'attente, une dame souverainement élégante dans son manteau haute couture s'approche et se présente. C'est la princesse Alyette de Ligne. Emmanuelle la tutoie – c'est un principe chez elle – et, un peu étonné, je l'avoue, je l'entends avec stupeur lui demander au bout de quelques minutes: «Avec ton mari, ça va bien?» Cela va très bien car le couple a la même vocation de bienfaisance. La princesse arrive d'Inde où elle s'occupe de l'enfance malheureuse. Le prince équipe un avion-hôpital pour secourir les populations dépourvues d'infrastructures sanitaires.

— Je suis en train d'écrire un livre sur les femmes et il faut absolument qu'on en parle. Viens me voir un de ces jours. Et bravo pour l'exemple que vous donnez tous les deux! Vous avez une responsabilité particulière, vous autres, les grands de ce monde.

Tandis que la princesse s'éloigne, elle s'aperçoit que je souris en tapinois.

— Qu'est-ce qui t'amuse?

— C'est votre expression «grands de ce monde». Ça ne se dit plus. D'ailleurs, Dieu seul est grand, ma sœur, comme nous disions au Caire, *Allah akbar*!

— Certes, mais cette dame est une princesse. Ces gens-là qui pourraient ne s'occuper que de leurs palais, de leurs visons, se dévouent à des causes nobles. C'est comme la reine Fabiola. Un jour, je l'ai vue se faire agresser par une femme qui lui disait: «Vous ne pouvez pas nous comprendre. Moi, mon mari est en prison.» Elle lui a répondu avec douceur: «Vous avez raison, madame, je suis trop privilégiée, mais voyez-vous, j'essaie de vous comprendre tout de même.»

Le haut-parleur nous interrompt. Apparemment, tout est prêt, on nous annonce cependant deux nouvelles heures d'attente. Autour de nous, les voyageurs rouspètent ferme et prennent à partie l'hôtesse d'accueil, qui n'en peut mais. Emmanuelle la défend.

— Allons, du calme, voyons! Regardez-nous, Pierre et moi. On n'est pas pressés, nous autres!

Elle se tourne vers moi et me dit à haute et intelligible voix.

— Cela fait toujours très bien de paraître pressé. On dit qu'on a un rendez-vous très important à Nice, et ça vous classe. En fait, je suis sûre qu'ils vont là-bas pour leur week-end.

— Vous allez arriver à votre couvent à 2 heures du matin.

— Quelle importance? De toute façon, j'ai la clé!

A la cafétéria, cernée de chuchotements et de regards respectueux et curieux, elle me parle d'abondance. Comme les femmes méditerranéennes, elle fait danser ses mains pour souligner ses propos. Souvent, elle part d'un joli rire, attendrissant, comme celui des grand-mères complices. C'est le rire de quelqu'un qui aime la vie et veut en voir les côtés plaisants. Je retrouve avec plaisir ses tics de langage : «c't'évident!» pour marquer l'approbation et «avançons!» pour changer de sujet.

Elle m'interroge sur ma famille. Je lui raconte que mon père, receveur des impôts en Languedoc, exerçait son métier de façon plus humaine que la plupart de ses collègues, en buvant un coup au café avec les contribuables. Soudain, elle me questionne, aussi sérieuse que s'il s'agissait de mon salut éternel.

— Pourquoi est-ce que tu préfères les frites tout juste blondes ?

— Euh, je ne sais pas. Parce que je les aime bien molles, dis-je, désarçonné.

— Moi, je les préfère bien croustillantes.

Est-ce son côté belge ? Je n'ai pas le temps de lui poser la question. Soudain, elle soupire qu'elle aurait tout de même bien aimé mourir au Caire. Puis un vieux couple fait son entrée dans la salle. Ils ont au moins quatre-vingts ans et lui pousse la chaise roulante de sa femme paralysée.

— Comme c'est beau un couple qui a traversé tant d'années ensemble ! s'exclame-t-elle.

— C'était un bonheur à votre portée, ma sœur. Il suffisait de rester dans le siècle.

— Oh moi, je n'aurais jamais pu tenir si longtemps avec un seul homme !

Elle part de son rire de vieille coquine de théâtre.

Le haut-parleur appelle notre vol. Au comptoir d'enregistrement, une hôtesse nous installe gentiment sur deux chaises à ses côtés pour éviter à Emmanuelle de piétiner en attendant qu'on s'occupe de ses bagages. Enfin, nous voici à bord et l'avion décolle. Ce n'est pas trop tôt.

A Nice, je l'installe dans un fauteuil de l'aéroport et je vais chercher nos bagages. A mon retour, je la vois plongée dans le journal qu'elle a reçu à bord. Elle s'essuie les yeux avec son mouchoir.

— Qu'est-ce qui vous arrive, ma sœur ?

Elle s'étrangle presque à force de rire.

— C'est *Le Canard enchaîné*. Ils sont vraiment rigolos, ces gens-là. Tu les connais ?

— J'en connais quelques-uns.

— Un peu iconoclastes, mais il faut ça aussi. Les gens importants se prennent tellement au sérieux dans ce pays. Il y a un article sur le célibat des prêtres qui est désopilant !

Elle reprend son sérieux.

— Je suis toujours contente de retourner chez mes sœurs, me glisse-t-elle. On s'aime beaucoup, tu sais ! Callian, tu vas voir, c'est ma famille.

LA COMMUNAUTÉ DE CALLIAN

Entre le massif de l'Estérel et les Préalpes, le village de Callian domine la plaine, groupé autour de son superbe château féodal qui coiffe un piton rocheux. Ruelles en colimaçon, escaliers fleuris, église au clocher vernissé, grande place offrant une vue superbe, rien ne manque à ce décor pittoresque qui baigne dans l'air transparent et salubre de la Provence.

Au dernier tournant de la départementale, après le panneau qui annonce le village, la maison de retraite Le Pradon se compose d'un bel ensemble de bâtiments anciens rénovés que précède un grand parc arboré. Une modeste chapelle en rez-de-chaussée sépare la maison principale d'un édifice de deux étages où se trouvent les cinquante chambres individuelles des pensionnaires. La maison où vit sœur Emmanuelle est un peu à l'écart, reliée au reste des constructions par un passage couvert.

Je m'installe dans un hôtel-restaurant joliment situé en contrebas du village, non loin du lac de Saint-Cassien. Au Relais du Lac, la patronne connaît déjà la raison de ma présence dans le pays, ce qui me vaut un accueil doublement aimable.

Le lendemain matin, sœur Emmanuelle me fait les honneurs de sa chambre.

— Je suis très bien logée… trop bien !

La pièce est proprette, avenante, mais ne doit pas faire plus de 15 m². L'ameublement se réduit à un petit lit recouvert d'un couvre-lit à fleurs rouge, vert et blanc, un fauteuil de bois marron et une table. Une grande croix de bois porte un Christ en fil de fer de belle facture. Sur un immense calendrier, les rendez-vous du trimestre sont inscrits d'une ferme écriture bleue d'institutrice. A la date du jour, le P et le L de Pierre Lunel sont ornés des jolies volutes du temps jadis. En bonne place, la photographie d'un religieux.

— Qui est-ce ?

— Tu ne le reconnais pas ? C'est le père Christian qui a été tué à Tibérine, en Algérie.

— Vous priez pour lui ?

— Non, c'est lui qui prie pour moi. C'est un martyr. Un jour il sera canonisé.

— Je reconnais la religieuse. C'est sœur Sara.

— C'est bien. Tu n'as pas oublié Le Caire.

Sur une photographie, Emmanuelle remet un document à Jean-Paul II.

— Qu'est-ce que vous donnez au pape ?

— Une supplique, répond-elle en riant.

— Qu'est-ce que cela a de drôle ?

— Je lui demandais de faire en sorte que l'Eglise renonce à son faste et distribue ses biens aux pauvres.

Sur les parois sont punaisées, calligraphiées ou découpées dans une revue ou un journal, diverses maximes et réflexions dont une de belle taille : « *Pourquoi tant de discussions restent-elles vaines ? Parce que ce sont en réalité des guerres en miniature où nous nous défendons pied à pied. Il n'y a ni vainqueur ni vaincu et chacun reste sur sa position. Dans la discussion religieuse, qui engage l'homme, la résistance est d'autant plus forte. Pour voir la Vérité, en effet, il faut vouloir venir à la lumière, il ne faut pas combattre mais se rendre. Il ne faut pas se mettre en position d'argumenter mais en position d'action de grâces. Jésus devant les pharisiens sait bien que la palabre n'aboutira pas et que le signe sera perdu. Ni sa parole ni ses miracles ne peuvent mettre les cœurs en état d'ouverture s'ils ont résolu de rester sur la défensive. Il ne reste plus à Jésus qu'à s'en aller, à se rembarquer. Une fois de plus, il ira vers les pauvres, vers les simples.*» Je reconnais la conviction fondamentale qu'elle ne cesse d'affirmer ; Dieu sensible au cœur plus qu'aux philosophes et aux savants.

Au ciel du lit est suspendu un immense chapelet de moine aux grains luisants de bois d'olivier. Un peu à droite de la fenêtre est affiché le poème à la Vierge de Paul Claudel : «*Ne rien dire, regarder votre visage. Laisser le cœur chanter dans son propre langage*»… Je découvre encore un bristol à l'emblème du Saint-Siège, visiblement une réponse à des vœux ! «*Sœur Emmanuelle, merci, le Saint-Père vous est très reconnaissant de votre prière. Que Dieu vous bénisse et que la Sainte Vierge vous protège.*» Auprès du lit, une pile de numéros de *La Croix*, un numéro spécial sur l'Egypte du *Nouvel Observateur* et des livres. Il y a là *Jésus, le Maître de Nazareth* d'Alexandre Men, pope assassiné en Russie, les *Sainte Claire* et *Saint François* d'Eloi Leclerc, et deux romans policiers d'Agatha Christie. Tiens, tiens ! Emmanuelle la suractive lit donc beaucoup. Sur la table de chevet, quelques médicaments et une fiole d'eau de Cologne.

La porte donne sur une minuscule terrasse dominant la plaine. Jusqu'à l'horizon bleu, la vue est superbe. Sur la terrasse, des pots de fleurs et des plantes visiblement bien soignées..

— C'est sœur Florenzina qui s'en occupe. Moi, je n'ai pas la main verte. Mais il est presque 11 h 30, il faut que j'aille à la messe. Tu vas à la messe, toi ?

Elle me dévisage d'un air sceptique et réprobateur.

— Il faut que je mette mes notes en ordre, dis-je, furieux contre moi-même de me sentir vaguement coupable.

Je ne vais tout de même pas jouer au dévot pour me faire bien voir ! J'ai été informé que l'on m'autorisait à prendre chaque jour le repas de midi à une table différente pour que j'aie l'occasion de rencontrer toute la communauté. Sœur Emmanuelle « tourne » avec moi.

A midi et demi, je prends place à table. La salle à manger est décorée avec goût et toute fleurie, de style provençal. L'âge moyen des pensionnaires doit être supérieur à quatre-vingts ans.

— Comment faites-vous, mes sœurs, pour être aussi joyeuses ?

— On prie, me répond l'une d'elles dont je ne connais pas encore le nom. Ici, on prie beaucoup et la prière, ça rend heureux.

— Il y a aussi la solidarité, ajoute sa voisine. Chacune fait ce qu'elle peut et s'appuie sur les autres. Et puis le climat si agréable nous maintient en forme. Il suffit de voir nos deux pensionnaires qui ont passé cent ans.

— Il y a deux formes de famille, la famille normale et la communauté, mais c'est toujours le même esprit, observe une autre sœur.

— Si j'en juge par ce que je vois, dis-je, la communauté est une famille unie.

— Oh, n'idéalisez pas trop ! Nous avons nos petites bisbilles nous aussi. C'est pourquoi sœur Marthe est si soucieuse d'ouvrir la communauté sur l'extérieur en nous faisant voir des films ou écouter des conférences. Rien ne serait plus mauvais pour nous que rester repliées sur nous-mêmes.

Emmanuelle approuve d'un hochement de tête et ajoute :

— On est comme toutes les familles. On s'envoie parfois de petites piques, mais c'est bien innocent. C'est très gai et on prend la vie du bon côté. Chacune apporte ce qu'elle a de meilleur. Tu sais, on a toutes une grande expérience de la vie. Dans le passé, je me disputais beaucoup, mais maintenant c'est fini.

— Vous vous disputiez à quel propos ?

— Des riens. Mes sœurs sont un peu inquiètes. Elles disent que je me disperse trop.

— Comment vous représentez-vous le monde extérieur ?

Elles se consultent du regard et la sœur aux lunettes tranche.

— Un univers d'aliénation.

— Il ne faut pas s'accrocher désespérément à ce qu'on a connu, il faut savoir accepter le changement, objecte Emmanuelle. De mon temps, tout tournait autour de la paroisse et il n'était pas question pour une jeune fille chrétienne d'aller voir ce qui se passait ailleurs.

— Est-ce que vous éprouvez parfois la nostalgie du monde extérieur ?

Un «Non alors !» général me répond.

Le soir, au Relais du Lac, je dresse un premier bilan. Sœur Emmanuelle se couche très tard, après avoir beaucoup lu, beaucoup travaillé, beaucoup prié, et, par conséquent, elle n'est jamais disponible avant 10 heures. Or elle assiste à la messe de 11 h 30. Les après-midi seront écourtées par sa sieste et les vêpres. Les séances de travail seront donc brèves mais peu importe, l'essentiel est de la suivre partout. Elle prétend aller insuffisamment chez les SDF de Fréjus, pourtant on m'a assuré qu'elle y passe trois jours par semaine. A l'égard de mon livre, en dépit de son ralliement de principe à l'idée, je sens bien qu'elle reste très réticente. Elle a l'impression que je lui fais perdre son temps et qu'à son âge elle n'a plus une minute à gaspiller.

Mon programme est simple. Ne pas la lâcher d'une semelle, la regarder vivre, l'écouter, enquêter sur l'œuvre qu'elle patronne et qui vient en aide à soixante mille enfants de par le monde. Et la convaincre qu'elle ne perd pas avec moi le temps qu'elle destine aux pauvres. Ce sera peut-être le plus malaisé.

PORTRAITS CROISÉS

Ma première visite est pour la supérieure qui a bien voulu me faciliter la tâche. Sœur Marthe a exercé jadis de hautes responsabilités dans la congrégation de Sion. Elle a assisté le père Boulad, directeur de Caritas Egypte, et c'est là-bas que je l'ai rencontrée pour la première fois, il y a quelques années. Cette frêle femme en jupe et polo, qui se déplace avec agilité malgré sa canne, a de petits yeux pétillants d'intelligence. Avant d'entrer en religion, elle était avocate. Pendant la guerre, résistante, elle a été arrêtée par la Gestapo et torturée. Elle n'en parle jamais. Elle est maintenant «à la retraite», expression qui n'a pas grand sens pour elle. Emmanuelle l'aime beaucoup.

Dans son petit bureau sans fenêtre, j'explique à sœur Marthe pourquoi je suis là.

— J'admire profondément et sincèrement sœur Emmanuelle, dis-je, mais je ne voudrais pas donner d'elle l'image d'une sainte de vitrail. Le livre que je veux faire est destiné aux gens qui n'ont pas, comme vous, la chance de la côtoyer. Il doit répondre aux questions qu'ils auraient envie de lui poser. Tout le monde connaît ses qualités, mais je ne vois pas l'intérêt de faire le portrait d'une sainte.

— Rassurez-vous, aucune d'entre nous n'est une sainte. Emmanuelle a au moins un défaut. Elle en fait trop ! Les SDF de Fréjus, l'Association des Amis à Paris, les charismatiques, le Soudan, les écoles, les conférences, les prisonniers… que sais-je encore ? Il y a trop de gens qui la sollicitent. Elle prétend que notre supérieure générale lui a conseillé de continuer à ce rythme jusqu'au bout. Hum, hum !

— Pensiez-vous qu'elle allait sagement cesser toute activité ? Après tout, elle a réalisé son rêve d'aller vers les plus pauvres à soixante-deux ans. En termes de droits à la retraite, elle n'a pas encore le nombre de trimestres requis.

— Tout de même ! Nous pensons que cela devient un peu fou, tout ça. Il m'arrive de lui dire : « Arrête, Emmanuelle, laisse un peu faire les autres. Il faut te recentrer. On te voit trop et on t'entend trop. A la télé, sur la Une, la Deux, la Trois. C'est trop ! Je me demande si ces trains et ces avions qu'elle prend tout le temps pour aller à droite et à gauche sont une si bonne chose. Je pense qu'il vaudrait mieux qu'elle soit plus docile aux suggestions de son association qui tente de la freiner.

— Vous le lui dites ?

Sœur Marthe lève les bras au ciel.

— Quand je réussis à l'attraper ! Elle est toujours par monts et par vaux !

A Callian, on avait sans doute escompté qu'à un âge aussi avancé Emmanuelle consentirait à finir sa vie en oraisons. La vie d'orante n'est-elle pas la plus belle, et la seule vocation véritable d'une religieuse ? D'ailleurs, en changeant d'existence, elle a semblé leur donner raison. Elle s'abîmait en prières dans la chapelle durant des nuits entières. Mais le bidonville où elle avait été si heureuse ne la lâchait qu'en apparence. Elle ne pouvait plus se passer du contact des déshérités et ses sœurs l'ont vue de plus en plus souvent quitter Callian pour remplir la mission à laquelle elle était censée avoir renoncé. Pour vivre, elle a besoin de l'extrême, du bidonville, des sans-logis et des exclus.

— En tant que sa supérieure, quelle attitude adoptez-vous à son égard ?

— Je l'encourage face à certaines oppositions qu'elle rencontre et que vous sentirez sans doute.

— Qu'est-ce qui est particulier à sœur Emmanuelle, à vos yeux ? Qu'est-ce qui la rend irremplaçable ?

Sœur Marthe réfléchit un instant.

— Elle voit tout, même la pire souffrance, à la lumière de l'Espérance. Là, elle apporte quelque chose. C'est cela, son message. Ne pas rester les bras croisés et ne jamais perdre espoir face à la misère des hommes.

La directrice est responsable de l'établissement de soins qui, parallèlement au couvent, accueille des personnes âgées. C'est une femme chaleureuse, au léger accent provençal. Je la fais parler de la communauté.

— Ce sont des religieuses très intéressantes, dit-elle. Beaucoup d'intellectuelles, d'anciens professeurs qui ont eu des vies passionnantes dans le monde entier. Il faut leur faire raconter leurs aventures.

— Et Emmanuelle ?

— Elle ne doit pas vous faire oublier les autres. Bien sûr, il y a cette extraordinaire épopée des chiffonniers. Je regrette un peu qu'elle ne s'intéresse pas davantage à nos pensionnaires ! Elle avait la possibilité de faire beaucoup de bien dans le cadre de notre maison.

— Elle ne leur rend pas visite ?

— Si, bien sûr. Mais parfois un peu vite ! Elle ouvre la porte, lance un sonore « Ça va, ce matin ? », chante

J'irai la voir un jour, et puis, hop ! Elle va vers une autre malade. Ils aimeraient la voir plus longtemps. Mais elle se consacre surtout aux SDF de Fréjus.

— Parce qu'ils sont plus pauvres…

— Et alors ? On ne mesure pas la misère sur l'échelle de Richter comme les tremblements de terre ! Vous croyez peut-être qu'il n'y a pas de détresse chez nous ? Il y en a chez nos vieux et nos malades. Est-ce que les SDF ont vraiment besoin d'elle ? Je veux dire d'elle en particulier ?

Pauvre charmante dame ! Elle espérait que l'arrivée d'une célébrité de ce calibre profiterait d'abord à ceux dont elle a la charge, et c'est bien naturel. Elle a dû déchanter ; sœur Emmanuelle, qui aime tant la jeunesse, n'était pas par nature portée vers les vieilles gens. Pourtant, quand est morte la sœur qui avait pour charisme encore plus que pour fonction de passer dans les chambres des malades et qu'on a demandé qui voulait se charger de ce ministère, Emmanuelle a levé le doigt. Elle est trop religieuse pour ne pas avoir voulu faire un sacrifice. Mais le naturel a repris le dessus.

«ELLE EN FAIT TROP!»

— On me dit que vous en faites trop, ma sœur.

Emmanuelle me montre, au mur de sa chambre, le calendrier géant où toutes ses occupations sont portées des mois à l'avance.

— Moi aussi, je trouve que j'en fais trop. Justement, j'étais en train de me chercher un mois libre. Voyons, ça nous mène loin! Pas avant mai. Ah, non, le 5 il y a «école en Corse». Qu'est-ce que c'est que ça? Ah oui, c'est le père évêque d'Ajaccio qui m'a invitée à parler aux enfants.

— C'est vraiment indispensable?

— Euh.. Je ne connais pas la Corse et il paraît que c'est si beau!

— Bref, vous allez faire du tourisme?

— Mais non, c'est pour parler aux jeunes. Du 14 au 28 mai, j'ai la visite de Sara. Juin… chargé. Juillet, Festival de la Tendresse à Avignon, qu'est-ce que c'est que ça? C'est pourtant bien mon écriture.

— Mais, ma sœur, ce sont des théâtreux qui veulent se faire mousser avec votre image et se sont servis du mot tendresse pour vous avoir. L'Association a accepté ça?

Elle baisse le nez comme une petite fille prise en faute.

— Je ne leur en ai pas parlé. Tu comprends, ils ont tendance à envoyer promener des gens que j'aime bien et qui, ensuite, viennent se plaindre. Alors, il m'arrive quelquefois de faire les choses directement.

Elle émet son petit « hé hé ! » de conspiratrice. Le « hou hou ! » est plutôt réservé à la vive surprise, voire à l'indignation.

— Si vous continuez, vous finirez par tout faire à moitié.

Elle fronce les sourcils, mécontente.

— Ah non alors ! C'est injuste. Je ne fais rien à moitié !

— C'est vrai, je vous demande pardon. Mais toutes ces émissions de radio et de télé, j'ai peur qu'on finisse par vous faire dire des bêtises. Votre vrai charisme, ce sont les pauvres. Alors, parlez des pauvres.

— Tu as raison. L'autre jour, dans un studio, j'entends qu'un type se mouchait derrière moi. Je me retourne, il pleurait. Tu te rends compte ? Je fais pleurer les hommes. De toute façon, il faut que j'aille me réfugier un mois quelque part et seule ma supérieure saura où je suis. J'ai un besoin physique de ne plus entendre sonner le téléphone. Trente jours de repos complet et d'isolement !

— Et vous périrez d'ennui ! dis-je sur un ton funèbre. Elle rit.

— Tu as peut-être raison. Disons huit jours…

— Il y a une façon toute simple de ne pas être harcelée. Faites gérer votre emploi du temps par l'Association.

— Tu crois que c'est facile ? Toute demande de conférence doit passer par eux, mais si c'est une école de Fréjus, j'ai bonne mine en renvoyant les gens à Paris ! Et puis on me relance de tous côtés ! J'ai des lettres dramatiques chaque jour. Des appels au secours. Ah, c'est décourageant !

— A ATD Quart Monde ou à Emmaüs, ils ont le même problème que vous. Une personnalité trop en vue doit être protégée par une organisation. On ne fait plus rien tout seul. C'est le monde moderne qui veut ça.

— Parfois, j'aimerais qu'on me fiche un peu la paix.

— Ne vous faites pas trop d'illusions, ma sœur. Même à vos obsèques, il y aura du monde. Et toutes les télés !

Elle me regarde, l'œil pétillant de malice. L'idée ne semble pas lui déplaire.

MARTHE, CLAIRE, MYRIANE,
FLORENZINA ET LES AUTRES

A mon troisième séjour, je commence à me sentir chez moi à la maison du Pradon. Je salue les pensionnaires laïques en commençant, comme il se doit, par les deux centenaires. Les sœurs sont adorables. Je m'entretiens avec elles pendant les repas dans la salle à manger ou, en tête à tête, dans le petit salon adjacent qui, avec ses fauteuils et ses vieux beaux meubles, a des allures de boudoir. Ont-elles reçu l'assurance que mes intentions n'étaient ni profanes ni impies ? Peut-être ces anciennes enseignantes voient-elles aussi en moi, d'une certaine façon, un collègue et se montreraient-elles plus prudentes face à un journaliste ? En tout cas, elles s'expriment très librement et sans réticence.

De mon côté, je commence à me faire une idée plus précise de leurs personnalités. La plupart des religieuses qui ont pris ici leur retraite ont enseigné ou dirigé un établissement d'éducation. Elles sont actuellement vingt-quatre. Comme me le fait remarquer l'une d'elles avec un sourire, les rappels à Dieu sont plus nombreux que les arrivées.

Parmi celles auxquelles j'ai le plus souvent affaire, il y a sœur Claire, petite femme menue de plus de quatre-vingts ans, au chignon d'un blanc de neige.

Son apparence, comme son débit clair et saccadé, me font irrésistiblement penser à une institutrice de l'ancien temps. Elle tient auprès de M. le curé le rôle de sacristine. Sœur Charlotte, presque immatérielle à force de maigreur, est d'un naturel taciturne mais, quand elle ouvre la bouche, il en sort un langage châtié tel qu'on n'en parle plus. Sœur Alphonsie promène son sourire dans une chaise roulante. Au Caire, dans le jardin d'enfants qu'elle dirigeait, elle est tombée un jour en jouant avec eux et, mal soignée, en est restée infirme.

Sœur Jeanne-Ghislaine, une grande dame au nez dominé de lunettes, est un puits de science, l'intellectuelle incontestée qui règne sur la bibliothèque. Sœur Myriane, une Lorraine fière de l'être, a gardé de décennies de dictées l'habitude de parler en articulant parfaitement chaque syllabe. Au début, son apparence de gendarme de la foi intimidait le piètre paroissien que je suis. Il ne m'a fallu qu'un instant pour m'apercevoir que, sous sa rude écorce, sœur Myriane est la bonté même et qu'elle possède la plus belle et la plus noble des tolérances, celle qui vient du cœur et de la peur de blesser l'autre. Sœur Jeanne-Bernadette a une coiffure au carré de petite fille modèle. Elle aussi sent son enseignante d'une lieue. Sœur Charlotte est bretonne, et c'est l'une des rares religieuses à savoir conduire. Elle passe pour avoir son franc-parler et ne se laisser intimider par personne. Sœur Florenzina, ronde rieuse et bienveillante Roumaine, pourrait faire la publicité des confitures qu'elle prépare avec brio. Agile en dépit d'une jambe raide, elle veille avec sollicitude sur son aînée Emmanuelle. Elle s'assure que sa chambre est en ordre, ses fleurs soignées et que l'eau chaude pour la tisane a été changée. Ajoutons qu'il ne faut pas confondre sœur Erina, l'Italienne, avec sœur Irina, la Roumaine. La première est passionnée de politique et suit l'actualité de très près.

Ma première question porte sur les conséquences pour la communauté, de la célébrité d'Emmanuelle.

— C'est à la fois un atout et un handicap, me répond sœur Claire de sa voix en rafale de mitraillette. Il est évident qu'elle risque un peu de « faire la vedette ». Inconsciemment, bien sûr. Mais sa notoriété ne transforme pas le cœur de son message. C'est la cerise sur le gâteau. S'il y avait trop de cerise, il n'y aurait plus de gâteau, mais c'est loin d'être le cas.

— Et puis, le fait d'être célèbre offre tout de même l'avantage d'élargir le cercle des gens qu'elle atteint, intervient Myriane. Sans le rechercher, elle a un impact immense sur beaucoup de gens. Et nous aussi en sommes bénéficiaires. Elle nous amène des personnes amies qui nous ouvrent aux problèmes du monde actuel. Ça, c'est merveilleux !

— Oui, ajoute Claire, elle possède un ascendant naturel, c'est tout. A Istanbul, elle en a imposé à sœur Elvira, sa supérieure, et je vous garantis que ce n'était pas facile. Elle a obtenu d'elle de faire ce qu'elle voulait et de quitter le collège des élèves riches pour l'école des pauvres. Sœur Elvira n'aurait permis à personne d'autre d'y aller. En fait, Emmanuelle fait toujours à peu près ce qu'elle veut.

— Quelle est la qualité que vous appréciez le plus en elle ?

— Son courage physique et moral. Quand elle est allée en Egypte et qu'elle a décidé de vivre comme les gens qu'elle voulait aider, c'est-à-dire dans des taudis, elle l'a fait, quitte à vivre dans un gourbi et à se nourrir de fèves.

— Quel souhait formez-vous pour elle ?

— Que, le jour de son rappel à Dieu, elle tombe raide, en pleine activité. C'est d'ailleurs ce qu'elle souhaite elle-même. Elle est incapable d'être malade ou impotente. Ce serait insupportable pour elle et pour les autres.

J'évoque la critique qu'on adresse à Emmanuelle de se disperser.

— Je pense qu'il lui est très difficile de se canaliser, de baliser son espace. Elle voit d'un seul coup d'œil tous les besoins et toutes les souffrances de la terre, particulièrement en ce qui concerne les enfants. En Egypte, elle a réussi des choses étonnantes. Se recentrer, alors que le centre n'est plus l'Egypte ? Elle a bien les écoles du Soudan mais cela ne suffit pas. Ses ambitions généreuses vont plus loin. Je ne vois vraiment pas comment la fixer ou la limiter.

— Est-ce qu'on n'abuse pas un peu de sa disponibilité ?

— Certainement. C'est pour cela qu'il faut qu'elle se laisse aider par ceux qui en ont mission.

— Mais elle avoue elle-même qu'elle n'aime pas obéir et qu'elle a un fichu caractère.

— Elle a du caractère, c'est vrai. C'est son problème. Elle ne se fie peut-être pas assez au jugement des autres.

— Faute de leur faire confiance ?

— Non, je ne crois pas. Je crois que c'est une habitude qu'elle a prise très jeune. A mesure qu'elle a vécu, elle a découvert les besoins des gens. Elle a choisi de s'occuper des plus pauvres sur le tard, quand son caractère était déjà formé.

— Vous l'avez connue en Tunisie ?

— Oui, quand elle était très malheureuse. Elle ne trouvait pas ce qu'elle souhaitait trouver. Elle voulait s'occuper des petits et des humbles, et nous étions dans un pensionnat de jeunes filles françaises de milieu aisé car les quelques musulmanes ne sont venues qu'après l'indépendance. Ce n'était pas un apostolat pour elle. Elle en a beaucoup souffert et elle a fait souffrir. J'ai perdu sa trace après 1956, quand j'ai quitté la Tunisie pour l'Egypte puis la Turquie. C'est là que je l'ai retrouvée, elle s'occupait de la petite école primaire, dont les élèves étaient pauvres. Là, elle était à sa place.

— Plus qu'ici ?

— Quand on a pensé à l'envoyer ici, dit Marthe, c'était principalement pour des motifs de santé et à cause de son âge. Et aussi parce qu'elle-même se sentait attirée par une vie plus contemplative. Elle était sans cesse tiraillée entre l'appel des pauvres et l'appel de la prière… La proposition de quitter l'Egypte lui avait été faite deux années de suite, elle l'avait refusée. (C'est toujours en dialogue que de telles décisions sont prises. J'étais responsable provinciale, puis en Egypte, avec Emmanuelle, j'étais donc au courant.) La troisième fois, elle a accepté. Comme elle l'a d'ailleurs dit elle-même à la télévision : elle a choisi une « vie d'orante », pensant pouvoir mieux aider les pauvres et les souffrants par la prière. Vous avez peut-être vu cette émission ? Elle a dit au revoir d'un signe de la main et a fermé la porte derrière elle ! Impressionnant ! On pensait qu'on ne la verrait plus à la télévision ni ailleurs. Depuis lors… le Saint-Esprit semble avoir soufflé autrement… Mais Callian paraissait pouvoir répondre à cette recherche de prière, c'est tout.

— En raison du statut de notre maison non confessionnelle, ajoute Claire, nous n'avons pas à y « évangéliser ». Et nous ne sommes pas autorisées à y dispenser des soins, puisque nous sommes « à la retraite ». Même Sœur Geneviève, par exemple, qui est médecin – elle a exercé pendant vingt ans à Alger. Les dispositions sont très strictes : si une malade nous demandait de la conduire aux toilettes et tombait en chemin, nous serions responsables…

Myriane d'ajouter :

— Cela ne nous empêche pas de nous rendre mille petits services les unes aux autres. Nous contribuons le plus possible à créer un esprit d'entraide, de courage… et de joie ! Nous n'avons quelquefois plus de temps à nous.

— Quel est le plus grand service que vous rend sœur Emmanuelle ?

— Elle nous apprend à être plus généreuses.

C'est au tour de sœur Myriane d'être interviewée. Je lui propose de nous installer dans le petit salon. Elle préfère me recevoir dans sa chambre où nous ne serons pas dérangés. Je découvre ainsi comment sont installées les résidentes, religieuses et laïques. Ce sont des pièces claires et modernes qui conviendraient à un hôtel modeste mais confortable. Elle commence par m'offrir un café. « Un vrai café, précise-t-elle. Meilleur que celui de la maison ! » Puis elle se place sur la défensive.

— Qu'est-ce que je pourrais vous dire de plus que les autres ? D'ailleurs, je vous avoue que je n'ai pas très bien compris la raison d'être de votre livre.

— Ce n'est pas compliqué, ma sœur. Emmanuelle est devenue célèbre à cause des bidonvilles du Caire. Elle revient en Europe après cinquante années passées à l'étranger. Je veux raconter ce qu'elle fait, comment elle vit dans la communauté. C'est pourquoi je partage votre vie le plus possible. Je viens ici dès que j'ai quelques jours libres.

— Et comment vous sentez-vous chez nous ?

— Très bien. J'arrive un peu stressé, c'est normal, et dès le lendemain je suis apaisé. En outre, je trouve qu'ici l'atmosphère est très sympathique. Je bavarde avec vous toutes, je plaisante, on me sourit.

— C'est que vous faites un peu partie de la maison maintenant. On vous considère comme un petit frère. Pour nous, vous êtes si jeune ! Bon, alors, ces questions ?

— Qu'est-ce qui vous frappe le plus en sœur Emmanuelle ?

— Son impact extraordinaire sur les jeunes. Je suppose que cela tient à son humour.

— Il y a aussi, dis-je, son côté grand-mère universelle. Les jeunes ont un dialogue plus ouvert et plus facile avec les gens très âgés qu'avec la génération médiane.

Quand j'interroge sœur Jeanne-Bernadette sur ce qui la frappe le plus en Emmanuelle, elle me parle de son don d'elle-même jusqu'à l'extrême.

— Elle a beaucoup à donner et elle nous montre que, tant qu'on peut donner, il faut donner. Elle est assaillie et sollicitée de toutes parts ? Eh bien, elle répond présente et elle fait bien. Il n'y a pas de raison qu'elle se dérobe !

— Vous ne lui reprochez pas d'en faire trop ?

— Non. Il faut qu'elle aille jusqu'au bout de ce qu'elle peut donner. Elle est comme ça. Jamais elle ne laisse une lettre sans réponse, jamais elle n'a laissé tomber quelqu'un. Elle est entièrement ouverte aux gens. Quand elle est arrivée ici, elle débarquait d'une autre planète. Il y avait une multitude de choses qu'elle ne savait pas et qu'elle avait besoin qu'on lui apprenne. On lui disait : « Mais ne fais pas ça, ne dis pas ça. » Elle en tenait toujours compte. Elle m'a été reconnaissante de lui dire carrément mais gentiment ce qui n'allait pas.

Sœur Jeanne-Ghislaine a vu arriver Emmanuelle à Callian en 1993 et n'est pas encore revenue de son étonnement.

— Elle est vraiment incroyable. Elle fait tout à fond, même prier. Dans la congrégation, on disait de sœur Sara qu'elle priait avant de foncer et de sœur Emmanuelle qu'elle fonçait avant de prier. Quelle vitalité, Seigneur, quelle vitalité !

— Elle devait être terriblement triste d'avoir quitté ses chiffonniers ?

— Certainement, mais elle ne le manifestait pas.

— Elle s'est intégrée facilement ?

— Oui. Cela vous étonne ?

— Pas du tout. Vous êtes toutes différentes, mais votre communauté me semble très soudée, très affectueuse. Au début, j'étais un peu intimidé.

— Par qui ?

— Par vous, ma sœur. Et puis aussi par sœur Claire.

— Vous aviez bien tort, intervient Myriane. Pour elle, du moins. Avec son ton pète-sec, Claire est une timide, mais elle est droite et compréhensive. Je la connais bien. J'étais avec elle quand elle était directrice à Istanbul. Emmanuelle terminait sa licence par correspondance et elle devait aller parfois à Paris. Claire ne lui a jamais refusé un voyage. Elle l'aimait beaucoup. Elle acceptait qu'elle soit différente. Pour notre communauté, Emmanuelle est un très grand enrichissement.

— Vous tient-elle au courant de ses diverses activités extérieures ?

— Oui. Elle veut toujours nous y associer. Tantôt elle nous fait part d'un coup de téléphone, tantôt elle nous lit une lettre qu'elle a reçue.

— Et lorsqu'elle doit passer à la télévision, vous demande-t-elle conseil ?

— Non. Plutôt de prier pour elle.

— Elle ne donne pas l'impression d'être mal à l'aise sous les projecteurs, dis-je. Mère Teresa n'a accepté qu'une fois d'être la vedette d'une émission – je crois que c'était *Les Dossiers de l'écran* – et je me souviens qu'elle était littéralement au supplice. Pardonnez la brutalité de ma question, ne vous écrase-t-elle pas un peu, vous autres, les sœurs anonymes ?

— Pas moi, mais d'autres vous répondraient peut-être différemment. Elle est notre ouverture sur le monde. Emmanuelle nous raconte toujours des choses intéressantes. Elle nous amène des gens. C'est excellent pour nous.

— Quel est votre emploi du temps ?

— En dehors de la messe de 11 h 30 et des vêpres de 18 h 30, nous n'avons pas d'autres prières communes. Nous avons dû renoncer aux laudes de 8 heures du matin. Nous sommes vieilles, souvent fatiguées et, en plus, nous chantons faux ! Mais on est bien ici. Regardez par la fenêtre.

Sous mes yeux s'étagent des jardinets en terrasses.

— Celui-là, c'est le jardin de Claire. Elle y a planté un rosier du Japon, des iris et des narcisses. Elle est très forte. Au-dessus, c'est le jardin de Lidia, et encore au-dessus, tout là-haut, celui de Florenzina. Ah, si vous saviez comme c'est joli en mai ! Vous serez encore là ?

— Je l'espère bien, dis-je.

— J'ai de la chance, observe Claire. J'ai vécu la rencontre des deux papes, Paul VI et Athénagoras, à Istanbul, l'œcuménisme. C'était fabuleux ! Avec Myriane, nous sommes allées chercher des glaïeuls blancs et jaunes aux couleurs du Vatican pour décorer la chambre à coucher du pape. Et puis Jean-Paul II est venu lui aussi à Istanbul renouveler la réconciliation. Des moments inoubliables ! Et maintenant, je suis ici pour vivre ma vieillesse. Ah, quelle chance j'ai eue !

Je retrouve Emmanuelle dans sa chambre. En me voyant, elle me lance sur un ton où l'ironie cache mal la curiosité :

— Alors, on a fait sa petite enquête ? On adore sonder les gens, n'est-ce pas ?

Je hoche la tête et, pour changer de sujet, je lui raconte que je vais participer à une vaste opération en faveur des enfants déshérités et qu'il y aura à Lourdes, le 13 août, une grande Nuit de la Paix. Je vois briller l'enthousiasme dans ses yeux.

— Là, d'accord ! Ça tombe bien. Je vais à Rome pour le Jubilé du 20 au 25 août et, la semaine précédente, nous passons par Lourdes. Si Dieu le veut, je serai là à ta nuit de la Paix. Pour les enfants du Kosovo, il faut faire des gestes symboliques forts. J'ai proposé une grande ronde d'enfants serbes et albanais le jour de Noël sur le fameux pont de Mitrovica.

— Pourquoi ne pas profiter de la présence de nos trente mille jeunes à Lourdes et faire une opération conjointe ?

A son habitude, elle bondit sur une idée dès qu'elle l'estime exploitable.

— Oh oui ! On va téléphoner à Kouchner.

Sitôt dit, sitôt fait.

— *I am Sister Emmanuelle, and I want to speak to Mister Kouchner.*

C'est le plus bel accent français en langue anglaise que j'ai entendu depuis feu Maurice Chevalier. Hélas, l'administrateur du Kosovo n'est pas dans son bureau, où cet homme de terrain doit paraître rarement.

— Cela ne fait rien. On le rappellera demain.

— C'est vraiment effroyable, ce Kosovo, dis-je. Une haine que rien ne parvient à apaiser.

— Et qui s'éteindra. Le mal ne prévaudra pas.

— Je voudrais avoir votre optimisme !

— J'ai cela en moi, je n'y peux rien. Nous n'avons qu'une minute à passer en ce monde. Il ne faut rien rater, ni le soleil, ni les arbres, ni les petits oiseaux ! Ah, la beauté de la vie ! Il y a un poids d'éternité dans le plus petit instant. Sourire à l'autre, aider l'autre !

Elle a, parfois, des envolées lyriques qui me surprennent dans un être aussi peu porté à la rêverie. C'est sa part de poésie.

VISITE AUX AMIS DE SŒUR EMMANUELLE

Les Amis de Sœur Emmanuelle[1] ne sont plus le petit groupe de copains que je rencontrais, il y a dix ans, quand je préparais mon premier livre, dans un minuscule appartement de la rue Chapon. Au quatrième étage d'un immeuble du boulevard de Strasbourg, l'Association paraîtrait une entreprise comme les autres sans le poster de la sœur qui orne le vaste hall. Une salle de réunion, plusieurs bureaux pour les «permanentes», des ordinateurs… Une seule originalité, mais de taille. Ici l'objectif social n'est ni de gagner de l'argent ni d'être cotés en bourse, mais d'«*agir auprès des plus démunis, rendre à l'homme sa dignité. Tolérance, ouverture et développement. Nord et Sud… se comprendre.*» C'était déjà l'idéal des premiers jours, quand l'ambassadeur Bruno de Leusse décida, en 1980, de venir en aide à la chiffonnière du Caire.

L'Association, dont sœur Emmanuelle et sœur Sara sont présidentes d'honneur, compte aujourd'hui plus de trois mille adhérents et de vingt mille donateurs. Elle se

1. *Les Amis de Sœur Emmanuelle*, 26, bd de Strasbourg, 75010 Paris.

consacre à l'enfance malheureuse dans le tiers monde et mène à bonne fin dix-huit projets dans dix pays sous la direction d'un bureau de cinq membres, coiffé par un conseil d'administration. Six permanentes travaillent au siège. Parmi les nombreux bénévoles, quarante-cinq s'occupent de la gestion de l'Association, dix sont « sur le terrain », dont certains comme « coordinateurs », d'autres y vont faire de longues missions, et cent quatre-vingts jeunes partent chaque année en chantier collectif. L'Association a ajouté depuis peu à ses tâches traditionnelles des projets en France dans des domaines où les besoins sont mal couverts.

Je connais depuis longtemps Trao Nguyen, à qui je rends visite aujourd'hui. Avec Catherine Alvarez, il est l'une des deux têtes de « l'exécutif » quotidien des Amis. Comme c'est souvent le cas chez les Vietnamiens, l'approche de la soixantaine lui a laissé une allure étonnamment juvénile. Son histoire est peu banale. Son père, issu d'une famille mandarinale du Nord-Vietnam, qu'on appelait alors le Tonkin, était officier de l'armée française et avait été détaché comme directeur de cabinet du Premier ministre de Bao Daï avant Genève. Trao a six frères. De huit à onze ans, il est mis en pension chez les jésuites à Dalat, dans un collège dont il garde un excellent souvenir. En 1953, la famille gagne la France où le père est affecté. Ayant une grande volonté d'intégration, celui-ci veille à ce que ses enfants ne rencontrent que des Français, ce qui explique que ne reste à Trao la moindre trace d'accent, à la différence de l'immense majorité de ses compatriotes. Il se retrouve pensionnaire à Versailles, puis son père meurt, à cinquante ans seulement.

Le jeune homme se révèle en première et math élém', grâce à la rencontre de professeurs qui lui font donner sa mesure et il intègre brillamment l'Ecole centrale. A sa sortie, il cherche un secteur qui ne soit ni trop encombré ni trop spécialisé, car il redoute plus que tout de se laisser enfermer dans un cul-de-sac. C'est l'époque héroïque de l'informatique. Il choisit ce créneau et se retrouve chez IBM où Bernard Mignot le remarque et le recrute pour l'œuvre de sœur Emmanuelle. En 1968, il épouse une Française, Marie-Madeleine, dont il a deux filles. Il se décrit comme un « homme heureux et qui adore la vie ».

— J'ai toujours été tourné vers les autres, dit-il. Je les accepte tels qu'ils sont, comme j'ai été moi-même accepté. Pendant ma scolarité, j'avais souvent le prix de camaraderie. Ce qui me plaît, dans le christianisme, c'est sa dimension de solidarité fraternelle.

— Comment s'est passée ta première rencontre avec Emmanuelle ?

— Oh, elle s'est montrée prudente ! Elle m'a tourné et retourné sur le gril et a demandé à rencontrer Marie-Madeleine. Elle n'achète pas chat en poche !

— Et toi, quelle fut ton impression ?

— A vrai dire, je n'ai pas été fasciné comme tant d'autres. Il faut dire que je ne suis, par nature, ni dévot ni groupie. Plus que sa personne, c'était son action qui m'intéressait et qui m'intéresse toujours.

— Aujourd'hui, avec six ans d'expérience auprès d'elle, comment la perçois-tu ?

— Ce qui me frappe le plus, c'est sa fermeté d'âme. Quand Catherine et Bernard l'ont accueillie à Nice, en 1993, ils ont été stupéfiés. Elle ne paraissait pas émue le moins du monde. Elle venait achever ses jours dans la retraite d'un couvent et tout le monde savait qu'elle souffrait profondément de devoir quitter ses chiffonniers. Elle avait tout fait pour retarder ce moment, terrible pour elle. Or elle riait et plaisantait, comme si elle devait repartir dans les huit jours. Il fallait le faire !

— On raconte que vous vous opposez un peu parfois.

Trao sourit. J'ai remarqué depuis longtemps qu'il y a dans cet homme un mélange étonnant de rigueur inflexible et de mystérieuse douceur.

— Elle l'accepte bien de ma part. Peut-être mieux que de la part des femmes de notre équipe. Il ne faut pas oublier qu'elle a grandi à une époque où l'homme était roi. De toute façon, elle respecte les gens qui lui tiennent tête. Pour le reste, c'est affaire de logique et de raisonnement. Quand nous prenons une décision, je la décortique et je l'explique point par point.

— Y a-t-il divorce entre passion et gestion ? Entre la religieuse et le technocrate ?

— Pas du tout mais, bien entendu, la façon d'aborder le problème ne peut pas être identique. Disons que nous ne pouvons pas faire de sentiment face à nos partenaires locaux. Même s'ils sont merveilleux et animés des meilleures intentions du monde, nous les soumettons à un ensemble de conditions ; présentation de projets valides et dont notre responsable sur le terrain est tenu au courant. Jadis, cela marchait autrement. Sœur Emmanuelle disait : « Tiens, je vais monter une école. » On ne lui demandait ni projet ni dossier. Elle trouvait l'argent et « avançons ! ».

— Admet-elle ta façon de faire ?

— Bien sûr, si on lui donne des explications. Dieu merci, elle est intelligente et réaliste. Pour ton livre par exemple, dès que nous avons estimé qu'il était utile à son image et à son œuvre, j'ai fait appel à sa raison et elle a accepté. Pourtant, elle n'avait aucune envie d'un nouvel ouvrage sur elle.

— A vrai dire, elle se fait tirer un peu l'oreille. Elle prétend que je veux faire son portrait et qu'elle n'a pas de temps à perdre.

— C'est son style quand l'idée ne vient pas d'elle. Elle a le génie de l'action, servi par un moteur de Formule 1. Plus une intuition prodigieuse de ce qu'il faut dire et faire à chaque instant.

— Juste après Catherine, tu as la réputation d'être le «grand méchant» de l'Association, dis-je en riant.

— Tu me trouves méchant? répond-il, amusé. Il faut s'entendre sur le terme. Quand les gens se heurtent à un refus de notre part, ils ont tendance à penser: «Mais enfin, moi j'aime Emmanuelle et elle m'aime. Vous, le technocrate au cœur de pierre, qui êtes-vous pour décider que mon idée ne vaut rien?» Notez au passage que si ma réponse est «oui», personne ne va dire à sœur Emmanuelle: «Comme ils sont gentils à votre association!» On a tendance à ne retenir que nos refus.

— Donne-moi quelques exemples.

— Dernièrement, nous avons rejeté une suggestion de croisière maritime en Terre sainte avec sœur Emmanuelle comme «vedette américaine». De même, on lui a déconseillé toute une série de débats avec Luc Ferry, André Comte-Sponville, Marek Halter, qui sais-je encore? Ce sont des professionnels des joutes verbales, ce qui n'est pas son cas.

— Elle se défend très bien à la télévision. Elle a de la repartie.

— Sans doute, mais elle n'est pas armée pour des joutes intellectuelles avec des professionnels du débat. Elle ferait nécessairement mauvaise figure. Il faut ajouter qu'elle est harcelée de demandes. Ce matin encore, elle en avait quatre à nous soumettre. Je préférerais qu'elle refuse elle-même après concertation avec nous, mais cela semble difficile à mettre au point.

— Parlez-vous parfois de l'avenir de l'Association quand elle ne sera plus là ?

— Oui, cela la passionne. Nous avons tenu une réunion avec elle uniquement sur ce thème. Elle est très soucieuse qu'on poursuive son œuvre.

— Pourquoi n'est-elle pas la première des bénévoles chez vous au lieu de s'occuper des sans-logis des autres ? Après tout, c'est une grande spécialiste de l'aide au tiers monde.

— Sans doute avons-nous péché par excès de respect. Jusqu'en 1996, nous l'avons laissée un peu de côté, comme si elle avait vraiment pris sa retraite. Puis elle s'est donnée corps et âme aux SDF de Fréjus, ce qui satisfaisait son désir d'activité tout en lui permettant de prendre conscience de la pauvreté en France. Aujourd'hui, je regrette qu'elle ne se mêle pas davantage de la vie quotidienne de l'Association. Mais cela est en train d'évoluer.

— Elle pourrait jouer un rôle de catalyseur ?

Trao réfléchit un instant en se frottant doucement les mains comme si je lui soumettais un problème d'informatique.

— C'est difficile. Elle se passionne pour ce qu'elle a créé et animé elle-même, mais si elle n'a pas été au moins coïnstigatrice d'une opération, elle s'y intéresse un peu moins. C'est naturel, non ?

Trao soupire. Le rôle de « grand méchant » ne doit pas être toujours facile à assumer.

— Sœur Emmanuelle et l'Association ne sont peut-être pas toujours en accord parfait, mais serait-ce vraiment souhaitable ? De petits moments de tension ont un effet créatif. Comme elle aime à dire, « l'obstacle est matière à action ».

Marc Aurèle, l'auteur de la fameuse citation, devait être un homme dans le genre de Trao Nguyen, un grand professionnel chez qui la compétence n'avait pas tué la sensibilité.

SOFIA ÉVOQUE TANTE MADELEINE

La nièce de sœur Emmanuelle est connue sous le pseudonyme de Sofia Stril-Rever dont elle signe ses livres sur le bouddhisme. Belle et élégante, c'est l'une de ces femmes qui ont su échapper, grâce à une exigence plus haute, à un destin de reine des dîners mondains. Avec ses gestes gracieux et mesurés de danseuse, elle donne l'impression que la figure d'un bas-relief d'un temple hindou s'adresse à vous d'une voix douce et musicale. Elle s'occupe beaucoup des enfants tibétains qui végètent dans des camps en Inde et au Népal. Nous sommes amis depuis longtemps et organisons de compagnie un festival du cinéma bouddhiste avec la ville de Saint-Denis et mon université Paris-VIII.

— Ma grand-mère Cinquin avait trois enfants, me raconte-t-elle. Une fille aînée qui va aujourd'hui sur ses quatre-vingt-quinze ans, Daniel, mon père, et Madeleine, en religion sœur Emmanuelle. Elle était différente des autres et ma grand-mère ne savait trop comment s'y prendre avec elle.

— Manquait-elle de tendresse ?

— Elle l'aimait beaucoup, mais de façon peu démonstrative. Les effusions n'étaient pas son genre, voilà tout.

Quand ma tante, aujourd'hui, me voit avec ma fille, Cho-sang, elle ne retrouve pas ce qu'elle a vécu elle-même avec sa mère. La câlinerie, la tendresse visible lui inspirent une espèce de réticence. Pour elle, il y a une limite dans les manifestations d'affection. Je me demande parfois si elle aurait aimé être mère. Pourtant, un jour, elle m'a dit cette phrase qui m'a beaucoup touchée : « Embrasse-moi comme tu embrasserais ta fille. » Là, elle a trahi quelque chose d'elle qu'elle ne livre pas volontiers.

— A-t-elle exprimé un regret ?

— Pas devant moi, en tout cas. Mais elle a des gestes très maternels avec ses « enfants » comme elle les appelle. En Egypte, je me souviens de la façon dont elle les pre-nait dans ses bras.

— Quels souvenirs d'enfance as-tu d'elle ?

— Je la voyais l'été, chez grand-mère. Elle venait en vacances tous les deux ans. Elle aimait beaucoup ces retrouvailles familiales. Avec elle, il se passait toujours des choses qui ne plaisaient pas aux adultes : on avait plus de liberté de parole par exemple. Mon père aimait la mettre gentiment en boîte et elle le prenait bien car elle n'est pas susceptible. On portait encore en ce temps-là la grande tenue des religieuses avec la cornette amidonnée et la robe noire. Mon père s'en moquait. C'était si incommode en plein été ! Elle venait me voir le soir, dans mon lit, pour me parler. Elle savait très bien adapter ses histoires à l'âge de ceux qui les écoutaient.

— Etait-elle une « bonne sœur » à tes yeux d'enfant ?

Elle proteste avec une vivacité qui n'altère en rien la douceur mélodieuse de sa voix :

— Alors là, pas du tout ! Ensuite, quand j'ai été ado-lescente, je suis allée lui rendre visite en Egypte. On est allées dans un camp de nomades en plein désert. Je devais avoir dix-sept ans. C'était extraordinaire ; elle était à l'aise dans toutes les situations. Elle s'occupait des enfants des nomades et organisait des cours de couture pour les fillettes. Le chef de la tribu lui disait en me montrant du doigt : « Je veux me marier avec ta fille. Combien me la vends-tu ? » Très sérieuse, elle vantait mes qualités et montait les enchères. Quand cela faisait trop de chèvres et de chameaux, il protestait : « Je ne peux pas te donner tant que ça ! » et elle lui répondait : « Dans ce cas, je ne peux pas te donner ma fille. » Au début, je lui demandais pourquoi elle se prêtait à ce marchandage puisque je n'étais pas à vendre, elle me répondait : « Pour ne pas me fâcher avec lui. Ça lui fait plaisir de te marchander et d'étaler le nombre de ses chèvres et de ses chameaux. Ne t'inquiète pas, tu seras toujours trop chère pour lui. »

— Tu étais déjà bouddhiste ?

— Non, pas encore. Mais je commençais à me sentir à l'étroit dans le dogme catholique.

— Lui parlais-tu de ce malaise face à ta religion ?

— Oui. Elle est très tolérante et on peut tout lui dire. Elle met les valeurs humaines au-dessus de tout comme nous autres, bouddhistes. Si elle devient dogmatique, on change de sujet, un point c'est tout. Mais elle n'est pas théologienne. Elle est comblée par la relation à Jésus qu'elle vit à travers les pauvres. Elle voit dans le Christ un être de lumière et d'amour, et cela ne gêne en rien mon bouddhisme, bien au contraire. L'Illuminé n'était pas autre chose.

— Qu'attend-elle de toi ? Un retour au sein de l'Eglise ?

— Non. Elle ne me demande que de la tendresse et de l'affection. J'étale la pommade cicatrisante sur ses pieds. Ils sont dans un état, si tu les voyais ! Elle doit souffrir le martyre quand elle marche !

— Elle n'en laisse rien deviner.

— Moi, je la sais fragile en dépit des airs d'invulné-rabilité qu'elle se donne. Quand elle est avec moi, elle se ressource un peu. Je lui prépare les plats qu'elle aime. Elle adore les gâteaux au chocolat et les sucreries mais il faut des ruses de Sioux pour lui en faire avaler. Elle me dit qu'elle n'a pas le droit, que les pauvres n'en man-gent pas. Je ris et je lui dis que le gâteau au chocolat est à un prix très accessible. Je lui montre combien on pour-rait en acheter avec le montant du RMI. Alors là, elle craque.

— Elle a bien le droit de manger un peu de chocolat après plus de vingt ans de régime de fèves au Caire.

— Eh bien, elle pense qu'elle n'en a pas le droit. Le cho-colat, c'est un médicament ! Elle est tellement consciente de la misère et de la souffrance. C'est très bouddhiste.

— Quand vous autres, bouddhistes, vous voyez un exclu, un malheureux, comment réagissez-vous ?

— D'abord, nous respirons. Nous inspirons toute la souffrance de l'autre et nous l'expirons pour la chasser.

— L'autre préférerait peut-être un billet de banque ou un repas !

Elle laisse cascader un rire incroyablement cristallin.

— Tu exagères ! Je n'ai pas dit que nous nous conten-tions d'inspirer et d'expirer. Nous aidons. Mais nous avons, face à la souffrance du monde, une attitude qui dépasse la détresse d'un individu. D'ailleurs, tu le sais aussi bien que moi. C'est très complexe.

— Que t'a apporté ton expérience spirituelle ?

— Peut-être tout simplement de n'avoir pas besoin du regard des autres pour me sentir être. Je reviens de loin. Plaire n'est plus un enjeu pour moi, et quand je vois cer-taines femmes, c'est moi que je revois il y a quelques années. Je suis dégagée de cela. Il en va un peu de même pour le spectacle de la souffrance du monde. Nous, bouddhistes, nous l'affrontons avec compassion mais sans nous laisser submerger par elle.

Je risque une hypothèse. Et si Emmanuelle n'était pas, tout bien considéré, très sensible à la souffrance de l'autre ? Quand on y est trop sensible, on s'use vite et l'on perd toute efficacité. Elle est toute énergie, la sensiblerie est à l'opposé de sa nature.

— Son énergie est de famille, conclut Sofia. On vit vieux, on a bon pied bon œil et on ne détèle jamais. C'est ce que tu appelles être génétiquement programmé.

— Te souviens-tu d'anecdotes précises ?

— Non. Mais Emmanuelle a une mémoire d'éléphant. Elle sait toujours qui est qui. Elle a dans la tête des milliers de visages. Elle vit sans doute dans une autre dimension, mais elle ne perd rien du spectacle de ce monde. Quand retournes-tu la voir ?

— Demain. Pourvu qu'elle ne recommence pas à me dire que j'ai tort de faire ce livre ! Par moments, je perds patience.

— Tu as parfaitement raison de faire ce livre. Ta rencontre avec elle n'est pas le fait du hasard. Ces êtres de lumière sont les chances que la Providence place sur notre route.

L'ARBITRAGE DU PÈRE PHILIPPE ASSO

Ai-je eu un pressentiment ? Je suis à peine arrivé à Callian qu'Emmanuelle proclame ne pas comprendre pourquoi je prétends à toute force « faire son portrait ».

— Vois-tu, Pierre, personne ne peut atteindre la vérité d'un être en dehors de Dieu. Faire mon portrait, c'est du temps perdu pour nous deux !

Le bouillant Catalan que je suis a peine à maîtriser son agacement.

— Mais enfin, ma sœur, combien de fois devrai-je vous répéter que je ne prétends aucunement faire votre portrait ?

— Ecris plutôt sur mon Association. C'est bien plus intéressant que sur moi, qui suis une vieille femme.

— Vous conviendrez qu'il est difficile de parler des Amis de Sœur Emmanuelle sans dire un mot de vous, non ?

— De toute façon, je ne peux pas m'engager pour ce livre sans demander son avis à Philippe.

— Quel Philippe ?

— Le père Philippe Asso, mon confesseur. Il est expert en théologie. On va aller le voir et il nous dira si ton livre a un quelconque intérêt.

Allons bon ! Il doit s'agir de quelque vieil archiprêtre, ancien professeur de séminaire, ranci sous la soutane. Il se prononcera sûrement contre le projet.

Elle prend son petit air mutin.

— Il est temps que tu connaisses Philippe. C'est un homme remarquable.

A ma surprise, le rendez-vous est pris dans une modeste pizzeria de Nice. Ce n'est pas vraiment l'endroit auquel je m'attendais. Nous partons donc en temps voulu et, pendant le voyage, Emmanuelle dort à poings fermés. Au moment où nous allons pénétrer dans le restaurant, un olibrius s'approche d'elle.

— Pardon, vous ne seriez pas… euh… j'ai oublié comment elle s'appelle. Je vous ai vue à la télé l'autre jour.

— Non, moi je suis seulement sa sœur jumelle, répond-elle, pince-sans-rire.

Puis, tandis que le pauvre diable s'esquive, confus, elle me glisse avec un sourire :

— Hé ! hé ! Il n'est pas méchant !

Nous nous installons à table et voici qu'arrive un homme d'une quarantaine d'années, pantalon de velours et veste de bonne coupe, chaussures bien cirées, dont le teint mat révèle l'origine méditerranéenne. Ce jeune cadre n'a rien de l'ecclésiastique empesé auquel je m'attendais. Sous un casque de cheveux bruns coupés très court, les yeux noirs brillent d'intelligence et d'ironie derrière les lunettes.

— Comment vous êtes-vous connus ? demandé-je après les présentations.

— C'était en février 1987, répond Philippe Asso. Elle était venue parler à des jeunes et je suis allé la voir à la fin de son exposé. Cela m'a d'ailleurs valu, soit dit en passant, de me faire laver la tête par mon évêque, car elle avait trouvé bon de condamner la richesse excessive de l'Eglise, ce qui n'était pas pour lui plaire. Peu après, j'ai trouvé un message sur mon répondeur. Elle voulait me revoir. C'était pour me recruter en tant que conseiller en théologie. Elle avait peur de faire des faux pas dans ses livres.

Nous parlons des cours qu'il donne à Sophia Antipolis et, entre enseignants, le courant passe vite. Emmanuelle nous rappelle à l'ordre

— Figure-toi, Philippe, que Pierre s'est mis en tête de faire mon portrait dans un nouveau livre. Il a l'accord de l'Association. J'ai dit oui mais, à la réflexion, je me demande si c'est bien utile.

J'explique que je veux raconter, au jour le jour, sa « troisième vie » en France. Il s'agit d'une sorte de reportage. Je pense que le public, qui s'intéresse à sa personne sans trop savoir ce qu'elle fait exactement, aura ainsi l'occasion de découvrir l'œuvre qu'elle patronne.

— Je crois, dit le père Asso, qu'il serait bon, en effet, d'insister sur l'action présente d'Emmanuelle. Depuis qu'elle est rentrée en France, loin de prendre sa retraite, elle déploie une grande activité qui est en harmonie avec son charisme propre, le charisme des pauvres. On peut le montrer, car cela a une valeur exemplaire, aussi bien pour prouver que l'âge n'implique nullement le repliement sur soi, que pour les jeunes. L'idée de ce livre ne me semble pas dénuée d'intérêt.

Je m'attends à voir Emmanuelle bondir, mais elle ne cille pas. Ce que dit son confesseur est, de toute évidence, parole d'Evangile. Peut-être, après tout, n'est-elle pas trop mécontente qu'on lui consacre un nouveau livre ? En tout cas, je sens qu'elle cessera de me mettre des bâtons dans les roues.

— L'un des avantages de l'état de prêtre, observe Philippe Asso, c'est qu'on entend beaucoup de personnes vous parler de leurs difficultés. Au bout de la millième fois, on commence à comprendre qu'il n'est pas possible de réduire un être humain à un schéma, même avec les meilleures intentions du monde. Il faut regarder vivre les gens.

Une petite marchande de fleurs fait son apparition.

— Oh, des roses ! dit Emmanuelle de sa voix de petite fille.

Je lui en offre une, qu'elle choisit rouge sous l'œil du père Philippe Asso, amusé de me voir jouer les Roméo pour nonagénaires.

Au retour, quand nous quittons l'autoroute pour nous engager dans les lacets qui conduisent à Callian, il fait une nuit d'encre. Elle s'inquiète : « Est-ce que tu y vois assez clair, au moins ? » Je la rassure. Puis je lui dis que le père Philippe m'a surpris. Je ne m'attendais pas à un homme aussi jeune et aussi moderne.

— Je ne souhaitais pas avoir pour directeur spirituel un bon vieux curé bien qu'il y en ait de magnifiques. Avec Philippe, on rit tout le temps. C'est un homme très gai.

Dans sa bouche, c'est le plus beau des compliments.

— Il m'aide énormément, poursuit-elle. J'ai pas mal de défauts, je n'arrive pas à m'en corriger, et il me fait comprendre que ça n'est pas le plus important. Ce qui est important, c'est la miséricorde du Seigneur qui nous aime tels que nous sommes. Nous sommes tous de pauvres types !

Elle répète cette phrase, qu'elle affectionne.

— En fait, je cherchais un théologien pour relire mon livre, poursuit-elle. J'avais peur d'écrire des choses qui ne conviendraient pas à la Sainte-Eglise. Et puis Philippe est devenu mon confesseur.

Avant de la raccompagner à la maison du Pradon, je fais une halte au Relais du Lac pour y prendre ma clé.

Quand elle apprend que sœur Emmanuelle est dans la voiture, la patronne accourt l'embrasser.

Au moment de nous séparer, Emmanuelle me lance :

— Dis donc, tu ne m'aurais pas pris mon Bic rouge, par hasard ?

— Votre Bic rouge ? Non, ma sœur.

— Regarde dans tes affaires. J'ai bien l'impression que tu me l'as embarqué !

J'ai l'impression que l'arbitrage du père Philippe Asso est accepté.

CLAUDE CONTE LES DÉBUTS D'EMMANUELLE

CHEZ LES SDF

Entre la messe et le déjeuner, elle me demande de l'emmener au cimetière de Callian. Dans ma Twingo de location, elle s'installe avec sœur Florenzina et une pensionnaire. En contrebas, le village est écrasé sous le soleil. Sur les tombes des sœurs de Sion, les fleurs sont fanées. Florenzina prie moins longtemps que sœur Emmanuelle pour prendre le temps de faire un peu de jardinage. Climat de sérénité extrême, comme si nous n'étions déjà plus qu'à moitié de ce monde.

Au déjeuner, Emmanuelle déplore le luxe dont, à l'en croire, elle est entourée.

— Nous autres religieuses, nous n'avons besoin de rien. Nous ne sommes pas pauvres, nous mangeons bien, nous sommes très bien logées et soignées. On a même la Sécurité sociale !

— Au fond, vous êtes des retraitées de luxe ?

— Hélas !

Celui qui a poussé ce « hélas ! » est le père blanc qui, après avoir célébré la messe, déjeune avec les sœurs, un petit homme rondelet à la barbiche poivre et sel qui, Dieu me pardonne ! me fait penser à Tartarin de Tarascon. On m'a appris qu'après des décennies de mission au Burkina-Faso, il achève sa vie dans une maison de retraite pour ecclésiastiques proche d'ici.

— Pourquoi hélas, mon père ?

— Parce que l'Eglise nous met sur la touche. Regardez sœur Emmanuelle. Ils voulaient la mettre à la retraite, elle aussi. Elle a drôlement bien fait de se défendre.

— C'est si dur que ça, la retraite ?

— Ah oui, alors ! Quand ils nous y obligent, est-ce que nos supérieurs font vraiment la volonté de Dieu ? Ils nous rangent dans un coin de France comme un balai dans un placard. Pourtant, on pourrait encore servir, bon sang !

— Tout le monde doit prendre sa retraite un jour ou l'autre, observe sœur Myriane. Même la Sainte Vierge l'a fait.

— Pas dans un placard à balais !

— Nous ne sommes pas dans un placard. On n'est pas inutiles, mon père. On a plein de choses à faire, à commencer par prier.

— Tout le monde n'a pas la vocation contemplative, maugrée le père blanc. On n'arrête pas de pleurer parce qu'il n'y a pas assez de curés dans les églises et, là où je suis, nous concélébrons à trente-cinq dont quinze au moins seraient encore très capables de travailler en paroisse. Vous ne trouvez pas que l'Eglise gaspille ses ressources ?

Emmanuelle hoche la tête avec compréhension. Elle a dû longtemps se tenir ce langage.

— Quand allons-nous voir vos SDF, ma sœur ? dis-je. Vous savez que je ne peux pas rester ici toute la semaine. J'ai mes cours à Paris.

— Il faut d'abord que tu connaisses Claude Garioud, le président de Paola.

— Paola ?

— C'est l'œuvre d'aide aux sans-logis avec laquelle je travaille…

— Drôle de nom pour une œuvre !

— C'est à cause de saint François de Paule. Il est né à Paola, en Calabre, ville jumelée avec Fréjus. Mais il ne s'agit pas d'une œuvre catholique.

— Parlez-vous parfois de Dieu aux SDF ?

— Non. Si on le fait, ils ont une réponse toute prête : « Ah, il est chouette votre Dieu qui m'a mis dans le pétrin où je suis ! Merci, petit Jésus ! » Un jour, il y en a un qui m'a dit : « Si c'est Dieu qui a créé mon père et ma mère, ces deux salauds, cela veut dire que Dieu est méchant. »

Je lui rappelle qu'en terre d'islam, elle a ouvert des écoles, instruit des enfants alors que tout prosélytisme religieux était interdit.

— Vous deviez être frustrée ?

— Non. Notre supérieure d'Istanbul nous disait : « Vous ne devez pas professer le christianisme. Vous devez transpirer Jésus-Christ ! »

— Et pourquoi, à votre retour en France, vous êtes-vous intéressée plus particulièrement aux sans-logis ?

— On en parlera avec Claude.

Elle décroche son téléphone et, une heure plus tard, arrive un homme de quarante-cinq ans aux épaules d'arrière de rugby – du type tonique et extraverti. Il a des yeux très clairs d'enfant et sa voix un peu gouailleuse est teintée d'accent lyonnais. Il se présente. Il travaille dans l'ameublement et vit aux Adrets, à quelques kilomètres de Callian.

— Je vous ai entendue l'autre jour dans la voiture sur France Inter, dit-il à Emmanuelle. J'ai été très touché par

ce que vous avez dit de Paola. Et puis, vous avez pré-
cisé aussi qu'il fallait lutter contre le sida.

— C't'évident, non?

— Ce n'est pas tellement évident pour certains gens
d'Eglise qui n'osent même pas prononcer ce mot.

— Pourtant, il y a des religieux qui s'investissent,
comme Mère Teresa. Nous ne passons pas notre vie à
prier sur le mont Sinaï. J'ai fait mon travail de citoyenne.
Il faut arrêter cette horrible épidémie qui dépeuple
l'Afrique.

— Lorsque le journaliste vous a demandé: «Alors,
est-ce que ça se passe bien avec les SDF?», vous avez
marqué un blanc qui a duré un siècle. Ah, ce silence!
On sentait que le journaliste était K-O… Une espèce
de désespoir. Et moi je vous comprends bien, parce
que, face à eux, on est souvent pétrifiés. On peut à
peine en parler. Alors, votre blanc était parfait! Il en
disait long.

— J'ai tant de mal! soupire Emmanuelle.

— Mais vous êtes heureuse avec nous, n'est-ce pas,
ma sœur?

— Oh oui!

— Et vous, dis-je, comment en êtes-vous venu à vous
occuper des sans-logis?

— Je suis né dans une banlieue pourrie de Lyon et
j'ai eu beaucoup de chance. Je me suis marié, on a eu
un enfant au bout de dix ans d'attente et, un beau matin,
je me suis dit que cela ne suffisait pas. On ne peut pas
se lever chaque jour avec la seule perspective de gagner
du fric. Quand un couple se referme sur son petit bonheur. Monsieur, Madame et l'enfant, ce n'est pas très
exaltant. Michel Degez, mon oncle par alliance, est alors
venu me demander si je voulais l'aider à créer une struc-
ture pour les SDF de la région. J'ai dit OK. C'était il y

a cinq ans. Je suis le président pour un mois encore. Après, je retourne à la base.

— Vous n'aviez pas la vocation SDF ?

— Non, je m'occupais d'orphelinats en Roumanie et de convois humanitaires. Pour les sans-logis de France, je me disais : « Il y a des assistantes sociales, toute une infrastructure. Ce n'est pas la peine. » Eh bien, non ! Elles ont tellement de travail ailleurs et il faut bien avouer que le sans-domicile-fixe est tellement emmerdant, tellement aviné qu'elles ne s'en occupent pas très volontiers. Quand on a installé la boutique, on avait prévu un bureau pour elles, pour ne pas qu'elles remplissent les formulaires sur le trottoir. Elles n'y sont jamais entrées, jamais. On travaille en relation avec elles, on a des subventions de la DASS, mais pas plus.

— Elles s'occupent très bien des femmes et des enfants, corrige Emmanuelle.

— Comment avez-vous fait la connaissance de la sœur ?

— Par l'Association et le père Asso, répond Claude. La première fois que je l'ai vue, je lui ai dit qu'on avait besoin d'elle.

— Et que vous a-t-elle répondu ?

— « Toi, tu sais parler aux femmes ! »

Emmanuelle pouffe.

— Elle réussit très bien, reprend Claude. J'étais inquiet au début. Quand je suis venu la prendre à Callian pour la première visite, j'avais l'impression de conduire une gamine à l'entrée en sixième. Elle était intimidée. Elle me demandait : « Est-ce que je vais savoir y faire ? Mais comment sont-ils, tes SDF ? » Je lui répondais : « Ce n'est pas compliqué, ils rejettent tout. La religion, la société. Ils ne croient plus en rien. – Mais comment est-ce qu'il faut les prendre ? Est-ce que je vais savoir ? Je savais au Caire, mais ici c'est pas pareil. » Et moi, je lui répétais : « Soyez vous-même, ma sœur, vous verrez, ça se passera très bien. »

— Comment cela s'est-il passé ?

— On arrive au centre d'accueil. Elle rentre et les gars la regardent, surpris et pas du tout aimables. Même ma femme a la trouille d'entrer, alors vous pensez ! Qu'est-ce que cette vieille bonne sœur venait foutre chez eux ? Ils commencent à me charrier. Alors, elle leur dit bonjour à tous, l'un après l'autre. Elle me faisait penser au film où Belmondo dit à Anconina : « *Tu sais, il y a une manière de dire bonjour. Alors, dis-moi bonjour.* » Et l'autre essaie et dit : « *Ah, merde, je l'ai encore raté !* » Eh bien, elle, ses bonjours, elle n'en a pas raté un seul. N'est-ce pas, ma sœur ?

Emmanuelle, rose de plaisir, a un geste de dénégation modeste.

— Je vais passer un coup de téléphone, poursuit Claude, je reviens cinq minutes après et voilà que je la retrouve perchée sur un tabouret de bar en train de discuter en arabe avec un des gars qui était secoué de rire. Je crois que c'était un Maghrébin et que l'arabe égyptien lui semblait drôle. Moi, j'étais rassuré. Elle avait le contact. Pourtant, Dieu sait qu'il n'est pas facile de le trouver !

— Viennent-ils spontanément à vous ?

— Non, le plus souvent on nous les signale. L'hiver dernier, sœur Emmanuelle est venue me voir. C'est la première et la seule fois que je l'ai vue en colère. Elle avait été alertée par un maire sur un cas de détresse : « Ce n'est pas possible, il y a un couple et deux bébés qui vivent dans un vieux car pourri et… » Je suis allé trouver ces gens. L'homme était un colosse mais il n'avait pas l'air méchant. Je lui ai dit : « T'as pas eu de chance dans la vie. Eh bien, grâce à la sœur, un TGV est en train de s'arrêter devant toi et ce TGV s'appelle "chance". Il est conduit par la sœur. Alors ou tu montes ou tu restes sur le quai. Si tu restes sur le quai, je te ferai pas de cadeau, tu m'entends ? » Puis j'ai dit à la femme : « Toi, tu vas devenir une vraie femme, tu vas te mettre à bosser et il y a intérêt, le soir quand ton mari rentrera du boulot, que la soupe soit prête. » Eh bien, ça a marché. Le gars est devenu l'un des hommes de confiance du chef d'entreprise qui avait accepté de le prendre et qui me dit : « Ton gars, il a des mains en or, et je compte en faire un chef d'équipe. » J'étais drôlement soulagé, tu peux me croire. La sœur venait à peine de prendre son service chez nous et c'était la première fois qu'un type rebondissait, repartait du bon pied. Je m'étais dit : « Quelle déception pour elle si ça ne marche pas ! » Remarquez, on a eu des déceptions depuis !

— Pas avec lui, dit fièrement Emmanuelle. Il tient bon.

— Vous avez un réseau d'employeurs ?

— Oui, et ils ont du mérite. Les SDF, c'est très spécial, me dit Claude. Personne ne veut s'occuper d'eux, même pas les structures officielles. Ah, s'il s'agit d'enfance malheureuse, les dévouements se multiplient. C'est beau, un enfant, on a envie de l'embrasser. Mais un alcoolique, un paumé qui pue le vin, rares sont ceux qui s'y intéressent.

— A propos, comment vont nos deux dernières jeunes recrues ? demande Emmanuelle.

— Pas trop mal.

Claude se tourne vers moi.

— Il faut que je vous explique. Un beau jour, le maire d'un patelin m'a téléphoné. Il y avait deux jeunes qui dormaient près du stade dans une carcasse de voiture abandonnée. Deux frères. Quand les enfants venaient jouer au foot, ils se sauvaient en courant. Tout le village était en émoi. Le maire, un médecin, voulait une « solution immédiate ». Je suis allé les voir, en leur disant que je n'étais pas de la police et que je voulais seulement les aider. Le père, un alcoolique à cinq litres de rouge par jour, les avait poursuivis avec une hache et il avait aussi tenté de les étrangler. Ils sont complètement tétanisés. Pas révoltés, tétanisés. Ils ont plus de vingt ans, mais leur âge mental tourne autour de douze, treize ans. Bien sûr, ils sont abîmés, mais au fond, pour nous, des jeunes comme ça, ni violents ni alcoolos ni drogués, c'est du caviar !

Quand elle parle des problèmes concrets des pauvres, Emmanuelle abandonne la gestuelle exubérante et démonstrative que j'appelle irrévérencieusement à part moi son « cinéma ». Elle devient grave jusque dans le timbre de sa voix si volontiers claironnante.

— J'étais très inquiète avant de me lancer là-dedans, dit-elle. Je n'aurais pas pu m'insérer dans une œuvre s'il n'y avait pas eu à la base, comme à Paola, le respect de l'autre et de sa liberté. Pour moi, c'est capital. Claude accueille et respecte les gens comme ils sont. Ils sont tombés dans la misère et dans l'alcool parce qu'ils n'étaient pas ou mal aimés. On ne peut réparer ça que par l'amour et le respect. Celui qui ne comprend pas cela n'a rien compris. C't'évident !

Je demande à Claude si la célébrité de sa nouvelle recrue lui crée des problèmes.

— Au début, un peu. Elle venait d'arriver chez nous quand *Nice Matin* a sorti un énorme titre : « Sœur Solidarité. » J'ai appelé sœur Marthe et j'ai demandé à la rencontrer pour expliquer ce qui se passait. Un journaliste s'était trouvé chez nous par hasard et il avait vu Emmanuelle. On ne peut pas empêcher les gens de faire leur métier.

— Est-ce que sœur Emmanuelle vous a apporté des suggestions ?

— Oui, mais son expérience n'est pas toujours applicable ici.

Je demande si certains SDF retrouvent une vie normale au point de fonder une famille. Visiblement, les exemples n'affluent pas à l'esprit de mes interlocuteurs.

— Il y en a un qui s'est marié et est reparti du bon pied, dit enfin Emmanuelle.

— D'accord, mais il était jeune et bien désintoxiqué, précise Claude.

Je lui demande pourquoi il y a peu de femmes parmi les SDF.

— Il y a quelques années, il n'y en avait pas mais, hélas, la situation est en train de changer. Selon les dernières enquêtes, 17 % des sans-logis sont des femmes et près de 20 % d'entre elles vivent dans la rue avec des enfants. Mais c'est une jungle où la femme survit très difficilement et est menacée par la prostitution ou l'agression sexuelle. Nous avons récemment été obligés d'exclure une femme. Il n'y avait pas moyen de faire autrement. Elle allait d'un homme à l'autre et elle nous créait des problèmes insolubles.

— Pauvre Sonia ! soupire Emmanuelle. Elle est pourtant bien gentille, mais l'alcool et la drogue l'ont tellement démolie ! Comment allons-nous faire pour qu'elle ait sa part de paella ?

Devant mon air étonné, elle lève les bras au ciel comme pour célébrer un grand événement.

— Eh oui ! On va organiser une paella géante. Si tu es là à ce moment-là, tu en auras ta part. Au fait, il faut que je vérifie quelque chose.

Elle décroche le téléphone.

— Dis-moi, Patrick, la paella, est-ce que c'est bon réchauffé ? Est-ce que tu en as prévu assez ? Si on la distribue dans le car, est-ce qu'elle restera bien chaude ?

Le restaurateur ne doit rien comprendre à cette pluie de questions car elle s'impatiente et passe l'appareil à Claude.

— Vous connaissez la sœur, explique-t-il. Elle veut tout en même temps. Occupez-vous de la paella, moi je m'occupe du car.

Il raccroche et se tourne vers Emmanuelle.

— Qu'est-ce que c'est que cette histoire de car ?

— J'ai pensé qu'on pourrait les promener en car. Il y a de si beaux villages dans le coin ! Cela compléterait bien la paella.

— Mais vous n'y pensez pas, voyons, ma sœur ! S'il y en a qui ont un coup dans le nez comme c'est probable sinon certain, il va être beau, votre car, avec tous ces tournants !

— Ah bon ! Eh bien alors, on se passera de car.

— Elle croit que personne n'est méchant, me glisse Claude.

Elle proteste avec vigueur :

— Pas du tout ! Je pose en principe que les gens sont bons et c'est la vérité. Les SDF sont de braves types. Regarde les deux jeunes qu'on a tirés de prison, ils ne sont pas sympas ? Parfois chapardeurs, ça oui. Mais il y en a un, Raphaël, quand je le lui ai reproché, qui m'a dit : «Que voulez-vous, ma sœur, le gars avait tout et moi je n'avais rien. J'ai rétabli la justice.»

Elle rit sous cape.

— Au fond, vous aimez bien les marginaux, les délinquants, les tôlards ?

— Oui. Je les aime.

— Comme l'abbé Pierre.

— Ah, l'abbé Pierre, c'est autre chose ! Lui, il souffre !

Je me garde bien de lui dire qu'elle a tort de déplorer la présence en elle de ce qui est le plus sain, le plus vital, le plus bienfaisant pour autrui : sa merveilleuse joie de vivre.

QUELLE ÉNERGIE, GRAND DIEU!

Elle est assise, bien droite, devant la table sur laquelle s'empilent papiers et paquets.

— Tu vas m'aider, Pierre. Ouvre les lettres, on va classer tout ça et répondre.

Elle a son ton d'institutrice. Je m'installe à son côté. Le tas de courrier est impressionnant. L'une des lettres est adressée à «la Révérende sœur Emmanuelle». Elle s'esclaffe :

— Révérende! Moi qui dis «Père évêque», parce que je trouve Monseigneur trop pompeux. Elle est bien bonne! Avançons!

— *La Vie* et *La Croix*. Je suppose que vous les lirez plus tard?

— Donne-les-moi tout de suite. Il faut que j'y jette un coup d'œil. Je suis abonnée.

Elle les replie presque aussitôt et se saisit de deux enveloppes sur lesquelles elle reconnaît les écritures.

— C'est ma nièce Sofia, que tu connais.

— Oui, bien sûr. Elle m'a même raconté les souvenirs qu'elle avait de vous.

— C'était une gentille petite fille. La voilà bouddhiste,

mais à chacun son chemin ! Ah, il y a une lettre de Bittar. C'est le président de mes amis de Suisse. Un homme remarquable. Je lirai ça plus tard à tête reposée. Tiens, c'est curieux, aujourd'hui, il n'y a pas de demande d'aide !

— Vous en recevez tant que ça ?

— Hou ! hou ! Tu ne peux pas imaginer ! C'est sans arrêt. Ne jette pas cette enveloppe, voyons, il y a des timbres étrangers. Je les garde pour sœur Myriane. Découpe-les proprement, s'il te plaît.

— J'ouvre les colis ?

— Bien sûr.

— Il y a du chocolat et des soupes en sachets.

— Les gens sont généreux. Tiens, prends Isabelle Juppé, par exemple. Elle s'occupe de l'enfance malheureuse. En sachant que j'étais à Paris, elle est venue exprès de Bordeaux pour que nous passions une heure ensemble. Elle m'a invitée chez elle. Elle m'a dit : « Ma sœur, je vais vous faire des pâtes. Je n'ai plus le cuisinier de Matignon. » C'était charmant. Voyons, que fais-tu là, animal ? Mets les soupes avec les soupes, pas avec les sucreries ! Qu'est-ce que c'est que ça ?

— Un crayon qu'une dame vous envoie pour être sûre que vous lui répondrez. Malheureusement, il n'a pas de mine.

— C'est touchant ! Allez, sors un instant maintenant. Il faut que je mette mes bas de contention. Ouste ! Mais d'abord, range-moi tout ça sur la table.

J'ai l'impression de faire mes classes à l'armée. Quelle énergie, grand Dieu, quelle énergie ! Quand je reviens, il n'est plus question du courrier. Nous discutons de choses et d'autres. Je lui cite Talleyrand : « Tout ce qui est excessif est insignifiant. »

— Attends une seconde !

Elle calligraphie la phrase d'une écriture très féminine,

penchée sur la droite, en essayant, dans la mesure où l'instrument le permet, de marquer les pleins et les déliés. C'est sa façon de prendre des notes pour le livre qu'elle prépare et dont elle a déjà trouvé le titre : *Richesse de la pauvreté*.

— Talleyrand avait bien raison. Quand les choses sont disproportionnées, elles n'ont plus d'importance. Il faut que je cite cette phrase dans mon livre.

— Citer un défroqué ! Vous n'y pensez pas. Si vous menez une croisade contre le libéralisme et le mondialisme, la malbouffe et les McDonald's, alors là votre livre sera à la mode.

— Je n'ai rien contre le libéralisme comme créateur de richesses. Le seul problème est leur distribution. Le communisme a échoué, mais qu'est-ce qu'on a mis à la place ? Figure-toi qu'en Roumanie, il y a des gens qui m'ont dit : « Ah, du temps de Ceausescu, c'était mieux ! »

— Mais c'était une tyrannie épouvantable – un fou sanglant qui a ruiné son pays !

— Je sais. Il n'empêche que les gens te disent : tout le monde avait un petit travail, une petite assurance sociale, tandis que maintenant il y a beaucoup d'exclus du système qui n'ont plus rien du tout. Est-ce que c'est vraiment mieux ?

— Méfiez-vous. On vous reproche déjà de ne pas dénoncer les dictatures effroyables qui ravageaient certains des pays où vous passiez. Vous allez au Soudan pour y défendre les enfants de la guerre civile et leur donner de quoi manger et des écoles, et puis vous allez voir Tourabi, l'islamiste fanatique qui est largement responsable de cette guerre contre les animistes et les chrétiens du Sud. Vous sortez de son bureau et vous dites à la cantonade qu'il est très sympathique. Vous avouerez, ma sœur, qu'on peut tout de même être surpris !

Elle lève les bras au ciel.

— Que veux-tu, j'ai trouvé ce bonhomme sympathique et je l'ai dit. Je suis comme ça, moi ! De toute façon, la politique, je n'y connais rien ! Et puis je n'ai pas envie qu'on m'empêche de nourrir ces milliers d'enfants. Un mot de trop et hop ! les voilà condamnés à la rue, c'est-à-dire à la mort.

Je vois, sur sa table de chevet, un livre d'où dépasse un marque-pages.

— Que lisez-vous en ce moment, ma sœur ?

— Oh, un bouquin superbe ! *L'Ethique ou le Chaos*, de Jean-Loup Dhers. Très original. Très fort. Sur la pauvreté et l'exclusion, il dit des choses très fortes. Je ne suis pas capable de les écrire moi-même, mais je sens que c'est juste et que c'est vrai.

Soudain, elle me dévisage.

— Qu'y a-t-il ma sœur ?

— Tu ne crois pas que tu devrais faire un peu couper cette tignasse ?

— Mais je ne peux pas.

— Comment ça, tu ne peux pas ?

— A cause de mes étudiants. Si j'ai les cheveux courts, ils vont me prendre pour un vieux birbe et le courant ne passera plus entre nous.

Elle maugrée : « Ouais, ouais ! »

— Et puis, je ne suis pas Di Caprio, dis-je.

La veille, à propos de l'éloge qu'elle faisait de *Titanic*, l'un des rares films qu'elle a vus récemment, je lui ai reparlé de ce moment lointain raconté dans sa biographie où, jeune fille traversant la Manche pour rejoindre sa cousine religieuse à Londres, un passager lui avait dit : « Mademoiselle, vous avez de trop beaux yeux pour entrer au couvent. »

Elle émet un « hé hé ! » complice puis quitte ce sujet trop frivole.

— Je me suis tout de suite trouvée dans mon élément avec les accueillis de Fréjus.

— Les accueillis ?

— Oui, c'est comme ça qu'on appelle les SDF. C'est tout de même plus gentil.

Nous parlons de la pauvreté en France dont elle a encore peine à saisir la spécificité par rapport à ce qu'elle a connu dans ses deux «premières vies». Je lui indique que mon collègue Christian Hervé, professeur à Necker dont il dirige le laboratoire d'éthique médicale, est à l'hôpital de Nanterre le patron du service d'accueil des démunis ; avec Xavier Emmanuelli, fondateur du Samu social, ils m'ont permis d'en prendre une idée assez précise

— J'ai passé une nuit là-bas. Emmanuelli est un type formidable. Si seulement il y en avait beaucoup comme ça !

J'évoque le souvenir du père Joseph Wrezynski, ce prêtre extraordinaire qui voulait aborder la misère et l'exclusion dans le cadre familial. Il ne croyait guère aux sauvetages individuels d'hommes trop brisés pour qu'on en rassemble les morceaux. J'évoque ses accrochages, parfois très vifs, avec l'abbé Pierre qu'il traitait d'incurable romantique. Emmanuelle semble tout ignorer du débat qui a opposé ces deux grandes figures. Je lui rappelle que le père Joseph a inspiré ATD Quart Monde que dirige Geneviève de Gaulle.

— Ah, Geneviève de Gaulle, c'est une femme merveilleuse ! J'ai été la voir à Pierrelaye.

— Et puis, bien sûr, il y a Emmaüs. Mais vous les connaissez aussi bien que moi.

— Leurs communautés m'ont beaucoup aidée. A un moment, notre président, Hervé Theule, était en même temps secrétaire général d'Emmaüs. La dernière fois que j'ai vu l'abbé Pierre, j'ai été contrariée. J'étais si contente de l'avoir comme voisin de table et de pouvoir lui parler ! Eh bien, nous n'avons pas échangé une idée. Il n'entendait rien de ce que je lui disais. Il ne serait pas devenu sourd, par hasard ?

— Pas à ma connaissance. Peut-être y avait-il trop de bruit de fond. Quand on lui parle en tête à tête, il entend parfaitement.

— Ah bon ! Tu me rassures. Au fait, pourquoi dis-tu qu'il est romantique ?

— A cause du type de pauvres auquel il a consacré sa vie. Il est fasciné par le style ancien légionnaire ou ancien tôlard, bougon et rude, porté sur la bouteille. L'homme vers lequel il va tout naturellement est le trimardeur à la Jean Valjean. Il faut bien choisir ses pauvres puisqu'on ne peut pas se pencher sur toutes les détresses à la fois. Le choix est une question de tempérament.

— Peut-être, mais tous les pauvres doivent être aidés. Il ne faut pas se laisser mener par la naïveté ou la sensiblerie. Je me souviens de ce que me disait mère Marie-Alphonse, notre maîtresse des novices : « Sentir n'est pas consentir. Ne vous demandez pas tout le temps si vous aimez ou n'aimez pas. Agissez ! Soyez des femmes fortes ! » L'autre jour, à la télé, le psychanalyste m'a dit qu'à aimer tout le monde, on n'aime vraiment personne.

Je lui rappelle les propos exacts de Miller : « Tout le monde n'est pas l'égal de tout le monde, ce n'est pas vrai. Moi, 99 % de ma famille est morte dans les camps nazis. Eh bien, je n'ai pas le sentiment que je porte un égal amour à toute l'humanité. »

— Oui. Il m'a sorti ça avec tellement de cœur que je me suis dit qu'il fallait que je réfléchisse. Il y avait une part de vérité dans ce qu'il disait.

— Pourtant, un journaliste rendant compte de l'émission vous a accusée de « tutoiement terroriste » et comparée à un «alligator, œil mi-clos, mâchoire crispée»[1].

— Je ne vois vraiment pas le rapport du tutoiement avec le terrorisme. Quant à l'alligator, ça m'étonnerait qu'il me ressemble, observe-t-elle, mi-figue mi-raisin.

— Gérard Miller attirait votre attention sur l'existence du mal, du mal absolu dont témoigna la Shoah. Ce mal qui, pour beaucoup de gens, démontre qu'il n'y a pas de Dieu.

— Eh bien, je lui ai répondu en lui parlant d'une horreur que j'ai vue à Beyrouth pendant la guerre. Une petite orpheline adoptée par un couple jouait sur une terrasse et, sciemment, un franc-tireur du secteur d'en face l'a visée et l'a tuée. Elle s'appelait Leilah et elle avait cinq ans. Le comble, c'est qu'on m'a dit qu'elle avait été tuée avec une arme française ! Ce n'est pas Dieu qui l'a tuée, c'est un tueur. Un homme libre de choisir entre l'amour et la haine et qui avait choisi la haine. C'est ce qui s'est passé avec les nazis. N'accusons pas Dieu pour la liberté dont nous faisons un mauvais usage.

— Miller voulait dire aussi qu'on ne peut pas aimer dans l'abstrait.

— Alors, il se trompait du tout au tout sur mon compte. J'aime les pauvres, pas la pauvreté. La charité est une vertu théologale. Ce qui m'intéresse, moi, c'est la justice. La justice exige qu'on partage.

Je lui parle de l'un des êtres d'exception auxquels j'ai consacré un livre[2] : Yvonne Bezerra de Mello, la grande bourgeoise qui consacre sa vie à défendre contre la misère et les assassins les enfants des rues de Rio. J'ajoute que j'ai rencontré partout, dans mes voyages à travers le monde, des gens pétris de générosité.

1. Philippe Lançon, *Libération* du 4 janvier 2000.
2. Pierre Lunel, *Les Nouveaux Rois mages*, Plon, 1998.

Elle m'écoute, les yeux élargis d'intérêt et d'admiration.

— C'est la plus belle des qualités, murmure-t-elle. «*J'ai eu faim, j'ai eu soif et vous m'avez donné à boire et à manger.*» Et puis, c'est souvent une qualité innée. Tu l'as ou tu ne l'as pas. Les pauvres partagent.

Pour elle, la pauvreté est le chemin qui permet d'accéder à une dimension morale pratiquement inaccessible aux riches. Le vrai bonheur de l'homme est dans le dépouillement des biens matériels. En dehors de cette équation pauvreté = bonheur, rien ne compte vraiment.

— Au fond, ce qui vous conviendrait, dis-je avec un rien de mauvaise foi, c'est une planète où tout le monde serait plus ou moins pauvre. Car enfin, la question de l'Evangile reste posée. Est-ce qu'un riche peut aller en paradis ? C'est la parabole du chameau et du chas de l'aiguille, qui était, si ma mémoire est bonne, une porte très étroite de Jérusalem.

— Le chameau n'avait qu'à abandonner une partie de sa charge. C'est une question de mesure. Jean-Loup Dhers était un grand personnage de la Banque mondiale, un homme extraordinairement généreux et dévoué aux autres. A un moment de sa vie, il a distribué tous ses biens, quitté son superbe appartement, et il est allé s'installer avec sa femme dans un deux-pièces à Clichy. Il y est resté dix ans. Résultat : il a perdu une partie de ses amis pour qui aller à Clichy était impensable. Il est revenu dans les beaux quartiers pour retrouver la place qui était la sienne dans la société. Il a eu raison.

Je lui cite les *Fioretti* de saint François : «*Frère Junipère avait tant de pitié et de compassion pour les pauvres que, quand il en voyait un mal vêtu ou nu, il enlevait immédiatement sa tunique ou le capuchon de son manteau et les donnait à ce pauvre ; aussi le Gardien lui*

ordonna, au nom de l'obéissance, de ne donner à aucun
pauvre toute sa tunique[1]. »

— Comment fais-tu pour savoir tant de choses par
cœur ?

— Quand on aime un texte, on le retient, dis-je, en me
gardant bien d'avouer que je prépare nos entretiens
comme autant de cours.

— En tout cas, le gardien était plein de bon sens,
reprend-elle. Saint Martin lui-même n'a donné que la moitié de son manteau, et ce n'était certainement pas par ava-
rice. C'était pour nous dire que chacun doit aller là où ses
pas peuvent le porter. La fille de mon cousin germain, qui
était une P-.D.G. ou pédégère, je ne sais plus comment il
faut dire maintenant, s'est faite professeur chez les Orphelins Apprentis d'Auteuil. Mon cousin en a presque eu une
attaque d'apoplexie. Elle lui a dit : « Papa, nous sommes
beaucoup plus heureux qu'avant. » Elle ne s'était pas
dépouillée de tout, mais, par rapport à son milieu d'origine,
elle avait consenti un grand sacrifice. Tu ne trouves pas ?

— C'est vrai. De toute façon, si l'on donne tout ce
qu'on a, dans notre société telle qu'elle est, on est considéré comme un cinglé et personne n'imite un fou. Mais
alors, quelle proportion de son avoir doit-on consacrer à
ceux qui n'ont rien ? La moitié, le quart ?

Trop fine mouche pour se laisser enfermer dans ce genre
de pourcentages, elle choisit de me répondre par une anecdote.

— Un jour, un homme d'affaires très riche a fait une
opération considérable qui avait un rapport avec mes activités. Enfin, disons que, sans le vouloir, je lui avais procuré une occasion de gagner encore de l'argent. Pour me
prouver sa reconnaissance, il a signé un chèque à l'ordre

---

1. *Les* Fioretti *de saint François*, Points/Seuil, p. 253.

de l'Association. Quand j'ai lu le chiffre, j'ai cru rêver.
Je l'ai remercié et je lui ai dit : « C'est très généreux de
t'être privé d'une somme pareille. » Et tu sais ce qu'il m'a
répondu ? « Mais, ma sœur, je ne me suis privé de rien du
tout. Ce chèque n'était pas assez gros pour que je m'aper-
çoive qu'il a été débité. » Il m'a dit ça très gentiment, mais
cela m'a fait un choc.

Je feins de m'étonner. Quand j'étais enfant, mon père
appelait cela « faire l'âne pour avoir du foin ».

— Pourquoi ? L'essentiel n'était-il pas qu'il donne ?

— Oui et non, parce qu'au fond, il n'avait rien donné
du tout. Il ne serait pas passé par le chas de l'aiguille.

— C'est le riche face à Lazare. Entre eux, dit l'Evangile, il y a un « gouffre béant ». Françoise Dolto écrit
quelque part que le riche vit lui aussi un drame parce que
« *son cœur se ferme et son émotion devient aride. Il ne
communique plus avec l'autre qui perd visage humain,
ni avec lui-même qui devient un homme mort* »[1].

— Exactement, approuve Emmanuelle de son ton de
prof complimentant un élève au tableau. Elle avait tout
compris. Avançons ! Tu vois, ce que j'aimerais, c'est que
quelqu'un m'écrive : « Sœur Emmanuelle, je vais faire une
croisière, mais je ne prendrai pas la cabine de première
classe comme j'en avais envie. Je prendrai une cabine un
peu moins luxueuse et je vous adresse ci-joint le chèque
de la différence. » Et moi, je prétends que celui qui fera
cela aura une croisière beaucoup plus agréable.

— Hélas, je n'en suis pas aussi sûr que vous.

— Mais enfin, nous sommes dans un monde où l'on
apprend tous les jours que des gens sont morts de faim,
où les enfants mal nourris se comptent par millions ! Que

---

1. Françoise Dolto, *L'Evangile au risque de la psychanalyse*. Le Seuil,
p. 151.

font ces milliardaires ? Ils n'ont pas le droit de ne pas aider.
Ce n'est pas juste de garder sa fortune pour soi seul.

— N'oubliez pas qu'il y a deux parts dans toute fortune. La première, c'est le patrimoine qu'on a hérité. Et
puis, il y a ce qu'on a gagné soi-même.

— Le patrimoine, ce n'est pas vraiment de la fortune
puisque c'est pour les enfants. Des centaines de fois, j'ai
vu des parents vivre difficilement et j'ai entendu cette
phrase : «Comme ça, mon fils ou ma fille vivra mieux. »
C'est un souhait parfaitement légitime. Cela existe partout.

— Voilà bien une réflexion de bourgeoise, dis-je,
sachant qu'elle aime bien les petites provocations. On
voit que vous ne sortez pas du prolétariat !

— Et alors ? Ne dis pas de mal des bourgeois, ce sont
ceux qui m'aident. C'est grâce à eux que j'ai réussi
au Caire. Ils ne sont pas tous comme les bourgeois dont
parle Flaubert, ceux devant qui la servante Félicité éta-
lait son demi-siècle de servitude ! Mes bourgeois à moi
ouvrent leur bourse !

— Mère Teresa se moquait de l'argent. Elle disait :
«Dieu y pourvoira ! »

— Je sais. Je l'ai rencontrée chez Mgr Egidio Sampieri à Alexandrie, rappelle Emmanuelle. Elle disait
n'avoir jamais besoin de rien. J'étais allée voir les mis-
sionnaires de la Charité au Caire peu avant sa visite. Elles
étaient ennuyées parce qu'elles avaient quelques pauvres
meubles. Elles répétaient : «Elle va dire qu'on vit dans
le confort ! » Eh bien, moi, que veux-tu, j'ai besoin d'argent. Alors, je ne crache pas dans la soupe. Tu sais, quand
je parle à des bourgeois, comme tu dis, à la fin ils sor-
tent tous leur chéquier.

— Au fond, vous pensez qu'être pauvre vous met à
l'abri d'un certain nombre de défauts majeurs de l'être
humain.

Cette fois, sous l'aspect paradoxal de la formule, je sens qu'il y a un fond de vérité. D'ailleurs, elle se défend avec trop de vivacité pour ne pas le sentir, elle aussi.

— Non, non et non ! Je n'ai jamais dit que les pauvres sont meilleurs que les autres. Ce que m'a appris la vie, c'est que lorsqu'un être humain n'a rien, il est obligé de se tourner vers les autres. Obligé, tu entends ? Or l'homme est un être dont le bonheur dépend de sa relation aux autres et non de l'argent qu'il possède. J'ai vu des gens très riches qui étaient solitaires et malheureux comme des chiens, alors que les très pauvres habitants de mon bidonville étaient heureux. On rigolait, au Caire, qu'est-ce qu'on a pu rigoler !

— C'est aussi une question de tempérament, de nature. Il y a des gens qui sont toujours au bord des larmes, des dépressifs.

— Allons donc ! Au bidonville, je n'avais pas de médicaments et j'ai demandé à une jeune amie de m'en faire parvenir. Par l'ambassade de Belgique, elle m'a envoyé un grand sac. Je l'ouvre devant le docteur qui venait nous aider de temps en temps. Il y avait beaucoup d'antidépresseurs. Le docteur, je le vois encore, éclate de rire. « C'est pour mes clientes des quartiers chics du Caire, sœur Emmanuelle ! »

— Bref, vivons tous dans des gourbis avec les rats pour être heureux. C'est bien ça ?

Mon sarcasme la laisse de marbre.

— Personne ne veut me croire quand je raconte le bonheur de vivre là-bas, dans une solidarité totale. Les enfants passent d'une maison à l'autre et toutes les portes sont ouvertes. Dans un bidonville, on n'a rien mais on a tout : la relation avec l'autre. Elle existe d'ailleurs même ici. Par exemple, entre des exclus. Ils ont un paquet de cigarettes, une bouteille et ils partagent. Ils ne boivent pas seuls.

Je pourrais, certes, nuancer cette vision de la réalité que je trouve bien idyllique. Pour avoir été parfois sur le terrain, je sais quels terribles conflits peuvent opposer les pauvres entre eux et combien il est difficile de gérer une société d'exclus. Mais sœur Emmanuelle ne veut voir que le côté positif des choses. Je continue à la tracasser.

— Moins tu as, plus tu es ?

— Doucement ! Je ne vais pas si loin. Je dis que dans la pauvreté, la relation humaine se fait plus forte. C'est connu, ça. Et moi j'ajoute que, dans la mesure où on se prive pour aider les autres, on trouve une joie. Voilà ce que je veux dire. Les gens, ici en Europe, courent derrière l'argent ; ils ne peuvent pas être heureux. Cette course tue la joie de vivre et rend dépressif. C't'évident ! Dans le bidonville, les gens n'avaient pas besoin d'antidépresseurs.

— C'est un jugement bien rapide, ma sœur. Il y a beaucoup de gens de toutes conditions qui souffrent de dépression. Il s'agit d'une vraie maladie, croyez-moi.

— C'est parce qu'ils ne s'occupent pas des autres. Moi, je ne sais pas ce que c'est qu'être mal dans sa peau. Je suis contre le stress. Je le refuse tout simplement. Le stress, c'est le non-vivre. Vivre, c'est marcher, c'est chanter ! Lis donc *La Sagesse d'un pauvre*, d'Eloi Leclerc.

Comment comprendrait-elle les tourments de la mélancolie ? Elle est trop bien portante, trop bâtie à chaux et à sable, trop équilibrée pour cela.

LA PAUVRETÉ EN FRANCE

Ce matin, nous avons de la visite. Philippe Loiseau est un homme de haute taille proche de la cinquantaine au teint légèrement couperosé et à la courte barbe taillée avec soin. Il a une voix retentissante et aurait pu faire un excellent baryton s'il n'achoppait de temps à autre sur un mot. Martine, son épouse, qui l'accompagne, est une blonde aux yeux clairs, l'une de ces femmes qui vous donnent immédiatement confiance. Je me vois obligé d'expliquer les raisons de ma présence. Avec l'habitude, mon petit discours relève de l'automatisme. Emmanuelle m'interrompt. Pour l'instant, elle ne semble pas vouloir rallumer la « guerre du portrait ».

— Ce qu'il y a de bien avec Loiseau, c'est que tu peux l'appeler à minuit ou à 3 heures du matin, il répond toujours présent. Ça, c'est irremplaçable. Philippe et Martine sont dans la rue, avec les hommes de la rue. Ils ne mettent pas seulement la main à la pâte. Ils sont dans la pâte jusqu'au cou.

— Comment y êtes-vous tombés ? demandé-je.

— On peut se tutoyer. Martine a été très gravement malade. Les médecins parlaient d'au moins deux ans avant qu'elle puisse songer à se rétablir. Elle a reçu le sacrement des malades et, trois mois plus tard, elle était guérie. On avait fait tous les deux quelque temps plus tôt un retour à la religion. Elle m'a dit : « Si le Seigneur m'a laissée sur terre, ce n'est pas pour glander ! » Alors, on a cherché ce qu'on pouvait faire.

— Du côté des sans-logis ?

— Au début, je pensais plutôt à l'assistance aux malades. La première fois que j'ai vu sœur Emmanuelle, je ne savais pas très bien qui elle était. Avec sa façon de s'habiller, elle fait plutôt grand-mère provençale. Je lui ai demandé : « Pardon, vous êtes sœur ? » Et elle m'a envoyé bouler : « Ouais, je suis sœur. Ça ne se voit pas ? » Alors je lui réponds : « Excusez-moi, il me semble qu'on se connaît. Peut-être qu'on s'est vus à l'église ? » Et elle, aussi sec : « Ça m'étonnerait ! » Ma foi, je n'ai pas insisté. Et le soir, j'ai un coup de fil d'un gars de Paola. « Tu es passé à la boutique aujourd'hui, n'est-ce pas ? Eh bien, tu n'as vu personne. Ne dis pas que sœur Emmanuelle était là. » Moi, étonné : « C'était la petite bonne femme que j'ai vue ? » Et lui, scandalisé : « Tu appelles sœur Emmanuelle une petite bonne femme ! »

— Encore un qui me prend pour la réincarnation de la Sainte Vierge ! soupire Emmanuelle les bras au ciel. Nous sommes tous des pauvres types !

— A l'époque, dit Philippe, j'avais l'impression que vous étiez très heureuse de trouver les SDF parce qu'ils vous rappelaient les pauvres du Caire. A vrai dire, je n'avais pas tellement envie que vous veniez chez nous. Je craignais les journalistes, le cirque ! Mais je vous ai vu parler avec un paumé, un certain Christophe, vous vous en souvenez peut-être, ma sœur ? Vous essayiez de lui redonner un peu confiance en lui. Toute votre attitude disait : « Tel que tu es, même si tu pues du goulot, je t'aime. » Et il était drôlement content. Il avait un sourire jusqu'aux oreilles. Tout ça en quatre secondes !

— Assez parlé de moi, tranche Emmanuelle.

— Attendez, attendez, ma sœur, y a pas que des compliments !

— Elle aurait donc des défauts ? dis-je perfidement.

— Ah ça, oui ! Elle n'est pas commode ! Une fois, elle me demande de venir la chercher à 8 heures pétantes. Depuis Saint-Raphaël où j'habite, il y a de la route et des embouteillages. J'arrive à 8h05. Elle était déjà au bas du parc du Pradon, sur la route. «Bonjour ! Je n'ai plus besoin de toi. J'ai appelé quelqu'un d'autre !» J'étais viré ! Tout de même, après elle a été un peu plus gentille, elle s'est rendu compte qu'elle avait lancé un peu loin le cochonnet.

— Elle doit se faire des ennemis avec ce caractère-là ?

— Penses-tu ! Elle les met dans sa poche. Le président d'une association d'entraide qui prépare des colis pour les pauvres, franc-maçon et libre penseur, se méfiait beaucoup d'elle : «Qu'est-ce que c'est que cette bonne femme ? me disait-il. Pour qui elle se prend, celle-là ?» Un jour, on lui a amené la sœur. Eh bien, maintenant, il ne jure plus que par elle.

— Oui, nous sommes devenus de grands copains, se rengorge Emmanuelle. Moi, je pense que quand les gens font du mal, ce n'est pas par méchanceté. Il y a du soleil dans le cœur des hommes.

— C'est une maxime fameuse de Descartes, dis-je. «Nul n'est méchant volontairement.»

— Quand les gens sont méchants, reprend-elle, c'est parce qu'ils ont beaucoup souffert ou parce qu'ils ont peur. Au Liban, des jeunes m'ont avoué pendant la guerre qu'ils se dopaient avant de se battre pour pouvoir tuer. La férocité n'est pas dans la nature humaine.

— Que les gens croient ou non en Dieu ne change pas grand-chose, observe Philippe. Regarde Marie, qui travaille à préparer les colis à Entraide 83. Elle n'est pas croyante autant que je sache. C'est une femme d'une bonté et d'une générosité extraordinaires. Elle ne supporte pas qu'on soit malheureux. Si elle n'était pas mariée, mère et grand-mère, je crois qu'elle amènerait tous les SDF dormir à la maison. Elle est tellement extraordinaire qu'ils lui rendent l'argent qu'ils lui empruntent ! Tu te rends compte ! Ils se débrouillent pour le lui rendre ! Elle a un cœur immense, Marie, un cœur immense ! Elle les aime comme une maman, tels qu'ils sont, sans se forcer, et elle se fiche qu'ils soient peu ragoûtants. Moi, la première fois que je suis entré dans la boutique de Fréjus, il pleuvait, ça puait les pieds sales sinon pire. C'était repoussant. Mais j'avais fait un peu auparavant un exposé à des enfants sur saint François d'Assise qui embrassait les lépreux. Je me suis dit : « Ces gens-là puent mais ne sont tout de même pas des lépreux ! » et je me suis lancé. Même maintenant, ce n'est pas très agréable. L'autre jour, avec la sœur, on a amené deux gars à la boutique. Eh bien, après, j'ai dû passer ma voiture à la bombe à cause de l'odeur.

Emmanuelle indique d'un geste que tout cela n'est pas bien grave.

— Dominique est une femme très généreuse, dit-elle. Elle est médecin comme son mari. Il la soutient dans son action pour les SDF. C'est beau !

— Et les personnes qui donnent une cotisation à Paola, c'est beau aussi, remarque Loiseau.

— J'ai une idée. Tu vas parler de tout ça à mes sœurs. Cela les intéressera beaucoup.

Elle empoigne déjà son téléphone pour appeler sœur Marthe. J'ai remarqué qu'elle ne perdait jamais une occasion d'associer la communauté à son école buissonnière. L'exposé est prévu pour l'après-midi.

— As-tu trouvé un hôtel pour Sonia ? demande-t-elle tout à trac dès qu'elle a raccroché.

Le problème que pose l'exclue des exclus continue à la tourmenter. Depuis qu'on a dû l'écarter du groupe, on ne sait trop où la loger.

— Sonia, c'est un cas ! s'exclame Loiseau. A sept ans, elle a été violée par son père, puis par son frère, celui qui s'est suicidé par la suite. Les gens nous disaient après sa dernière overdose : « Quand elle sera au fond du trou, elle remontera. » Moi, je répondais : « Au fond du trou, ça veut dire quoi ? Au fond de sa fosse au cimetière ? » Un jour, j'étais tellement désemparé que je suis entré dans une église et j'ai dit : « Seigneur, c'est trop lourd pour moi. Je vous passe le fardeau. Si vous avez une idée, faites-moi signe. » Et voilà qu'au moment où je sortais, mon portable sonne ! C'était Emmanuelle qui m'appelait : « J'ai une idée pour Sonia, on va essayer de la mettre dans une clinique de Marseille tenue par des sœurs que je connais. – J'attendais votre coup de fil », lui ai-je répondu. « Comment ça, tu attendais mon coup de fil ? – Oui, j'avais interrogé le Seigneur et il m'a répondu sur mon portable. » Elle a dû croire que j'avais un coup dans le nez !

— As-tu trouvé un hôtel, oui ou non ? s'impatiente Emmanuelle, que ces miracles n'étonnent pas.

— Euh… Il y en a bien un à Saint-Raphaël mais le patron va tousser quand il verra la cliente !

— Je le convaincrai. Si seulement Sonia cessait de boire !

Je cite le titre du livre qu'un ancien alcoolique a publié récemment : *J'ai bu parce que j'avais soif*. Emmanuelle trouve cela drôle, Philippe moins. Son combat quotidien avec l'alcoolisme ne doit pas être toujours amusant.

— La sœur et moi, reprend-il, on l'a emmenée à Marseille pour la faire désintoxiquer, mais quand on est arrivés devant le bâtiment, on a lu un énorme «Hôpital psychiatrique» sur le fronton. Sonia ne voulait plus entrer. Elle a accepté huit jours pour faire plaisir à la sœur, elle est restée trois semaines, il y a eu un mieux mais, hélas, ça n'a pas duré. Nous, on lui disait : «On t'aime, Sonia, On est prêts à tout faire pour toi, mais toi aussi, fais un petit effort de ton côté.» Dire qu'on a été obligés de l'exclure !

Emmanuelle a l'air émue et, comme pour chasser cette pensée, elle se tourne vers moi.

— Loiseau a été chic pour Hervé et Raphaël, les deux jeunes que j'allais voir en prison. Il n'avait pas le droit d'entrer, alors, pendant mes visites, il tournait plus d'une heure autour de la prison de Draguignan à m'attendre. Aujourd'hui qu'ils sont libres, nous allons les voir chez eux une fois par semaine.

— Pourrai-je vous accompagner ?

— Bien sûr. On ira les voir lundi matin. Tu aideras à me pousser dans les étages. Ah ! je les aime bien, ces deux-là ! Au fait, Philippe, tu as trouvé quelque chose pour Raphaël ?

— Peut-être. Est-ce que vous avez entendu parler de sœur Elvira en Italie ? Elle a créé des centres pour les drogués et les alcooliques et ça a l'air de bien marcher.

— Bonne idée. Tiens, je vais téléphoner à Trao.

Il est à son poste. Elle lui expose un ou deux problèmes, puis soudain j'entends :

— Avec Pierre, ça ne se passe pas trop mal. Je crois qu'il finira par faire quelque chose de valable. Au début, je me demandais pourquoi il revenait m'interroger.

Elle raccroche et m'apostrophe :

— Au fait, Pierre, quand me rendras-tu mon Bic rouge ?

— Mais, ma sœur, je ne vous l'ai jamais pris.

— Alors pourquoi est-ce qu'il a disparu juste après ta dernière visite, hein ?

Me voici devenu son voleur attitré. Je sens que je fais des progrès dans son estime.

LA BOUTIQUE DE SOLIDARITÉ

Dimanche matin sur la route. Après la messe de 9 heures à la cathédrale de Fréjus, nous irons ensemble à la boutique des SDF. Elle m'a fait attendre si longtemps ce moment que je me demande si elle ne m'en jugeait pas indigne. J'ai l'impression qu'elle attache à la rencontre avec le Pauvre une importance quasi métaphysique. Elle m'arrache à mes réflexions.

— Double-le ! On se traîne.

— Mais il y a une ligne continue, ma sœur !

— Ça ne fait rien.

— Comment, ça ne fait rien ? C'est très grave de franchir la ligne continue. Nous ne sommes pas en Egypte.

Je lui fais la leçon, lui cite le nombre de morts par semaine, des jeunes tués à leur sortie de boîte. Il y en a eu cent soixante-dix au dernier réveillon.

— Cent soixante-dix ! répète-t-elle horrifiée.

— Pas un de moins ! C'est la deuxième cause de mortalité chez les jeunes après le suicide.

— Le suicide, c'est effrayant. Ah, comme je remercie Dieu d'être vieille ! Si j'avais vingt ans, je crois bien que je ferais toutes les bêtises. Tu vois, dans les années trente, on était très préservées. Les voitures, ça commençait à peine. La drogue, on ne connaissait pas, l'alcool non plus. On ne fumait pas. Moi, je fumais en cachette. Un jour, je m'étais cachée dans les toilettes et ma mère m'a surprise. D'un ton très froid, elle m'a dit : « Madeleine, suis-moi ! » Tu sais, on ne discutait pas. Je me maquillais en cachette dehors pour une sortie et je me démaquillais avant de rentrer dans la maison. Ma mère n'a même pas voulu que j'aille à la fac à cause des « moustaches », comme elle appelait les hommes !

— Eh bien aujourd'hui, c'est tout le contraire. C'est la société permissive !

— Oui, mais l'homme est démesuré par nature. Il ne sait pas s'arrêter.

Elle se tait un instant, puis me décoche :

— Toi, tu es gentil. Tu m'as dit que tu avais un grand fils. Comment l'as-tu élevé ?

— Sans problèmes.

— Mais qu'est-ce qu'il fabrique, celui-là ?

— Qui ça, mon fils ?

— Non, la voiture devant. Il clignote et il ne tourne pas. Double-le ! Avançons !

Je me dis *in petto* que je lui confierais plus volontiers mon salut éternel que mon volant.

— Comment s'appelle ton fils ?

— Alexandre.

— Ah, un grand nom !

Me voici, par réflexe professoral, en train de raconter les campagnes du Macédonien. Elle devait ignorer les noces de Suse car elle marque de la surprise quand je lui dis que pour mêler les nations vaincues à la victorieuse, il avait fait épouser le même jour des filles du pays à tous ses officiers. Il voulait créer un monde uni, une religion universelle. Un grand rêve.

— Oui, mais cela ne se mélange pas. Chacun doit aller à Dieu par son chemin. Sofia dit qu'on peut être à la fois bouddhiste et chrétienne, mais j'ai du mal à la croire. Elle voulait que je baptise sa fille adoptive Chosang un jour de Noël. Elle lui avait fait suivre le catéchisme pendant un an. Moi, j'ai dit : « Non, la petite est bouddhiste, c'est son chemin. »

— C'est ce que pense le dalaï-lama. Au lieu de vous précipiter dans la religion des autres, pratiquez bien la vôtre. Vous avez une source à vous, commencez donc par y boire !

— Il a bien raison. J'aime beaucoup sa vision de Jésus. Il montre tout ce que nous avons en commun. C'est la civilisation la plus forte qui l'emporte. Les Anciens apprenaient beaucoup quand ils allaient en Egypte. Ah, l'Egypte ! Les Pyramides, c'est vraiment un mystère. Un architecte m'a expliqué sa théorie sur leur construction.

Il y a plusieurs minutes qu'elle ne m'a pas donné de directives. Son enthousiasme lui a fait oublier les embarras de la circulation. En compagnie des chiffonniers, les pharaons règnent sur son cœur.

— Combien de fois a-tu été en Egypte ?

— Quinze. Mais parlez-moi plutôt de ce que je vais voir dans un moment. D'abord, pourquoi Philippe Loiseau n'est-il plus à Paola ? Vous m'avez dit que nous ne rencontrerions que Claude au local.

— Ils travaillent maintenant dans des cadres distincts. De petites bisbilles sans gravité. Moi, je les aime tous les deux. Ils ont des qualités de cœur extraordinaires. Allez, tourne à droite, on entre dans Fréjus. Qu'est-ce que tu attends ? On va arriver en retard à la messe ! Avançons !

Nous ne sommes pas en retard. Sous les voûtes de la cathédrale, il fait un froid de loup. Tandis qu'à mon bras elle remonte la grande allée, elle marque une halte pour saluer un grand gaillard en pantalon de treillis.

— Tu vois, ce gars-là, me souffle-t-elle, c'est Paul, un ancien légionnaire. As-tu éteint ton magnéto au moins ?

— Bien sûr.

Je mens dans la maison du Seigneur. Mon petit complice est en train de tourner silencieusement dans ma poche de poitrine – au cas où elle me chuchoterait quelque chose de mémorable.

Après la messe, bras dessus bras dessous, nous nous engageons dans les ruelles de la vieille ville, et parvenons à la «boutique». A l'entrée, un grand portrait en style naïf de l'abbé Pierre. La fondation qui porte son nom possède des locaux qualifiés de «boutiques de solidarité» qu'elle met à la disposition de diverses œuvres.

La salle du rez-de-chaussée est accueillante et il y fait chaud. Je sais qu'il y a, aux deux étages supérieurs, des petits bureaux, une salle de consultation médicale et des douches. Quelques dessins punaisés aux murs blancs, aucun symbole religieux, des sièges et des canapés simples mais propres, un coin où l'on prépare le café. Une dizaine de SDF ou, comme on dit ici, d'«accueillis», dont deux femmes, sont là, devisant ou prenant un petit déjeuner autour de grandes tables, en compagnie de deux ou trois bénévoles. Ils font des signes amicaux en direction de l'arrivante. En allant à leur rencontre, elle se heurte presque à l'un des deux garçons terrorisés par leur père alcoolique dont nous avions parlé avec Claude. C'est un grand et beau métis – sa mère est réunionnaise –, mais hélas, il a déjà les yeux d'un homme à bout de course.

— Comment ça va, Gérard ? lance Emmanuelle. J'ai vu ta sœur, hier. Elle est drôlement gentille, ta sœur ! Tu lui rends visite quelquefois ?

Il bredouille une vague réponse, l'air traqué.

— Claude, reprend-elle, a essayé d'arranger quelque chose pour ton frère et toi. Inch Allah ! Bon, je vais dire bonjour à tout le monde. Allez viens, Pierre, je vais te présenter.

Je la vois dans le rôle qui se confond entièrement avec son personnage. Une vieille grand-mère autoritaire mais rieuse. Personne ne résiste à son entrain parce qu'il n'a rien d'artificiel ou de forcé. Elle a la pêche et veut la communiquer aux autres. C'est tout.

— Tiens, Colette ! C'est une bonne copine. Colette, voici Pierre.

Colette me présente aussitôt son chien, Crocus, un bâtard couché à ses pieds et qui se dresse en mon honneur.

— Moi, je ne suis pas très «chien». Ni très «chat» d'ailleurs, me glisse Emmanuelle. Ils doivent le savoir. Quand j'approche d'eux, ils fichent le camp !

— Vous ne leur faites tout de même pas de mal ? dis-je, sarcastique.

— Du mal ! Hou, hou ! Quelle horrible idée !

— Bonjour, ma sœur ! lance une jeune femme qui, de toute évidence, n'est pas une «accueillie».

— Bonjour, Marie-Elisabeth.

Et à mon intention, *mezzo voce* :

— Elle est géniale, elle leur coupe les cheveux ! Tu devrais passer par ses ciseaux. Avec ta tignasse, ça te ferait du bien !

Je feins l'indignation, ravi qu'elle me taquine :

— Est-ce que je m'occupe, moi, de ce qu'il y a sous votre éternel fichu ? Vous me préféreriez gominé. Nous ne sommes plus en 1930, ma sœur, quand vous rêviez de Rudolf Valentino !

Rires autour de nous. Mon jean, mes baskets et ma tignasse me servent de passeport. Du moins n'ai-je pas l'air de faire du tourisme humanitaire.

Je m'installe à une table, face à un barbu aux cheveux éployés et aux yeux très clairs qui ressemble à un Jésus de banlieue crucifié par le pastis. Il me raconte que lorsqu'on doit coucher dehors, le pire c'est la pluie.

— T'as beau te mettre trois couvertures dessus, elles se mouillent et alors, tu pèles !

Peu à peu la salle se remplit d'arrivants et d'une joyeuse cacophonie.

— Tu vois, ce gars-là, me dit Emmanuelle en me désignant un autre barbu, c'est Christian. Son patron ne le déclarait pas et le faisait travailler douze heures par jour, même le samedi. Il a fini par tomber malade. Tu as tenu combien de temps ?

— Six mois.

— Mais c'est illégal, dis-je un peu naïvement. On n'a pas le droit d'exploiter un homme à ce point-là !

— C'est illégal sur le papier, répond l'intéressé.

— Alors, on se prépare pour la paella, lance Emmanuelle à la cantonade. Elle va être bonne, c'est un très bon cuistot.

— Pourquoi vous ne la faites pas vous-même, ma sœur ? demande un plaisantin au milieu des rires.

— Tu te fiches de moi ? En cuisine, je suis nulle. Nous nous installons à une table.

— Viens là, Khalil, lance-t-elle. Mets-toi bien près de moi.

— Moi, j'aime la paella, proclame l'élu. C'est normal, mon père est arabe et ma mère espagnole.

— Comment s'appelait ta mère ?

— Taulera.

— Comme ma mère, dis-je. C'est un nom de chez nous, en Catalogne.

— Moi, mon nom, c'est Szabo, bougonne Colette qui nous a suivis avec son chien et fume nerveusement cigarette sur cigarette. C'est un nom hongrois. Quand ma mère s'est réfugiée en France, j'avais deux mois.

Je fais un calcul rapide. Budapest, 1956… Elle doit avoir quarante-quatre ans mais la vie ne l'a pas épargnée. Dans l'immédiate fraternité des amis des animaux, je lui demande des détails sur son Crocus. Il a dix ans, dont sept ont été gagnés sur la mort car, si elle ne l'avait pas adopté il y a sept ans, on l'aurait piqué. Même les SDF ont leurs «accueillis».

— On ne devrait pas prendre des bêtes, ça fait trop de chagrin quand elles s'en vont! Je n'en prendrai plus après Crocus!

— J'ai dit ça moi aussi, et puis j'ai repris quand même une chatte quand ma Gala est morte. Elle s'appelle Babouche. Elle est très jolie.

— Ici, heureusement, on a SOS Vétérinaires, me confie Colette. Qu'est-ce que tu fais comme métier?

— Je suis prof à Saint-Denis.

— Ah, tu es de Saint-Denis! J'y ai habité.

Une conversation générale s'engage sur les aléas de la vie familiale, séparations, divorces. Le chevelu christique a une fille à Montpellier mais il ne sait même pas si elle est mariée.

— Elle vient te voir?

— Jamais.

Emmanuelle vole au secours de mon ignorance.

— Il n'a pas de domicile. Comment veux-tu qu'il la reçoive ici? Ah, voilà Hadj! Approche, Hadj, approche, viens prendre un café avec nous! Et puis Dominique et Khalid. Allez, venez embrasser la vieille grand-mère! Le café, ça réchauffe le matin. Pas le thé, ça fait médicament! Ah, qu'on est bien ici! Il fait chaud, n'est-ce pas, Pierre? François, tu m'as l'air bien fatigué…

Elle s'adresse à un garçon décharné aux yeux caves et aux longues mains d'artiste.

— J'ai dessiné toute la nuit, ma sœur. Je ne pouvais pas dormir. Regardez !

Il montre les lettres de prénoms qu'il enlumine et transforme en jolis motifs pour orner des chambres d'enfants.

— Celui-là, dit-il fièrement, c'est un petit garçon de douze ans qui me l'a commandé.

— Ah, voilà le président !

Claude Garioud distribue des bourrades à la ronde, puis vient à moi pour me faire visiter les lieux. Nous poussons et tirons Emmanuelle jusqu'au premier étage où l'on me présente aux deux jeunes permanentes du secrétariat.

— Je casse le métier, leur dis-je. La sœur m'a recruté comme secrétaire bénévole. Elle m'exploite !

Nous entrons dans un petit bureau pour y recevoir les deux fils de l'alcoolique à la hache. Ils sont déjà là, beaux et mutiques.

— Je vous explique la situation, leur dit Claude. Demain, on va à Théoule. Ça s'appelle la villa Sainte-Camille ; c'est un endroit superbe, pas loin d'ici, où l'on accueille des gens en convalescence ou en cure de repos. Il n'y a jamais de place, mais grâce à la sœur, on en a trouvé deux. Entendons-nous bien, rien ne se fera si vous n'êtes pas d'accord. Il ne s'agit pas de vous imposer quoi que ce soit. Je vous demande juste une chose. Soignez un peu votre look là-bas, s'il vous plaît.

— Comment vous sentez-vous, mes chéris ? questionne sœur Emmanuelle.

Un grand silence. Puis l'un des deux soupire :

— Perdus !

Il y a quelque chose de si pathétique, de si désespéré dans ce « perdus » que je vois Emmanuelle chanceler sous le coup. A son habitude, elle réagit en contre-attaquant :

— Ce qu'il vous faut, c'est du boulot. On va vous en trouver !

— Voyons, ma sœur, ce n'est pas le moment, corrige Claude. Ils auront tout le temps de travailler. Il faut d'abord qu'ils se refassent un peu.

— D'accord. Eh bien alors, reposez-vous ! On ne vous lâchera pas.

— Alors, ça se passe bien entre vous deux ? demande Claude dès que les jeunes ont disparu.

— Très bien. Ce matin, j'ai eu messe. C'était instructif. Le curé a joué sa lecture de l'Evangile comme si c'était une pièce de théâtre. Il faisait tous les rôles en changeant de voix. Je n'avais jamais vu ça.

— Hou ! hou ! Quel menteur !

— Mais c'est un éloge, ma sœur, pas une critique. Il faut réveiller les gens. Moi aussi, je suis acteur quand j'enseigne. Pour convaincre, il faut savoir jouer la comédie.

— Tu es un bon acteur ?

— Je l'espère. On m'a dit que, parfois, vous êtes une assez bonne comédienne ?

— C'est bien possible, avoue-t-elle en riant sous cape. J'ai du charme, à ce qu'il paraît. Tu ne trouves pas, Claude, que Pierre a une vraie tête de SDF ?

— Euh, euh… bredouille Claude qui ne semble pas voir là un compliment. Je dirais plutôt qu'il ressemble à Sami Frey.

Puis il téléphone à un ami de sœur Emmanuelle, Jean-Michel Abbas, patron d'une entreprise de débroussaillement qui accepte d'employer des SDF. Il lui demande si ça marche bien avec Laurent.

— Demande-lui aussi pour Hervé et Raphaël, chuchote Emmanuelle, soucieuse de reclasser les deux garçons qu'elle a arrachés à la prison de Draguignan.

Du coup, Abbas souhaite lui parler. Elle saisit l'appareil et je comprends qu'il la remercie de l'avoir cité à la radio.

— Si j'ai parlé de toi, dit-elle, c'est parce que je voudrais que tous les patrons comprennent ce qu'est la justice. C'est très important. Il faut qu'ils fassent tous comme toi. Tu deviens une référence, mon cher, je te félicite ! Je t'embrasse très fort.

— Ah ! s'esclaffe Claude, le compliment, c'est le salaire de la sœur.

La plaisanterie doit avoir beaucoup servi car je suis le seul à rire avant de demander :

— Alors, comment travaille la doyenne de tes bénévoles ?

Claude fait semblant d'hésiter.

— Pas mal, pas mal. Elle a juste un peu trop tendance à brûler les étapes.

Elle lève les yeux au ciel.

— A quatre-vingt-onze ans, je ne peux tout de même pas traîner en chemin ! J'ai un rendez-vous qui approche, moi.

Elle dit qu'elle désire redescendre dans la salle commune, et Claude hèle un gaillard pour l'aider. Dès qu'on ne l'entend plus clopiner dans l'escalier, il répond à ma question.

— D'un point de vue strictement professionnel, c'est une excellente bénévole. Elle a l'humilité de savoir qu'elle ne sait pas. Elle ne connaissait rien à la France et j'avais même l'impression que ça ne l'intéressait pas follement. En revanche, si je lui avais proposé de m'accompagner en Roumanie avec les convois, elle serait partie volontiers.

— Qu'est-ce qui fait, à ton avis, que ça marche si bien ?

— Son âge et son humour. Dans les situations les plus tragiques, elle rigole. Elle dédramatise tout. Et puis, je ne sais pas comment t'expliquer ça, mais dès qu'il y a des spectateurs, elle se déchaîne comme une bête de spectacle. La première fois que je l'ai vue face à un public de jeunes, c'était dans une réunion organisée par le Rotary. Cela faisait à peine six mois qu'elle était à Callian et elle s'est mise à leur parler des pauvres et de la pauvreté. Elle leur parlait, assise sur la table à son habitude, et j'ai des photos où elle est prise de dos et où l'on voit le regard des gamins. Eblouis, fascinés ! Mon gosse a huit ans, et je sais qu'à cet âge-là on ne triche pas ! Pour eux, elle représente quelque chose d'important, peut-être d'idéalisé outre mesure comme une espèce de sainte.

— Et puis elle est aussi célèbre que Zidane, dis-je. Les jeunes aiment les vedettes.

— Oui, mais ce n'est pas l'essentiel.

Philippe Loiseau a raison. Les jeunes savent d'instinct distinguer l'essentiel de l'accessoire.

II

LA MÉDIATION DE LA VIERGE ET LA RÉDEMPTION
DE MARIE-MADELEINE

Quand je pénètre dans sa chambre, elle est allongée, jambes nues, et le podologue est en train de la soigner. Je m'assieds et je regarde. Pieds de pauvresse, enflés, tordus, difformes, marbrés de taches livides et de plaques rosâtres. Comment peut-elle encore marcher ? Je me souviens de mes visites chez les chiffonniers du Caire. La nuit, sans éclairage, si quelqu'un avait besoin d'elle, elle partait, trébuchait dans les fondrières, la pierraille, les débris de toutes sortes, butait, tombait parfois de tout son long sur un tas d'ordures. Vingt-deux ans ! Devant ces pieds stigmatisés par le partage, je sens soudain une émotion si vive que, si je m'écoutais, je m'agenouillerais et les baiserais. Elle me croirait devenu fou !

Dès que l'homme de l'art a disparu, je lui parle de son livre sur Jésus. J'ai apporté mon exemplaire dont je lui lis une phrase qui m'a frappé : «*Dans l'Evangile, à qui s'adresse-t-il de préférence ? Aux femmes de mauvaise vie et aux bandits. Moi-même, du fait que je me sens aimée par lui qui est allé jusqu'à donner son sang et sa vie pour*

*moi, je constate que je réagis de la même manière. Plus
un être paraît misérable, exclu, laid, sordide, pauvre, plus
il m'attire au sens littéral du terme, et cela même s'il essaie
de me nuire*[1]*. »*

— Dans votre théologie personnelle, dis-je, le Christ
et la Vierge sont plus présents que le Père ou le mystère
de la Trinité.

— C't'évident ! Etant des hommes et non des anges,
nous ne pouvons que passer par leur intercession. Moi,
je prie Dieu à travers Marie. Je m'appuie sur elle ; elle
est tout ce que je n'arrive pas à être, la douceur, la bonté,
à un degré tel que je ne pourrai jamais, hélas, arriver seulement à sa cheville.

— C'est un modèle inaccessible.

— Tu n'y comprends rien. Elle est toute tendresse. Comment la tendresse serait-elle inaccessible ? Au pied de la
croix, elle a accepté en saint Jean notre image humaine.
C'est là qu'elle est devenue mère des hommes.

— Tout de même, en tant qu'homme ordinaire, je me
sens plus porté à prier Marie-Madeleine. Elle me rassure
parce qu'elle est plus à ma mesure. Elle, elle sait par
expérience ce qu'est le péché.

Elle me rabroue. Je dois lui paraître un bien mauvais
paroissien.

— Hou ! hou ! Ce n'est pas ça du tout ! Marie-Madeleine
est l'image de notre pauvre humanité déchue qui se tire
d'affaire par la grâce du Christ. La Vierge Marie représente
notre humanité relevée, sans faute. Elle représente ce que
toute femme voudrait être. Et elle nous tend la main dans
notre marche qui n'est pas facile. Tout ce que j'ai fait, c'est
grâce au Christ, bien sûr, mais par Marie. Tout l'allant, tout
l'enthousiasme que j'ai eus dans ma vie, c'est à elle que

---

1. Sœur Emmanuelle, *Jésus tel que je le connais,* J'ai Lu, p. 23.

je les dois. C'est elle qui m'a toujours fait repartir, rechanter, recourir.

Dans ces moments-là, sa voix flûtée et narquoise change du tout au tout. Elle devient grave, mélodieuse, comme modulée par une exaltation intérieure.

— Comment ressentez-vous la présence de Marie ?

— Je ne ressens rien du tout ! Je n'aime pas ressentir ! D'ailleurs, je me méfie beaucoup des gens qui ressentent.

— Mais alors ?

— Ce n'est pas une émotion mais une certitude. Comment dire ? Je sais que Marie est là et qu'elle sera là à l'heure de ma mort comme dans l'Ave Maria. Es-tu déjà allé à Lourdes ?

— Oui, Plusieurs fois.

— Ah, Lourdes ! quelle merveille !

Nous parlons des pèlerinages et la conversation vient sur les marchands d'objets pieux ; je remarque, contrairement à l'opinion générale, que les souvenirs ne sont pas hors de prix. Le litre d'eau de Lourdes coûte 5 F et l'on trouve des cierges de toutes tailles à très bon marché.

— C'est beaucoup plus cher à Bethléem ! observe-t-elle.

— Et quels cierges ! dis-je. A Lourdes, il y en a qui sont gros comme ma cuisse.

Elle évalue du regard le terme de la comparaison et s'ébaudit :

— Hou ! hou ! Je n'en ai jamais vu d'aussi gros.

Puis soudain, elle se met à chanter l'*Ave Maria* de Gounod sur un ton, ma foi, assez juste.

— Les malades ont l'impression d'être aimés, lui dis-je, et du coup ils aiment. C'est aimer qui leur fait du bien. Un jour, j'ai demandé à un vieux paralytique qui venait depuis douze ans s'il implorait sa guérison. Il m'a répondu : « Au début, je venais pour ça, en effet. Maintenant, je me dis que la Sainte Vierge ferait mieux de guérir les enfants. Ce serait plus gentil de sa part. »

Je parle de mon enseignement de l'histoire de la médecine et des développements récents de la pensée sur le miracle. Je lui explique comment la science est en train d'explorer ce continent inconnu du rapport entre l'âme et le corps. Les savants américains étudient de très près les guérisons inexpliquées, qui peuvent devenir le terreau d'une recherche très profitable pour l'humanité. J'évoque les prêtres guérisseurs, tel le père Tardif, mort récemment, et le « charisme de guérison » dont parlent les charismatiques. Elle me fait observer que, certes, Dieu peut guérir à travers des êtres choisis, mais qu'à Lourdes tout passe par la médiation de Marie.

— Pour les chrétiens du Moyen Age, lui dis-je, il existait trois grandes figures féminines. Eve, première des femmes, Marie, mère du Christ et de l'humanité rédimée que l'on appelait pour cela la nouvelle Eve et Marie-Madeleine, la femme corrompue et rachetée par la grâce divine.

— Eve a été la première femme à avoir vu son fils mort. Bien avant Marie !

Je ne lui ferai pas remarquer que l'existence d'Eve, de Caïn et d'Abel est une jolie légende. Elle le sait mais elle a droit à l'imaginaire chrétien des premiers âges.

— Marie-Madeleine, reprend-elle, quel dépassement ! Si fragile et si fervente ! Quelle merveille !

— Vous m'avez dit l'autre jour que, sans la grâce, vous auriez pu devenir une « femme fatale »…

— Oui, ces deux mots m'attiraient ! Mais ce qui est intéressant en Marie-Madeleine, ce n'est pas la femme fatale, c'est la rédemption. Il faut arriver à comprendre la rédemption. Nous savons tous que nous pouvons déraper. C't'évident ! Mais il y a le Christ, le Rédempteur. C'est prodigieux, les Béatitudes ! Un hymne de la méditation. Tu te rends compte ? Mettre l'accent sur ce que l'homme méprise, sur les affamés, les pauvres ! C'est un plein d'espérance, une prière – comme Jérusalem...

Je la fais parler de ses passages à Jérusalem. Quand elle était au Caire, elle s'y rendait souvent et les sœurs de Sion, qui y ont une maison, l'hébergeaient.

— Pour moi, le grand moment, c'était quand je pouvais m'installer pour toute la journée au Saint-Sépulcre. Je partais le matin très tôt, à l'heure des vrais pèlerins quand les touristes dorment encore dans leurs hôtels. Les sœurs qui nous accueillaient étaient des Chypriotes, un ordre dont je ne me rappelle pas le nom et où l'on est vêtu de noir. Elles ont très peu d'argent, alors elles économisent jour après jour la somme du voyage. Elles sont là-bas, assises sur des pliants ou agenouillées, elles pleurent et elles prient. C'est le but de leur vie : venir au moins une fois au Saint-Sépulcre.

Elle a retrouvé sa voix grave et elle semble avoir oublié ma présence, avec une telle puissance d'évocation que j'ai l'impression d'assister à la scène.

— Rien que de les regarder m'aidait à prier. Il y en avait une qui avait peur que j'aie froid. Elle me mettait toujours un châle sur les épaules. Un jour, elle m'a demandé si j'avais faim et je lui ai montré mon morceau de pain. Elle a voulu absolument me donner du sien. C'était touchant. Je l'ai rapporté au couvent, et il était drôlement bon ! Il y a de tout au Saint-Sépulcre. Par exemple, j'y ai vu des jeunes Israéliens avec leur prof. Ils se poussaient, ils rigolaient. Qu'un juif crucifié ait été enseveli là il y a deux mille ans n'avait pas l'air de leur faire grande impression. Et des Japonais avec leurs appareils photo. On n'a pas le droit de photographier, mais le temps de le leur dire, ils l'ont déjà fait. Tout ce monde-là te bouscule. Quel tohu-bohu !

— Et l'on arrive à prier quand même ?

— Bien sûr. On voit toutes les races, tous les types, toutes les nations. Ça aide. Je passais des heures à m'unir dans la prière à toute cette humanité déambulante. Et puis il y a cette pierre sur laquelle le corps du Christ a été étendu. Là, plus personne ne parle. Le silence est extraordinaire. Ceux qui ne priaient pas, eh bien ! je priais à leur place. Je me sentais une partie de l'incarnation du Christ dans l'humanité qu'il sauvait dans ce drame. Il est tout le monde, toi, moi, lui… C'est si beau ! Cela touche au plus profond du cœur de l'homme. La douleur est une purification qui se termine par une évasion : quitter cette vallée de larmes pour entrer dans une éternité d'amour.

Son timbre est légèrement rauque, presque comme dans la transe. Je la sens bouleversée.

— Et vous me dites que vous n'avez pas d'élans mystiques, ma sœur ? Que vous faut-il donc ?

En une fraction de seconde, elle redevient l'Emmanuelle de tous les jours.

— Ne dis pas de sottises, veux-tu ? Jérusalem est pour moi le lieu où la race humaine tout entière se donne rendez-vous. On a envie de demander à chacun : « Et toi, d'où viens-tu ? » C'était passionnant ! J'y ai rencontré bien des gens. Même un rabbin qui m'a procuré une visite à une femme dont le mari avait été tué par des Palestiniens. Elle m'a offert un thé et m'a confié que cela ne l'avait jamais empêchée d'avoir des amies arabes. Elle m'a dit : « Mon fils avait douze ans quand c'est arrivé. Il me répétait : "Quand je serai grand, je me paierai un Arabe !" Je lui ai expliqué que s'il voulait ressembler à son père, il fallait pardonner. Je sens qu'il commence à l'admettre. Un jour, il comprendra que l'humanité n'avance pas par le sang et la vengeance.» Voilà, c'est ça, Jérusalem. Tu y as été, n'est-ce pas ?

— Oui, plusieurs fois.

— Tu connais Neve Shalom, l'oasis où se rencontrent les chrétiens, les juifs et les musulmans ?

— J'en ai seulement entendu parler.

— Moi, je l'ai visitée. Il y a une école où l'on apprend l'hébreu et l'arabe Les petits chrétiens lisent l'Evangile, les petits juifs la Torah et les petits Palestiniens le Coran, dans une entente parfaite. Les parents sont ravis. Il y a même des séminaires de week-end pour des élèves de terminale. On leur apprend à se parler, à se respecter !

— La tolérance ?

— Non, bien plus que cela. Le pardon entre des gens qui se sont déchirés dans des guerres de religion. Moi, j'ai vu ça au Liban, à Saïda, en pleine guerre. J'y suis allée avec Mgr Haddad. Il conduisait lui-même la voiture et on était constamment arrêtés à des barrages de miliciens qui nous pointaient leur arme sous le nez. On est allés dormir dans une école. Là, il y avait un prêtre qui nous a parlé du pardon, au milieu de tous ces massacres. Nous avons récité ensemble le Notre Père. C'était émouvant, tu sais !

PROMENADE AU BORD DU LAC

Le temps est superbe et je propose une promenade au bord du lac. Ce sera plus agréable que de demeurer à la merci du téléphone dans sa chambrette exiguë. Elle accepte aussitôt en battant des mains comme une fillette.

— Vous aimez l'eau, ma sœur ?

— Oh oui ! J'aime l'eau parce qu'elle reflète à la fois la réalité et Dieu. Même une simple flaque. Dans chaque reflet, il y a plus que le reflet, il y a le visage du Seigneur. Cela donne envie de chanter ! Quel dommage que je chante faux ! Je voudrais chanter la beauté du monde illuminé par le divin.

— Vous aimeriez chanter mieux, n'est-ce pas ?

— Oh oui ! Cela m'agace de chanter faux avec ma bouche alors que je chante juste dans mon cœur. Toute la vie est un chant. Le chant, c'est l'envol de l'âme. Notre maîtresse des novices nous disait : « Mes enfants, quand quelque chose ne va pas, chantez ! N'importe quoi. *Au clair de la lune*, si vous voulez, mais chantez donc ! » Moi, j'ai toujours suivi ce conseil. Et j'ai toujours vu le bon côté des choses. D'ailleurs, tu vois bien qu'à Callian mes sœurs et moi ne sommes pas stressées. Sœur

Alphonsine, dans sa chaise roulante, est la plus rieuse de nous toutes. Il ne faut pas se faire de bile. La bile n'est pas bonne lorsqu'elle passe dans le sang, elle donne l'ulcère à l'estomac.

J'approuve, tout en demandant pardon dans mon for intérieur aux lecteurs et lectrices médecins.

— Vous plaisez aux jeunes, ma sœur ! Pourquoi avez-vous un tel succès auprès d'eux ?

— C'est ma révolte contre l'injustice qui leur plaît. Quand je vais à Paray-le-Monial et que je monte sur le podium devant toute cette foule de jeunes, ils font un tel tapage que je ne peux pas parler. Il faut que celui qui me présente leur dise : « Si vous voulez entendre sœur Emmanuelle, il va tout de même falloir vous taire un peu et l'écouter ! » Cela déclenche un tonnerre d'applaudissements !

Serait-elle sensible à ses succès ? Après tout, c'est humain… D'ailleurs, elle ne s'émerveille pas de son triomphe mais de la force communicative de son indignation.

— Les jeunes ne demandent qu'à s'engager pour une grande cause, poursuit-elle. A l'Association, ils demandent à partir en chantier pour aider les enfants. Au Burkina-Faso, j'ai vu quatre filles qui construisaient une case dispensaire au fin fond de la brousse.

— Est-ce que vous seriez d'accord avec le titre que j'ai relevé récemment dans un journal : « Les jeunes critiquent la société mais ne souhaitent pas la bouleverser[1]. » Il n'y en aurait que 6 % qui veulent la changer radicalement. C'est peu…

— Ils sont beaucoup plus nombreux à vouloir la fin des injustices et de la pauvreté. C'est pour cela qu'ils m'applaudissent.

---

1. *Le Monde*, 21-22 novembre 1999.

— C'est parce que vous êtes devenue une légende. Ils vous admirent.

— Ils admirent aussi Zidane ! Ils ont besoin d'admirer.

— C'est un besoin louable. Je dis souvent à mes étudiants : « Soyez capables d'admirer ! C'est la preuve de l'élévation de l'âme. »

— As-tu remarqué que lorsque des jeunes cassent tout dans une banlieue, c'est le plus souvent parce qu'ils pensent que l'un d'eux a été victime d'une injustice. La révolte contre l'injustice est ancrée au plus profond du cœur de l'homme. Si tu sais parler de cela, on t'écoute. La capacité d'admiration et de mobilisation pour les belles causes est loin d'être morte, bien au contraire.

Je lui fais part de l'une de mes idées fixes. Il faudrait parvenir à concilier l'enseignement et la transmission des valeurs. Il est absurde de considérer qu'il s'agit de domaines étrangers l'un à l'autre.

— Je pense, par exemple, qu'on pourrait donner dans les facultés des cours de « droit humanitaire ». Quand j'étais petit, les cours d'instruction civique existaient encore, et ils nous apprenaient des notions précieuses. Aujourd'hui, on ne les rencontre ni dans le primaire ni dans le secondaire, sans parler du supérieur, ou alors à doses infinitésimales !

— Tu peux toujours attirer l'attention de tes élèves sur ce qui est beau et noble. Quand tu leur parles du XVIIe siècle, tu n'oublieras pas saint Vincent de Paul. Et s'il s'agit de l'indépendance de l'Inde, tu leur parleras de Gandhi.

— Actuellement, on parle surtout de l'éthique qui doit sous-tendre la science. La morale n'est plus évoquée qu'à propos du clonage, des modifications génétiques, de la fécondation *in vitro*.

— Je ne suis pas contre. Quand une femme n'arrive pas à avoir d'enfants mais qu'il y a un vrai couple, je suis même pour. Mais il faut qu'un homme et une femme s'aiment et désirent avoir un enfant. Sinon, c'est pervers.

— Nous vivons une époque où l'on voit des choses incroyables. Des mères porteuses pour le compte d'autres, des femmes de soixante ans qui accouchent !

Elle se rebiffe :

— C'est idiot ! Elles ne verront pas l'épanouissement de leur enfant. Non, merci. Cela étant, je n'y connais pas grand-chose et tous ces sujets doivent être étudiés par d'autres. Tout ce que je sais, c'est que je suis pour ce qui aide une femme et diminue son malheur.

— Ne pensez-vous pas, ma sœur, qu'on peut enseigner les valeurs morales sans les limiter à l'éthique de la science ?

A ma surprise, l'idée ne l'emballe nullement.

— C'est compliqué. Nous sommes dans une société laïque. La patrie ? C'est l'Europe et la mondialisation ! La famille ? Elle est éclatée, le père d'un côté, la mère de l'autre et les enfants n'importe où. Dieu ? Il ne fait pas l'unanimité. On ne peut plus enseigner ces valeurs-là, qui sont pourtant les plus hautes. On peut enseigner la politesse, ça oui.

— C'est important, la politesse ?

— Très important. Moi, on est poli avec moi parce que je suis vieille et que je suis sœur, mais il y a aujourd'hui un oubli de la politesse qui m'étonne. La première des politesses, pour moi, c'est l'orthographe. Je reçois des lettres de gens très diplômés et elles sont bourrées de fautes d'orthographe. De mon temps, même si l'on n'était pas allé très loin dans ses études, on n'en faisait pas. Ma mère, qui avait ce qu'on appelait le brevet supérieur, le degré au-dessous du bac, n'en a jamais fait une seule. Je crois qu'il faudrait enseigner mieux l'orthographe. C'est une façon d'inculquer les valeurs aux jeunes.

— Et la lecture des grands auteurs ? N'est-ce pas la meilleure façon de faire passer le message ?

Ses yeux fulgurent derrière ses vastes verres de lunettes.

— Pascal. Il avait tout compris.

Les *Pensées* sont l'un de ses livres de chevet. Cette ancienne prof de français et de philo n'est pas une dévoreuse de textes mais elle connaît admirablement les quelques auteurs qu'elle pratique. Pascal d'abord, et les stoïciens, Sénèque, Epictète, Marc Aurèle qu'elle aime beaucoup. Sa façon de lire est la plus belle de toutes : un approfondissement.

— En tout cas, reprend-elle, le bien et le beau sont contagieux. Regarde mère Teresa !

— Bien sûr, mais c'est une sainte. Comme vous !

Ma petite provocation a du succès. Elle hoquette de rire. Appliqué à elle, le terme lui semble cocasse. Pourtant, à y bien réfléchir…

— Va plutôt chercher du côté de Thérèse de Lisieux ou de Bernadette. Là oui, il y a de la sainteté.

Je pense à ce que m'a raconté Philippe Loiseau. Un matin, au plus fort de l'hiver, il l'a trouvée sur la terrasse en chemisette, en train de grelotter en récitant son chapelet. Il a fini par lui faire avouer qu'elle voulait savoir ce que ressentaient les pauvres quand il faisait vraiment très froid.

— Quand l'abbé Pierre est venu me voir au Caire, poursuit-elle, je lui ai raconté tout ce que je faisais, l'aide aux enfants, aux pauvres parmi les pauvres, les dispensaires, les écoles. Il ne disait rien, la tête baissée. Ou il boudait ou il n'entendait pas. Je commençais à être inquiète. Et puis brusquement, il a levé sur moi son regard lumineux et il m'a lancé : «Et les autres, sœur Emmanuelle ? Et les autres ? » Lui, il pense toujours à ceux qu'on devrait sauver et qu'on ne sauve pas.

— Je l'ai souvent vu, dis-je, dédicacer ses livres de la formule : « Et les autres ? »

— Remarque, ne pas souffrir a un avantage. C'est pour ça que je garde la pêche !

En toute chose, elle voit le côté drôle. Au fond, pour elle, il n'y a qu'un petit nombre de sujets qui ne prêtent pas à rire. C'est le domaine du divin et du transcendant. En revanche, notre condition humaine est moins tragique que cocasse.

Un mot revient souvent sur ses lèvres : « dédramatiser ». Pour elle, on fait souvent des montagnes avec des taupinières. Qu'est-ce que toutes ces petites choses humaines, dès lors qu'on les replace face à l'éternité de Dieu ? Y a-t-il vraiment lieu de faire tant d'histoires pour nos bagatelles ? Son cher Pascal est réfracté à travers un tempérament joyeux et positif. L'homme est insignifiant, certes, mais cette insignifiance du roseau pensant peut paraître plus drôle que dramatique à certaines heureuses natures.

— Vous riez tout le temps. Où puisez-vous cette joie ?

Elle me fixe, surprise par une question aussi saugrenue.

— Où veux-tu que je la trouve ? Dans le Seigneur, bien sûr. Je ne suis pas mystique et je n'ai pas de visions, mais je suis sûre de Lui. Je sais qu'il est la Vérité et la Vie. C'est la Bonne Nouvelle. Elle rend joyeux.

— Ce n'est pas évident pour tout le monde.

— Je sais. La déchristianisation rend les gens tristes. La première fois que j'ai pris le métro à mon retour en France, j'ai été épouvantée. J'avais l'impression que les gens allaient tous à un enterrement. Ils faisaient de ces têtes ! Eh bien, ça ne s'est pas arrangé depuis, loin de là !

Pour ce caractère positif, les gens qui n'ont pas, comme elle dit, « la pêche » dans un univers où l'on mange à sa faim sont insensés. Ils font toute une histoire parce que leur chef de service les tracasse ou que leurs enfants toussent.

— Ma maîtresse des novices me disait toujours : « Ma petite sœur, il ne faut pas dramatiser ! Quelque chose qui te semble important aujourd'hui le sera beaucoup moins dans trois jours et, dans une semaine, tu n'y penseras plus. » Comme elle avait raison ! Il faut dé-dra-ma-ti-ser. Ici, les gens sont tristes parce qu'ils ne se parlent pas. C'est ce qui m'a le plus frappée en France. Quand tu prends un ascenseur, la tristesse ambiante augmente à chaque étage.

— *Ascenseur pour l'échafaud ?*

Elle ne comprend pas l'allusion.

— Allez-vous parfois au cinéma, ma sœur ?

— C'est rare, mais dernièrement, j'ai vu *Himalaya*. Quel beau film ! Ce ne sont pas des acteurs qu'on y voit mais des gens qui vivent leur vraie vie. Et puis ça monte ! Tout ce qui monte me plaît.

Je ne résiste pas à la tentation de faire l'important.

— Le producteur est un ami. Il s'appelle Jacques Perrin.

— Quel âge a-t-il ?

— Peut-être cinquante-cinq, cinquante-six. Enfin, dans ces eaux-là.

— C'est bien, ce qu'il fait !

J'éprouve le besoin de remarquer que Jacques mène une vie de patachon.

— De patachon ? Qu'est-ce que tu entends par là ?

— Une vie agitée. Ce n'est pas un trappiste.

— Pourquoi ? Il s'est marié plusieurs fois ?

Naïve Emmanuelle ! Je renonce à lui exposer les dessous du *show business*.

— Quel genre de spectacles préférez-vous, ma sœur ?

— Les comédies, bien sûr !

Je m'en doutais. Moi aussi, il se trouve que je l'amuse. Il y a en moi un je ne sais quoi qui doit lui sembler drôle, sans doute par rapport à l'image qu'elle se fait d'un professeur d'université. Bergson a expliqué que lorsqu'on sort du schéma prévisible, quand le raide et digne magistrat s'étale sur une peau de banane, le rire éclate. Emmanuelle pense sans doute qu'un vrai professeur est bien coiffé et ne porte ni jeans ni baskets. Elle a un très joli rire, attendrissant, le rire d'une vieille dame indigne qui ferait des niches de petite fille. Puisque nous en sommes aux confidences, je m'entends soudain lui demander sans l'avoir voulu :

— A votre avis, dans quelle direction dois-je engager ma vie maintenant ?

Surprise, elle lève les mains et les fait tourner comme les petites marionnettes du jeu enfantin.

— Hou ! hou ! Je te connais depuis dix ans et, pourtant, je ne peux pas dire que je te connaisse vraiment. Tu me poses des questions, mais moi je t'en pose très peu. Tu parles bien, tu as des idées intéressantes, mais quelles sont tes convictions profondes, hein ? Est-ce que tu exploites bien tes capacités ? Tu es enthousiaste, tu es un battant, mais tu cours dans tous les sens comme un chien fou. Et ta relation au monde, quelle est-elle ?

— Je ne le sais pas moi-même. Je n'ai ni votre foi ni votre charité ni votre dévouement. Les pauvres me fatiguent vite. Je suis un prof qui essaie de croire, qui a la foi par éclipses, et qui aimerait répandre des valeurs.

Je lui raconte que j'ai plaidé auprès de la télévision pour des émissions qui miseraient sur le caractère contagieux du bien.

— C'est une bonne idée. Et alors ?

— Ils n'en ont pas voulu. Ils ont dit que le bien ne vaut rien pour l'Audimat. Cela m'a découragé. Si la télévision est hors jeu pour transmettre les valeurs dans la société moderne, c'est une énorme lacune.

— Tes responsables de chaînes savent que, dans toute société, pour réussir il faut flatter ce qu'il y a de moins élevé. Mais ils ignorent que c'est à la fois vrai et faux. Il est vrai que le téléspectateur ira naturellement vers ce qu'il y a de plus facile et parfois de plus bas. Mais ne t'y trompe pas, il ira aussi et peut-être plus volontiers vers ce qui est élevé ou noble. Tu ne peux pas savoir l'impact qu'on trouve chez les jeunes Français dès qu'on parle d'aide aux pauvres du monde entier.

— C'est vrai. C'est pourquoi, pour ne prendre qu'un exemple, grâce à Kouchner, on parle dans le monde entier des «*french doctors*».

— A propos de Bernard, est-ce que je t'ai déjà raconté comment je l'ai rencontré ?

— Non.

Ses yeux bleus s'éclairent à son sourire.

— C'était dans un avion entre Le Caire et Khartoum. J'étais en classe touriste, bien sûr, mais l'appareil était vide et on m'a laissée aller en première. Je me suis mise à ramasser tous les petits sacs cadeaux pour mes enfants ; la compagnie offre des brosses à dents, des savons, des peignes, un vrai trésor. Dans le couloir, un des rares voyageurs se lève, marche vers moi et m'embrasse sur les deux joues en me disant : «Ah, Emmanuelle, quelle joie de te voir !» Et il va se rasseoir. Je demande son nom à une hôtesse. «C'est monsieur Bernard Kouchner, ma sœur. – Qui c'est monsieur Kouchner ? – Le ministre français de la Santé.» Dans mon bidonville, je ne savais rien du gouvernement français. Du coup, je suis allée m'installer à côté de lui. On a passé une heure passionnante : on s'expliquait nos projets l'un à l'autre. On a bu du champagne. Il allait voir un camp au Soudan. «Tu veux venir avec moi ? – Bien sûr, Bernard.»

— Il vous a tutoyée d'emblée ? dis-je, un peu étonné.

— Oui. C'est un garçon très sympathique et il ne fait pas de chichis. Bref, à l'arrivée à Khartoum, il m'emmène à l'ambassade de France. C'était un dimanche matin. Il me propose un whisky et je lui réponds : «Bois tranquillement ton whisky, Bernard, moi je vais plutôt aller à la messe. Tu ne veux pas venir par hasard ?» Il repose son verre et il dit : «Ma foi, pourquoi pas ?» Du coup, tout le monde le suit. La messe se disait à l'intérieur de l'ambassade. On me demande si je veux chanter. J'entonne *Chez nous, soyez Reine*… mais c'était faux, comme toujours. Alors, je demande à Bernard s'il ne veut pas chanter avec moi ; très gentiment, il le fait. Et, toute l'ambassade se met à chanter en chœur *Chez nous, soyez Reine*.

— Ça devait être assez comique ! Tout ça pour faire honneur à un ministre qui n'est pas chrétien, du moins à ma connaissance.

— Oui, Bernard se dit athée, mais ça ne fait rien. La Vierge l'a entendu tout de même. Je lui ai demandé s'il accepterait de lire l'épître et il l'a fait. Tu sais, c'était celle où saint Paul dit qu'il préférerait rejoindre le Christ mais qu'il reste sur terre pour aider les hommes. Bernard nous a commenté ça d'une façon ! Mieux qu'un curé ! Il nous a parlé des médecins qui soignent les pauvres à travers le monde. Une homélie superbe ! La classe !

— La classe, mais pas la foi.

— Qu'est-ce que tu en sais ? Le sait-il seulement lui-même ? Le lendemain, il me téléphone pour m'inviter à aller visiter le camp. On prend un hélico et on y va. C'est là, vraiment, que j'ai appris à aimer l'homme Kouchner.

Ses parents,
Jules et Berthe
Cinquin.
© ASMAE

Ci-contre. Son conseiller spirituel, le père Philippe Asso.
Ci-dessous. La grand-mère aux 60 000 enfants, avec Christiane Barret, présidente de l'Association des Amis de Sœur Emmanuelle, et Trao N'Guyen, vice-président.
© ASMAE

Page de droite.
Haut. Avec Catherine Alvarez, directrice des Amis de Sœur Emmanuelle, et Pierre Lunel, dans les rues du Caire.
Bas. A Callian, maison du Pradon, avec ses petites sœurs.
© ASMAE

Ci-contre. En compagnie
de Bernard Kouchner,
au Soudan.
© ASMAE
Ci-dessous. Xavier
Emmanuelli lui agrafe
sa Légion d'honneur.
© ASMAE / Nadine Crochet

Page de droite.
Haut. Emmanuelle remet
au Saint Père sa supplique
pour «une Eglise servante
et pauvre».
© L'Osservâtore româno
Bas. Baptême de l'air avec
Michel Drucker.
© M. Marizy / Télé 7 Jours

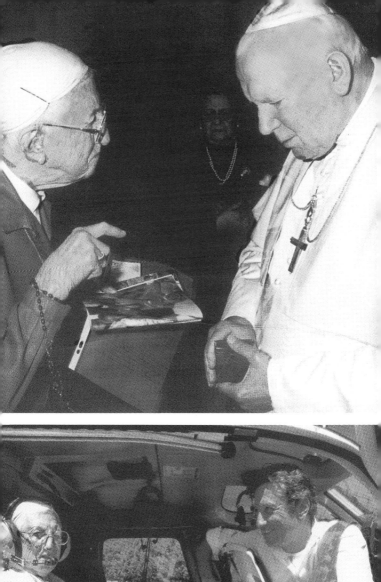
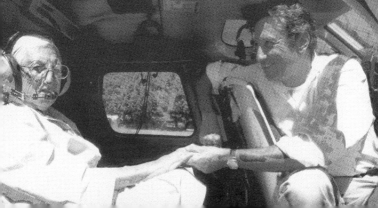

Dans une école de France, l'ancien professeur retrouve ses habitudes... © ASMAE / Nadine Crochet

... et la joie de jouer avec les enfants. © ASMAE

A l'école, au Burkina Faso. © ASMAE

Pause goûter en Haïti. © ASMAE

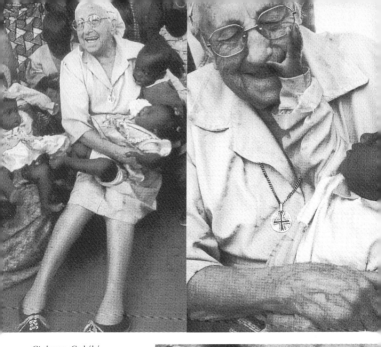

Ci-dessus. Ce bébé
burkinabé s'est trouvé
une nounou célèbre.
Ci-contre. Quelques-uns
de ses enfants au Burkina
Faso.
© ASMAE

Page de droite.
Haut : Avec quelques
autres de ses enfants,
en Inde...
Bas ... et aux Philippines.
© ASMAE

« Du haut de ces pyramides, 40 siècles vous contemplent. » © ASMAE

Sœur Emmanuelle ne dédaigne pas les récréations sportives ! Ici, au Caire. © O. Douvry / Sygma

Elle ne craint pas non plus les autos tamponneuses. © ASMAE

Les chiffonniers d'Emmaüs entourant la vieille chiffonnière du Caire. © ASMAE

Ci-dessus. A la boutique
de Paola, avec bénévoles
et accueillis.
Ci-contre. Au service
des plus pauvres,
en compagnie de l'ami
Claude.
© ASMAE

Page de gauche.
A Fréjus, devant
la boutique de Paola
qui accueille des SDF.
© ASMAE

Ci-dessus.
La chiffonnière, le SDF
et le billard...
Ci-contre. « Je suis
leur vieille grand-mère... ».
© ASMAE

Page de droite.
Les nuits de l'écrivain.
© ASMAE

Telle qu'en elle-même, enfin…
© ASMAE

C'était des réfugiés du Sud. On va voir leur hôpital. Dans la première pièce, les malades étaient couchés à même la terre sur des morceaux de papier d'emballage. Ils faisaient leurs besoins là-dessus. Ils n'avaient même pas un verre d'eau. Un petit enfant était en train d'agoniser. Sa mère était déjà morte. Je vois sur le visage de Bernard une expression de révolte. Il dit: «Je suis ici le représentant de la France et la France ne peut pas admettre ça. Je vais vous envoyer des médicaments et de l'équipement.» En partant, il serrait les dents pour ne pas pleurer. J'ai vu qu'il avait du cœur. Par la suite, quand je passais par Paris, j'allais lui rendre visite dans son bel appartement de la rue Guynemer. Un soir, il avait invité Anne Sinclair. Elle m'a expliqué qu'elle faisait une émission qui s'appelait *Sept sur Sept*. Je ne le savais pas. J'ai dit: «Et le reste du temps, vous ne faites rien?» Un ange a passé. Quand l'Association a voulu me faire faire un *Sept sur Sept*, ça n'a pas marché. Je me demande bien pourquoi.

Elle fronce le nez, entre ironie et regret.

— Avez-vous lu, demandé-je, le dialogue entre l'abbé Pierre et Kouchner[1]?

— Oui. C'est très intéressant. Moi, tu sais, je trouve que, croyant ou incroyant, l'homme sera jugé comme l'arbre – à ses fruits, à sa révolte devant l'injustice. Il n'y a pas longtemps, j'ai été en Suisse pour parler aux jeunes d'un lycée. Ils étaient rassemblés dans une grande salle et ils ne prêtaient aucune attention à moi. C'était un brouhaha où l'on ne s'entendait pas. J'ai frappé du poing sur le bureau et je leur ai crié: «Je viens du pays de la mort. Là-bas, j'ai vu des jeunes de votre âge qui meurent de faim. C'est révoltant que des enfants meurent là-bas,

---

1. Abbé Pierre-Bernard Kouchner, *Dieu et les hommes*, Robert Laffont, 1993.

alors que vous, ici, vous vous gavez ! C'est injuste ! L'injustice, ça doit vous révolter. Sinon, vous êtes des moins que rien ! »

J'imagine la scène. Son poing vigoureux et sa voix perçante ont dû faire merveille.

— Il faut savoir réveiller les gens de leur torpeur. Fends le cœur de l'homme et tu y trouveras du soleil ! Tu veux savoir pourquoi ces gosses de riches m'ont écoutée ? Ce n'était pas parce que je m'appelle sœur Emmanuelle mais parce que je leur parlais de la justice. Se révolter contre l'injustice, se passionner, mais sans perdre la tête pour autant.

— Comment faire ?

— Garder la mesure. Par exemple, si l'on se bat contre tout ce qui rabaisse la femme, ne pas aller jusqu'à clouer au pilori le mariage et la maternité.

Elle me raconte qu'elle s'est fait conduire un soir au bois de Boulogne pour y rencontrer les jeunes prostituées. Cela a été l'un de ses grands étonnements en France. En terre d'islam, la prostitution existe sans doute, mais elle est cachée aux regards. Elle a découvert que beaucoup de ces filles étaient colombiennes. Elle est allée leur parler et a été bouleversée par leur histoire, toujours la même : la pauvreté, l'abandon, la violence du mâle.

— Tu vois, si j'étais plus jeune, je m'engagerais pour la cause de ces prostituées. C'est terrible. Toutes ces petites exploitées qui arrivent d'Amérique latine, de Yougoslavie, d'Albanie ! Et le tourisme sexuel… Ce truc-là, c'est l'horreur de l'horreur ! Mais je suis une très vieille dame et il y a des choses que je ne peux plus faire. Ah, ce ne sont pas les causes qui manquent. Il faut en choisir une qui vous donne du tonus, du champagne !

Je lui fais observer que la grande passion du siècle, c'est le sport. Il y a maintenant, autour des stades, une espèce de piété populaire que je ne trouve pas de bon aloi. Tant de gens qui déploient tant d'énergie autour d'un but marqué ou d'une compétition ! Et le dopage, la combine !

— Peut-être, mais dans le sport, il y a plus de bien que de mal.

— Est-ce qu'il laisse encore de la place dans le cœur du *fan* ou du *tifoso*, comme disent les Italiens, pour une autre cause, plus haute tout de même ?…

Elle me rassure :

— Tu sais, il y a beaucoup de place dans un cœur. Et surtout, les cœurs agissent les uns sur les autres. C'est cela, la contagion dont tu parles. Elle existe. Il y a un effet d'entraînement. On le voit avec l'extraordinaire succès du Téléthon.

— C'est un peu ambigu, le Téléthon, dis-je. Du grand spectacle du genre *charity business* !

— En tout cas, c'est efficace !

Soudain, elle me parle de la mort. Je suis toujours un peu désarçonné par la façon dont elle change de sujet, sans crier gare.

— Chez les chiffonniers, j'ai vu mourir beaucoup de gens. On entendait crier : « Il meurt ! » C'était souvent la nuit et il faisait noir. On partait, on tombait dix fois mais on finissait par arriver. La moitié du bidonville était déjà là. Quand c'était un copte, je prenais la croix que m'a donnée Chenouda, le pape des coptes, et je la posais sur le front du mourant en récitant un Notre Père. Il rendait doucement son âme à Dieu. Maintenant encore, quand une de nos sœurs va nous quitter, nous sommes heureuses de prier auprès d'elle. J'ai surtout vu mourir des religieuses. C'est un peu spécial. En tout cas, je n'ai pas du tout peur de la mort.

— Pourtant, votre premier contact avec elle a été particulièrement dramatique et traumatisant.

— Oui, mais riche d'enseignement. La mort de mon père a créé en moi – comment dire ? – une espèce de creux énorme. Il faisait un temps superbe, il était en train de nager au milieu des vagues, souriant et me faisant des signes, et puis soudain, plus rien. Du moins dans le monde visible. La noyade. Je crois que la petite fille que j'étais a tout à coup compris.

— Toute la suite découle peut-être de là ?

— Je n'en sais rien. Je sais seulement qu'après cette disparition du père, j'ai toujours senti un manque en moi… toujours. Même quand j'étais joyeuse, quand je m'amusais, il y avait ce manque en moi.

— Les psychanalystes diraient que vous avez comblé ce manque en mettant Dieu à la place du père qui vous avait été arraché aussi brutalement. Et si Dieu était un substitut, un père de remplacement ?

— Dieu, c'est autre chose. Je savais qu'il était là bien avant de perdre mon père. Mais je ne suis pas pressée de mourir.

— Les gens qui s'occupent des autres plus que d'eux-mêmes vivent très vieux. Voyez Théodore Monod, Jean Vanier et quelques autres ! Vous serez peut-être centenaire, ma sœur. Il faudra vous achever ! A propos, que pensez-vous de l'euthanasie ?

— C'est un sujet qui me trouble beaucoup. Le procès de cette infirmière ! Je sais seulement que nous, chrétiens, nous n'avons pas pouvoir sur notre propre vie. Seul Dieu le possède. Il faut laisser aux gens le temps de se préparer à la rencontre de Dieu. Mais je ne crois pas que Dieu ait voulu une souffrance finale. Pourquoi la souffrance existe-t-elle ? Je n'en sais rien, mais nous le saurons d'un seul coup, quand nous arriverons là-haut. J'ai parlé des soins palliatifs avec Marie de Hennezel, qui est une amie. Elle dit que le malade en phase terminale ne veut pas la mort. Ou plutôt qu'il la veut quand il se sent abandonné de tous. L'homme est désespéré quand il meurt sans tendresse humaine.

Elle a pris la voix grave et presque rauque qui est la sienne quand elle parle de sujets qui la touchent au fond du cœur. Une fois de plus, je suis surpris par le changement de son timbre selon les sujets. La sonorité habituelle, flûtée et tranchante, n'est que l'un des registres dont elle dispose.

— Il est important, reprend-elle, d'être auprès de celui qui s'en va, de l'entourer, de l'aider à passer le cap. Au Caire, sœur Sara m'a raconté plusieurs fois la mort de sa mère. C'était merveilleux. Mourir chez soi, entouré de l'amour des siens.

— L'ennui, c'est que maintenant on meurt surtout à l'hôpital.

— Cela n'empêche pas de s'en aller dans la paix, avec un dernier sourire, un dernier serrement de main. Il faut multiplier les services de soins palliatifs. Chez nous, en Occident, on n'a pas la bonne attitude face à la mort.

— On attend trop de la médecine, dis-je. Si on meurt, c'est toujours la faute du docteur. Au fond, on se croit immortel. En outre, on cache la mort. J'ai proposé un film sur ce sujet à la télévision. On l'a refusé sèchement. Il ne faut pas parler de la mort aux gens. Il y en a pourtant que cela n'effraie pas. Ainsi, une de mes amies dit qu'elle veut être incinérée. Elle prétend qu'elle est trop claustrophobe pour finir dans un cercueil !

— Moi, dit Emmanuelle, j'ai besoin d'une tombe pour aller prier. Une urne, ce n'est pas la même chose. C'est important, la tombe. Je me souviens d'un de mes chiffonniers du Caire qui dansait de joie un matin. Je lui ai demandé ce qu'il avait et il m'a répondu : « J'ai acheté ma tombe, maintenant je peux mourir ! » Il était si content !

— La sépulture est le premier signe de l'hominisation, dis-je doctement. C'est ce qui a distingué l'homme de l'animal. Pour moi, l'existence d'une tombe permet d'engager le travail de deuil. J'ai une amie qui a perdu un mari qu'elle aimait beaucoup. Il a été incinéré et elle a installé l'urne au milieu de son jardin. Cela me choque un peu. Mes morts à moi sont tous dans un cimetière de Perpignan et je sais que j'irai les rejoindre un jour. D'une certaine façon, cela me rassure. Comment aimeriez-vous mourir, ma sœur ?

Elle ébauche un geste d'insouciance.

— Comme le pape qui tient à peine debout et continue à courir le monde pour annoncer la Bonne Nouvelle. J'aimerais tomber en action. On me dit : « Fais attention, Emmanuelle, tu te crèves ! » Mais moi, je m'en fiche de crever. Tant que je pourrai, je continuerai. L'Egypte, qui est une terre d'éternité, avait compris que le double du mort ne disparaissait pas dans le néant mais montait dans la barque des étoiles. C'est extraordinaire, cette idée de naviguer dans les étoiles ! Notre fondateur, le père Ratisbonne, disait que la mort c'est le moment de la Rencontre du fiancé avec la fiancée, de l'enfant qui tombe dans les bras de son père et qui entre dans la vie. Imagine ce que ça peut être pour une religieuse !

— Ce n'est pas vrai pour nous autres, pauvres laïques. Imaginez un vieux couple. Celui qui part le premier fait un mal terrible à l'autre. Tout un monde de relations et de souvenirs s'écroule.

— Bien sûr, soupire Emmanuelle, il y a la douleur de la séparation. Reste que nous avons rendez-vous avec le Christ. Au moment de notre mort, nous le verrons.

— Certains sont pressés, dis-je. L'abbé Pierre appelle de ses vœux cette rencontre chaque année depuis un demi-siècle et sa prière n'est pas exaucée. Il s'en plaint beaucoup !

Elle rit en tapinois. L'idée que son grand homme prolonge son séjour en ce monde malgré lui l'amuse comme une farce du Bon Dieu.

LE MÉDECIN DES BD DU CŒUR

Ce soir, nous dînons dans la belle maison d'un couple d'amis de sœur Emmanuelle. Jean-Paul Roquebrune est un cardiologue réputé. Persuadé que mieux vaut prévenir que guérir, il a mis au point des bandes dessinées joliment appelées les «BD du cœur» afin d'enseigner à tous comment éviter l'infarctus. Avec deux confrères, il dirige une clinique dans les contrebas de Callian. La vue sur l'Estérel, à elle seule, doit faire beaucoup de bien aux malades qui s'y remettent de leur infarctus.

Félicie est une blonde pétillante aux yeux clairs toujours souriante qui fait honneur à sa Suisse natale. Avec leurs trois filles étudiantes, qui ne sont pas là ce soir, les Roquebrune forment la plus enviable des familles. Emmanuelle les aime beaucoup et se plaît chez eux. L'été, jusqu'à une date récente, elle faisait volontiers trempette dans leur piscine, les années de bidonville lui ayant fait apprécier davantage encore ce plaisir.

Devant la cheminée où flambent de grosses bûches, nous parlons des rapports entre jeunes et vieux, peut-être parce que le père de Félicie, de passage, nous écoute en hochant la tête, un peu gêné par son français hésitant.

— En règle générale, dis-je, les jeunes n'aiment pas beaucoup les vieux. Ils auraient plutôt tendance à les fuir. C'est peut-être triste, mais c'est ainsi.

— Mais pas du tout, proteste Félicie. J'ai vu Emmanuelle ici présente apprivoiser littéralement, à Florence, un auditoire de jeunes qui l'avaient pourtant reçue assez mal.

— C'est vrai, mais cela ne prouve pas grand-chose. C'était une « vieille » tout à fait particulière. Moi, je vous parle des vieux en général.

La conversation vient sur la façon dont la charité a changé, et relève de multinationales et de gestionnaires très qualifiés.

— En fait, observe Jean-Paul, vous ne savez pas exactement comment fonctionnent nos sociétés. C'est bien normal après tant d'années passées hors de France. Vous vous faites des illusions à propos des SDF ou des drogués. On est loin du Caire !

Emmanuelle acquiesce d'un « c't'évident » un peu contraint. Elle ne le sait que trop : le pauvre français, atone, solitaire, buvant son RMI, n'est pas le pauvre égyptien porté par la solidarité de sa famille et de son entourage. Toutefois, en découvrant cet univers déroutant à bien des égards, elle n'a pas baissé les bras et elle a cherché immédiatement à comprendre pour être efficace. Elle est en train de chercher à acheter une grande maison dans la région afin d'y réunir autour d'un travail et de la chaleur d'un foyer certains de ses SDF. C'est la seule façon de procéder : donner à des hommes rejetés et amers l'occasion de retrouver leur dimension affective dans la vie en commun et de trouver dans l'amitié et la fraternité leur réconciliation avec le monde.

Elle revient une fois de plus à son idée maîtresse :

— Les pauvres, eux, partagent. Regarde le gars qui est dans la rue et a une bouteille de vin. Il y tient à sa bouteille, il a fait la manche pour l'obtenir. Pourtant, il ne la boit pas seul. Le nanti, lui, boit à domicile. Il a peur de perdre ce qu'il a. Celui qui ne possède rien n'a rien à perdre. Il n'a pas le sens de sa propriété… pas plus que de la tienne, d'ailleurs.

— Vous avez peut-être une vision idyllique du Français pauvre, dis-je.

— Oh non! Depuis que je suis ici, je me suis instruite. J'ai même pris des cours sur l'alcoolisme, réalité que j'ignorais complètement. Ce n'est pas une plaie en terre d'islam. Et puis en Egypte, dès que je rapportais mes dollars, tout se débloquait comme par miracle. Il n'y avait pas de paperasse et l'on construisait l'école ou le dispensaire sans autres formalités. Ici, il faut des autorisations et des démarches sans fin.

Jean-Paul apporte dans le débat sa voix posée et son calme imperturbable.

— Le malade change mais le diagnostic et le traitement restent les mêmes. La misère est un phénomène universel.

— Si les riches s'occupaient des pauvres, ils seraient plus heureux! s'écrie Emmanuelle. J'ai une amie à Monaco. Elle dit que tous les richards qu'elle connaît ne sont pas heureux du tout.

Je cite Rivarol: «*Les moyens qui rendent les hommes propres à faire fortune sont les mêmes qui les empêchent d'en jouir.*» J'ajoute que c'est une astuce de publicitaire que d'identifier le bonheur humain à la grosse voiture et à la villa, même s'il est exact que tant qu'à pleurer, mieux vaut le faire dans une Jaguar que dans une carriole tirée par un âne.

— Il faudrait que les riches se demandent: «Mais enfin, est-ce que ma manière de vivre me donne satisfaction? Est-ce que cela a un sens de courir autant après l'argent?»

Moi, quand je tape les riches, je leur dis toujours : « Je vous rends service. Vous n'avez pas le droit d'être en manteau de vison alors qu'il y a des femmes qui meurent de froid. »

A son habitude, elle galope dans une digression :

— Hé ! hé ! j'aime beaucoup le vison, moi ! Un jour, nous étions dans un aéroport en Belgique avec le président de l'Association, et voilà que je tombe en arrêt devant un merveilleux manteau de vison. Du coup, il me perd, et il me retrouve en contemplation. « Mais enfin, Emmanuelle, me dit-il, on peut vous voir, ce n'est pas convenable ! » Et je lui réponds : « Si j'avais été dans le monde et si tu avais été mon mari, je t'aurais demandé de me l'acheter ! » Mais j'ai ajouté : « Enfin, je préfère que cet argent aille au Soudan du Sud où les gens mangent des feuilles ! »

— Quand on n'a pas la foi, dis-je, est-ce qu'on n'a pas encore plus de mérite de se préoccuper de la souffrance des autres, puisqu'on n'attend aucune récompense dans l'autre monde ?

— Mais alors en vertu de quoi agit-on ? demande Jean-Paul. L'humanisme ? La philanthropie ? Quand on quitte le domaine de l'amour, on tombe vite dans celui de la raison et c'est la porte ouverte à tout. L'amour, lui, n'a ni règles ni frontières.

— De toute façon, dis-je, la solidarité, la valeur universellement reconnue de notre temps, est une variante laïque de la communion des saints. Comme l'écrit un auteur : « *La réversibilité des mérites, privée de son contexte religieux et de son enracinement spirituel, est devenue l'exigence de la solidarité au nom même de la justice*[1]. »

1. Pol Vandromme, *Jours d'avant Lettera*, L'Âge d'homme, 1993, p. 52.

— Hou hou ! C'est fou ce qu'il sait par cœur, celui-là !
Bien sûr qu'on peut être bon et ouvert aux autres sans
avoir la foi ! Mais la foi est la source d'une très grande
joie. L'exemple que le Seigneur nous a donné, à nous
autres chrétiens, nous propulse en avant.

— C'est aussi affaire de tempérament, dis-je. Religieuse
ou non, vous auriez voulu partager ce que vous aviez. Vous
n'êtes pas du genre à tout garder pour vous !

— Peut-être, mais il me semble que si je n'étais pas
devenue religieuse, j'aurais été une personne très différente. J'avais des défauts qui ne demandaient qu'à s'épanouir. Tiens, par exemple, ce type qui m'avait fait du mal
au point de m'inspirer une joie mauvaise quand j'ai appris
qu'il avait des ennuis. J'avais vécu toute une vie de religieuse faite pour aimer les autres et pour pardonner et j'en
étais là ! Mais, bien sûr, tout de suite, j'ai appelé le Seigneur à l'aide. Je crois que, restée dans le monde, j'aurais très bien pu être victime de mon tempérament.

— Je suis sûr que vous auriez eu honte de votre vilaine
pensée même sans être religieuse. Reste que c'était une
réaction humaine !

Comme chaque fois qu'elle est choquée, elle huche :

— Alors tu appelles ça humain, se réjouir du malheur
d'autrui ? Bravo !

Jean-Paul vient à mon secours dans son style apaisant
et méthodique.

— C'est une loi générale, ma sœur. Il se trouve que
nous sommes tous, sans exception, prêts à nous réjouir
d'une tuile qui arrive à quelqu'un qui nous a fait du mal.
Il s'agit de réactions spontanées et incoercibles. Ensuite,
on peut les maîtriser et aller plus loin, mais on ne peut
pas les empêcher de se manifester.

Elle le coupe, impatientée :

— On peut ! Il suffit de prier !

Je lui objecte que tout le monde n'a pas comme elle la foi du charbonnier :

— Moi, par exemple, quand je veux prier, je suis truffé de doutes.

Amusée, elle prend l'auditoire à témoin :

— Truffé de doutes ! Vous entendez ça ? Eh bien, accepte les truffes. Moi, j'ai bien mis presque un siècle pour apprendre à m'offrir au Seigneur telle que je suis. Je lui dis : « Si tu m'aimes comme ça, merci, Seigneur ! »

— Je voudrais savoir, lui demande Jean-Paul, s'il y a eu un moment dans votre vie où vous avez compris que vous aviez ce plus qui vous permettrait d'aller plus loin que les autres.

— Oh, tu sais, au début je voulais être missionnaire martyre, ou alors sainte Thérèse de Lisieux. Je m'imaginais qu'après deux ans de noviciat je serais une petite reine. Et aujourd'hui, à quatre-vingt-onze ans, je ne suis toujours pas la petite reine que je voyais dans mon rêve.

— Mais vous êtes tout de même exceptionnelle, non ?

— Qu'est-ce que cela veut dire ? Dans notre ordre, il y avait des sœurs non enseignantes qu'on appelait les sœurs converses. J'en ai vu, en Egypte et en Turquie, qui étaient chargées de la cuisine depuis cinquante ans, dans une chaleur étouffante, derrière leurs fourneaux pour nourrir cinquante ou cent personnes chaque jour que Dieu faisait. Un dévouement absolu, sans un mot pour se plaindre. Moi, je trouve que ça, c'est exceptionnel. Ces sœurs-là n'étaient pas portées par ce qu'elles faisaient, comme moi par mon goût de l'enseignement. Et elles étaient merveilleuses. Regarde Florenzina. Ah, je l'aime beaucoup !

— Faire la cuisine était peut-être gratifiant pour elles et déplaisant pour vous, remarque Jean-Paul, toujours logique. Quant à l'inconfort et à la chaleur, vous en avez connu tout autant chez vos chiffonniers.

— Elles faisaient la cuisine parce que c'était une tâche merveilleuse pour Dieu. Elles n'avaient aucune récompense en ce monde. Moi, tout de même, quand je voyais mes filles entrer en classe, quand je constatais leurs progrès, j'avais ma récompense.

— L'important, est-ce le sacrifice ou l'efficacité ?

— L'important, c'est l'amour. Tout ce que j'ai fait, ce sont des œuvres extérieures que Dieu m'a donné la force d'accomplir. Ce qui m'intéresse, c'est l'intérieur. Il devrait être sagesse et amour. Je ne suis toujours pas sage et j'ai en moi, aujourd'hui encore, des éléments qui ne sont pas sains, qui ne sont pas purs, que j'ai envie de secouer comme on se débarrasserait des miettes du repas de la vie.

— Mais, ma sœur, observe Félicie avec son charmant petit accent du pays de Vaud, il faut accepter votre tempérament. Il vous a permis de faire ce que vous avez fait.

— Oh, j'ai cessé de me tracasser ! Je suis comme je suis.

Je ne sais par quel biais, la conversation en vient à rouler sur la peine capitale.

— Moi, je suis contre ! proclame la sœur, avant de se reprendre, – sauf dans certains cas très particuliers.

— Alors, vous êtes pour, dis-je. Si l'on refuse la peine de mort, c'est une position qui ne souffre aucune exception.

— Je suis contre à 99 %. Les tortionnaires d'enfants ne méritent pas de vivre. Reste que ce qui se passe aux Etats-Unis est scandaleux. Plus de trois mille condamnés dans les couloirs de la mort ! J'ai signé la pétition des deux mains.

— Mais, ma sœur, voyons, si vous êtes contre, vous ne pouvez pas accepter une seule mise à mort au nom de la loi. Cela ne tient pas debout !

Peine perdue ! Je ne parviens pas à la convaincre que si elle accepte une seule exécution légale, fût-ce celle de

Himmler ou de Pol Pot, elle se prononce du même coup en faveur de la peine de mort et lui reconnaît une légitimité morale.

Je change de sujet. A propos de la fréquence des divorces, je lui cite quelques chiffres. La part des naissances hors mariage est passée de 6 % en 1967 à 40 %. La moitié des femmes qui mettent au monde leur premier enfant ne sont pas mariées.

— Ce n'est pas possible ! C'est désolant, car on ne peut rien bâtir de solide sur ces bases-là.

— En tout cas, quand on bâtit, c'est pour longtemps. On ne se marie plus pour quinze ans ou vingt ans maximum comme au Moyen Age, dis-je. En moyenne, les femmes deviennent veuves à 75 ans. Avec la durée de la vie aujourd'hui, on peut passer cinquante ans côte à côte.

— Si on s'aime, c'est merveilleux, dit-elle. De mon temps, on courait les bals de société pour rencontrer un mari, mais une fois trouvé, c'était pour la vie. On ne changeait plus jamais de danseur. Si le couple ne se fixe pas cette base, il se disloquera un jour ou l'autre, c't'évident. Il faut un projet commun, sinon les gens sont malheureux. Je pensais trouver des femmes épanouies en Europe. Quand je suis arrivée, je me suis dit : « Mais qu'est-ce qui se passe, ici ? » Au bidonville, les femmes ne connaissaient ni distractions ni confort et pourtant elles riaient tout le temps ! Elles étaient heureuses.

Je lui raconte qu'en Afrique du Sud, j'ai rencontré la femme du militant anti-apartheid Albert Sisulu. Il avait passé des années dans un cachot et leur amour était si fort que, chaque jour à une heure donnée, ils communiquaient par télépathie ; ainsi, ils n'eurent jamais l'impression d'être séparés une seule minute.

— Il y a encore beaucoup de découvertes à faire, dis-je, en matière de psychologie, car le cœur humain est loin d'avoir livré tous ses secrets.

— Cela va te faire sourire, me répond-elle, mais j'ai appris beaucoup de choses en psychologie dans Agatha Christie. J'ai toujours un de ses livres à mon chevet. Elle possède une connaissance des hommes extraordinaire, par exemple dans *Mort sur le Nil*. Beaucoup de finesse dans le domaine sentimental.

— Et la passion, ma sœur ? Vous ne lisez tout de même pas des romans qui parlent de ça ?

— Non, mais j'ai rencontré la passion. Au Caire, il y avait un diplomate qui a été littéralement foudroyé par une passion. Je lui disais : « Mais enfin, tu as une femme et des enfants, qu'est-ce que tu vas t'amouracher de celle-là ? » Je me souviens de sa souffrance quand il me répondait : « Sœur Emmanuelle, je n'y peux rien mais c'est plus fort que moi ! »

— Comment l'histoire s'est-elle achevée ?

— Il a fini par briser sa carrière pour cette femme. Ils ont quitté l'Egypte ensemble et on n'en a plus entendu parler. La passion, c'est comme une drogue. Les gens me disent : « Vous ne pouvez pas comprendre, ma sœur ! » Eh bien, je les comprends !

— J'ai l'impression qu'on est inconsciemment attiré par la mort qui rôde derrière la passion. Thomas Mann a écrit là-dessus une nouvelle célèbre, *Mort à Venise*. Il ne s'agissait pas de l'amour d'une femme, mais cela ne change rien au fond. La passion est liée à un vertige de mort.

— C'est comme une drogue ! réplique Emmanuelle. Pour elle, on ferait n'importe quoi. Beaucoup d'hommes me font des confidences, parce que je suis une vieille grand-mère. Ils me disent : « L'autre, j'en suis fou ! Je l'ai dans la peau ! » Eh bien, tu ne le croiras pas, mais ils continuent à aimer tendrement leur femme ! C'est pourquoi je pense qu'un homme ne doit pas dire à sa femme qu'il l'a trompée s'il a le malheur de l'avoir fait. Cela revient à lui injecter une dose de poison. Je me souviens d'un homme qui me disait en pleurant à chaudes larmes : « Sœur Emmanuelle, je suis malheureux, je l'ai trompée et j'ai envie de tout lui avouer. » Je lui ai dit : « Surtout pas ! Porte ton fardeau et n'en encombre pas les autres ! »

— Quels autres conseils donnez-vous ?

— Un seul : « Tenez le coup et je vais prier pour vous ! » J'ai connu plusieurs hommes qui ont réussi à tenir. Après, ils étaient fiers d'avoir su résister. Il y a quelque chose de sublime dans un homme qui parvient à maîtriser la passion.

J'approuve. C'est dans les milliers d'expériences et de rencontres d'une longue vie consacrée aux autres qu'elle a appris la psychologie. Sur le cœur humain, elle en sait plus long qu'Agatha Christie.

SABINE RACONTE LES PHILIPPINES
LAURENCE SE SOUVIENT DE L'INDE

Dans l'escalier du boulevard de Strasbourg, je prends soudain conscience que la Provence me manque. Ne serait-ce pas plutôt que j'ai pris goût à la vie sereine de Callian et au statut de « petit frère » que m'ont si gentiment accordé les religieuses ? J'ai rendez-vous ce matin avec deux des permanentes, Sabine et Pascale.

Sabine a vingt-six ans, un hobby, l'aïkido, une passion, la peinture, et un *curriculum vitae* déjà bien rempli. Curieuse du monde, elle est allée travailler aux Etats-Unis après son bac pour élargir son horizon. Puis elle a poursuivi des études supérieures de commerce à Montpellier. En entrant dans la vie professionnelle, elle s'est aperçue elle aussi que les bilans et les listings d'ordinateur ne donneraient jamais un sens à sa vie. A vingt-deux ans, elle est allée au Caire où elle a proposé ses services au bidonville du Mokattam pour commercialiser le papier récupéré par les chiffonniers. A l'un de ses passages, Bernard Mignot lui a proposé une mission aux Philippines. Il s'agissait de gérer un budget de trois millions par an face à quinze partenaires dont l'Association soutenait les projets. Il y a à peine un an que Sabine est rentrée de cette mission.

— J'aimerais vous aider pour votre livre, me dit-elle, mais je dois vous avouer que je ne suis pas ici celle qui connaît le mieux sœur Emmanuelle.

— Je ne viens pas pour elle, mais pour vous.

— Pour moi ?

Elle me fixe de ses grands yeux où je crois lire de l'ironie. Mignonne comme elle est, penserait-elle que ?... Je me hâte de préciser l'objet de ma visite.

— Il me semble que vous êtes, dans l'équipe de direction, la personne qui, par son âge et ses états de service, me semble le mieux incarner ce que j'appellerais le « nouveau militant humanitaire ». Vous avez déjà une assez longue expérience du terrain. Vous avez commencé par l'Égypte. Qu'est-ce qui vous a paru le plus difficile ?

— M'immerger dans une autre culture et m'y adapter vraiment, répond-elle sans hésiter. Heureusement, je me suis très vite passionnée pour les pays. Savoir gérer les choses ne sert guère si l'on oublie les gens. Il faut d'abord gagner leur confiance et, pour cela, ne pas les choquer. Au Caire, pendant des mois, je n'ai pas su si je pouvais ou non croiser les jambes devant quelqu'un, comment on donne sans blesser, la façon de prendre un taxi ou de traverser la rue. De même, certaines choses sont inconcevables dans ce pays, comme le fait de se dire athée.

Je m'inquiète :

— J'espère que vous n'avez pas commis ce sacrilège en terre d'islam ?

— Non. D'ailleurs, je prie aussi bien dans une mosquée que dans une pagode ou dans une église.

— Pour une fille aussi jeune, ce genre de mission n'a pas dû être facile ?

— Oh non ! Les débuts ont même été très durs. Je me

souviens de mon arrivée dans l'immense bidonville du Mokattam. Je me suis égarée et, pour comble de malchance, j'étais en jupe blanche et souliers à talons hauts ! J'avais une vague adresse écrite en français sur un papier et personne ne pouvait me répondre. Je devais avoir bonne mine ! J'étais littéralement terrifiée. D'ailleurs, avant de se lancer dans une nouvelle mission, on est toujours pris d'angoisse et c'est normal. Aux Philippines, par suite d'un contretemps, il n'y avait personne pour m'accueillir à l'aéroport. J'avais une de ces frousses !

— Comment s'est déroulé votre séjour aux Philippines ?

— J'y suis restée près de trois ans. C'était un poste très délicat. Christiane Barret était venue là à sa sortie de l'ENA et avait placé la barre très haut. Les Philippins sont tournés vers l'Amérique qui les a occupés et marqués par la colonisation espagnole, mais fondamentalement, ce sont des Asiatiques dans leur façon de penser et leurs réactions.

— Quel type d'œuvres soutient l'Association ?

— La plus connue est la fondation Virlanie qui accueille deux cent trente enfants des rues très « abîmés ». Les Philippines ont le plus haut taux d'analphabétisation de l'Asie du Sud-Est. Grâce à nos programmes de parrainage, plus de six cents enfants sont scolarisés. Quand je suis arrivée comme coordinatrice, il y avait un gros travail d'évaluation à mener à bien. On mélangeait tout. Par exemple, pour les enfants qui étaient déclarés fous, il a fallu qu'une psychologue, Alexandra, vienne sur place en septembre 1996. Elle a appris le talagog pour pouvoir parler aux enfants dont quatre sur dix avaient besoin d'un suivi thérapeutique d'urgence. Elle a adapté à la culture philippine les concepts et les outils d'analyse psychologique utilisés en France. Actuellement, le programme est en phase de retrait. Sandrine est en train de préparer l'équipe de relève philippine.

— Combien durent les missions ?

— Entre deux ans et deux ans et demi pour les coordinateurs. C'est le temps nécessaire pour s'acclimater et mener à bien un travail efficace.

— Où viviez-vous à Manille ?

Elle sourit au souvenir de son aventure.

— Je m'étais trouvé un petit appartement dans un quartier de prostituées et de bars à karaoké, si mal famé que les chauffeurs de taxi qui m'y conduisaient me disaient chaque fois qu'il ne fallait pas vivre là. En fait, j'y étais très bien. Le plus dur était d'aller voir les enfants en prison. Ils sont mélangés aux adultes dans des conditions ignobles. C'est l'horreur absolue ! Ma première action a été de trouver un budget pour refaire les sanitaires qui étaient immondes. Malheureusement, l'administration était corrompue et la directrice de la prison voulait récupérer l'argent. Je me suis tellement battue que les sanitaires ont été refaits, mais, le lendemain de l'achèvement des travaux, ils ont été interdits aux gosses. La directrice a décrété que c'était trop beau pour eux !

— Décourageant, non ?

— Il faut s'accrocher. Cela peut paraître ridicule, mais j'ai été sérieusement handicapée par mon incapacité à faire des discours. Les Philippins adorent le verbe et ils multiplient les occasions de prise de parole. Ils inaugurent et haranguent à tour de bras.

— Je suppose que vous avez lutté contre les abus sexuels des fameux trottoirs de Manille ?

— Bien sûr. Malheureusement, les associations locales qui s'adressent aux tribunaux pour réprimer la pédophilie et celles qui portent secours aux victimes se battent en ordre dispersé. D'autre part, les enfants sont traités par la police et la justice d'une façon honteuse. Nous avons mis sur pied un projet pour harmoniser et dynamiser les actions, ce qui est notre vocation propre.

— Comment avez-vous vécu votre retour en France ?

— On sent un terrible décalage. Je comprends ce qu'a dû éprouver sœur Emmanuelle. Comme elle, je découvre la pauvreté ici. Il y a quelque chose de très choquant à voir des gens qui couchent dans la rue, au sein d'un pays prospère et d'une société de consommation. On se sent révoltée, on a envie de militer contre cet ordre injuste. D'autant qu'il y a une différence fondamentale de situation. Dans nos missions, nous sommes des étrangers tenus, sous peine d'expulsion, de respecter les autorités et de nous taire. En France, nous avons un droit et même un devoir de dénonciation. Si une directrice de prison française m'avait fait le coup de celle de Manille, je vous garantis qu'elle aurait entendu parler de moi !

— Sœur Emmanuelle dit grand bien de certains directeurs de prison. Pourquoi avez-vous commencé à mener des actions en France alors que ce n'était pas le domaine de l'Association ?

— Nous nous sommes aperçus que certaines catégories de jeunes étaient bien protégées ici, soit par les pouvoirs publics soit pas des organismes privés, mais qu'il restait un créneau peu occupé : revaloriser les jeunes en difficulté à leurs propres yeux. Nous les faisons participer à nos chantiers au même titre que les autres bénévoles. D'assistés, ils deviennent assistants. Cela leur fait un bien immense. Un autre créneau est l'échange de savoirs. Tout le monde peut donner quelque chose de son savoir. Une maman maghrébine, par exemple, montrera comment faire un gâteau. Nous projetons d'installer beaucoup de réseaux d'échange en France et de mettre au point des formations, par exemple dans l'art de la médiation.

— Ce qu'on appelle pompeusement la gestion des conflits ?

— Oui. Notre société en a un urgent besoin. Les gens ont peur les uns des autres. Nous nous proposons d'agir auprès des familles pour lutter contre leur repli frileux sur elles-mêmes.

— Quelle impression cela fait-il de renoncer à une carrière normale pour consacrer sa vie à l'humanitaire ?

Elle réfléchit un instant.

— Pour moi, cela a été comme si je passais de la télé noir et blanc à la télé en couleurs. L'image qu'on a de sa propre vie devient plus lumineuse, plus lisible. Oui, c'est cela. Quand on s'occupe des autres, on quitte l'univers de la grisaille.

Au tour de Pascale maintenant, la responsable des ressources humaines. Elle a la voix et la «présence» d'une comédienne de théâtre, loisir qu'elle a pratiqué. Elle a fait des études de commerce international, travaillé dans diverses entreprises françaises et étrangères avant d'intégrer l'Association, répondant à une annonce du *Figaro*.

— Ce qui me plaît ici, me dit-elle, c'est qu'on ne cesse jamais d'évoluer. Engagée pour gérer les chantiers, le recrutement et la formation, je m'occupe aussi maintenant de l'évaluation des missions, des actions menées sur le terrain par les volontaires et les bénévoles, et de la capitalisation de notre expérience.

— Capitalisation ? Qu'entendez-vous par ce mot barbare ?

— Il s'agit de voir comment une expérience menée avec l'un de nos partenaires locaux pourrait servir à un autre projet. Nous travaillons toujours dans le souci qu'ils deviennent autonomes. Nos volontaires leur assurent une formation spécifique en fonction de leurs besoins et, dès qu'ils sont au point, nous nous retirons. L'important, c'est que le relais soit pris sur le plan local. Nous envoyons chaque année une vingtaine de missions individuelles sur le terrain et cent quatre-vingts à deux cents bénévoles dans le cadre de nos chantiers collectifs.

— Comment dégagez-vous vos «ressources humaines»?

Elle sourit, sentant à mon ton que le terme ne me plaît guère. Je n'ai jamais pu m'habituer à ce jargon d'entreprise.

— Oh, en matière de recrutement, il ne faut surtout pas avoir d'idées préconçues. Chaque volontaire a son propre parcours, sa personnalité. Nous évaluons aussi bien les compétences professionnelles que les qualités personnelles des volontaires qui nous représenteront sur le terrain.

— J'aimerais en rencontrer.

— Rien de plus facile. Laurence vient de rentrer d'Inde où elle a passé trois ans et demi. Elle est justement dans nos murs. Je vais voir si elle est libre. Vous pouvez vous installer dans le bureau de Trao, il n'est pas là ce matin.

La jeune femme que je vois arriver quelques minutes plus tard me raconte son histoire avec beaucoup de gentillesse. Elle a vingt-neuf ans. A la sortie d'une école supérieure de commerce, elle a été durant trois ans attachée de presse d'une maison de disques à Paris. Son compagnon partant en Inde pour le compte d'une ONG, elle l'a suivi.

— Les premiers mois, j'ai découvert le pays et fait un peu d'enseignement en tentant d'apprendre moi-même le plus de choses possible. J'ai côtoyé des gens de tous les milieux. L'Association voulait étendre son activité. J'ai proposé mes services et j'ai été volontaire puis coordinatrice.

— Quelle a été votre plus forte impression de l'Inde?

Elle réfléchit quelques secondes.

— Le sentiment de révolte qui m'a peu à peu envahie. J'ai été scandalisée par les extraordinaires différences de condition et l'abîme entre la pauvreté extrême et des riches qui ne semblent pas l'apercevoir. C'est encore plus dur à accepter que la misère elle-même. Figurez-vous que le seul fait d'aborder le sujet devant une personne de la bonne société mettait aussitôt un terme à la conversation ! En Inde plus qu'ailleurs, ceux qui mangent à leur faim ne veulent pas qu'on trouble leur digestion ! Cette indifférence me donnait envie de leur démontrer l'utilité et l'efficacité de notre action.

— Avez-vous eu la visite de sœur Emmanuelle ?

— Non. Elle n'est jamais allée en Inde. C'est dommage ! Mais je l'ai rencontrée plusieurs fois ici.

— Pardonnez-moi cette question directe : Appartenez-vous à une religion ?

— Non. Disons que je crois en Dieu.

— Quel épisode de votre séjour indien vous a-t-il le plus marquée ?

Laurence semble en proie à l'embarras du choix, puis elle se décide.

— Chez l'un de nos partenaires locaux qui s'occupe des enfants des rues, j'ai rencontré une petite fille violée à trois ans dans son village et sérieusement blessée. Ses parents n'ayant aucun espoir de la marier un jour l'avaient confiée à l'œuvre. Et elle était si mignonne, si radieuse, si souriante ! Il y avait quelque chose de déchirant et de réconfortant dans ce contraste. Tout semble injuste mais c'est comme ça et les gens – adultes et enfants – vivent avec cette réalité.

— Pour sœur Emmanuelle, dis-je, rien n'est jamais perdu. C'est une espèce d'optimisme métaphysique. Si j'ai bien compris, l'Association n'agit pas directement.

— Généralement, nous répondons aux besoins de nos

partenaires locaux en essayant de leur apporter plus de savoir-faire et de professionnalisme dans leur façon de travailler.

— N'est-ce pas un peu frustrant ?

— Au contraire. On sait qu'on laissera une trace, qu'on n'aura pas seulement porté secours aux enfants qu'on a eus sous les yeux mais à ceux qui vont venir. Ils seront mieux traités, ils disposeront de meilleures infrastructures, d'un meilleur encadrement, d'écoles primaires et professionnelles. Nos conseils et notre argent y auront été pour quelque chose. Mais nous ne venons pas du tout dans l'état d'esprit du donneur de leçons extérieur. Et puis la civilisation de l'Inde est si riche que nous aurions plutôt face à elle un complexe d'infériorité.

— Quel est le «plus» que vous apporte, par rapport aux autres ONG, la présence de sœur Emmanuelle ?

— Une force, une positivité. Son exemple, le soutien et les méthodes de l'Association nous donnent un cadre de travail qui permet de regarder la misère autrement, sous l'angle professionnel du développement, et d'éviter la sensiblerie qui nous guette. C'est cela sans doute qui m'a empêchée de déprimer devant les horreurs que je voyais. On parle beaucoup de la spiritualité et de la sérénité indiennes, mais c'est un pays terriblement violent et cruel sous un calme de surface.

— Quel bilan dressez-vous de votre action ?

— Je pense avoir apporté quelque chose de concret, certes, mais à petite échelle. Ce résultat est le fruit d'un effort constant pour ne pas tomber dans l'assistanat. Je n'ai jamais eu l'impression de distribuer des piécettes à des mendiants.

QUAND EMMANUELLE EST TENTÉE
DE BAISSER LES BRAS

La maison, la dernière du village, haute et lézardée, n'a pas bel aspect et aurait grand besoin d'être recrépie.

— Et en plus, ils habitent au troisième étage, soupire Philippe. Courage ! Allons-y !

Vaillante, sœur Emmanuelle écarte les coudes pour que nous l'aidions à se hisser dans l'escalier. L'appartement que Paola a réussi à trouver pour ses deux jeunes protégés est en mauvais état. Les meubles sont vieux et fatigués et le chauffage ne fonctionne sans doute pas car il fait un froid de loup. Les deux garçons, en T-shirts, sont en train de regarder des dessins animés sur une vieille télévision dont l'image tressaute. Raphaël est un blondinet plutôt mignon aux traits tirés, actuellement en arrêt de travail pour un problème au genou. Hervé a dix ans de plus, la peau mate, l'air abattu. Tous deux, après leur sortie de prison, ont eu la chance d'être directement employés dans l'entreprise de Jean-Michel Abbas. Sur l'écran, des lapins sautillent.

— Mais votre télé ne marche pas, mes pauvres chéris ! dit Emmanuelle. Vous vous abîmez les yeux !

Climat lourd d'ennui, de misère.

Emmanuelle bougonne.

— Raphaël, tu as besoin d'une opération, c'est un fait. Et toi, Hervé, tu vas à ton travail au moins ?

— Oui, mais ce matin, je ne me suis pas réveillé.

— Vous avez froid ici ; on va vous trouver un petit radiateur.

— Impossible, il foutrait le feu, ma sœur, dit Hervé en montrant le buisson de fils électriques à nu qui jaillit d'un mur.

— Oui, le problème, c'est l'humidité. Il faudra refaire l'installation, observe Philippe.

— Mais ils ont froid, ces pauvres petits ! gémit la sœur.

— Enfin, voyons, ils sont assez grands pour dire s'ils ont froid ou non. D'ailleurs, ils ont des pulls. S'ils avaient froid, ils les mettraient.

Le regard d'Emmanuelle s'arrête sur une canette de bière vide.

— C'est la quantième ?

— La première, ma sœur, lance Raphaël. Et en votre honneur, c'est de la bière belge.

— Ouais ! Tu vas me faire croire ça ! Vous feriez mieux de boire de l'Orangina. Ah, ça ne va pas du tout ! Et puis vous avez froid ! Vous avez froid ! Ce n'est pas possible ! répète-t-elle comme si elle ne savait plus quoi dire. Il faut avoir chaud. Rien ne marche, ici. Et ils sont là devant la télé toute la journée à regarder des lapins ! C'est bête ! Ça ne vous fait pas avancer.

— Ils sont pourtant jolis, ces lapins, ma sœur, dit Raphaël accommodant.

Dans un coin, elle aperçoit d'autres canettes.

— Et ces bières-là ?

— On en a juste bu deux ou trois.

— Tu m'as dit que c'était la première ! Ah, la situation se détériore. Tu vois, Hervé, quand tu as été filmé pour la télévision, tu étais différent de maintenant. Ça ne s'arrange pas ! Mais enfin, mes enfants, qu'est-ce qui vous manque ?

Je la sens à bout de patience.

— Un million, répond Raphaël, amer et fanfaron.

— Un million ! Je n'ai pas ça, moi ! Jeunes gens, jeunes gens, vous m'inquiétez !

Dans l'attitude des deux garçons, il y a un mélange de défi et de tendresse.

— Je suis pourtant sûr que son patron a tout fait pour l'aider, me dit Philippe tandis que nous soufflons après avoir fait redescendre l'escalier à Emmanuelle. On ne peut tout de même pas les laisser tomber, ces deux-là ! Putain, quel métier !

Nous raccompagnons la sœur à Callian. Dans la voiture, elle remâche ses échecs.

— Un jour, je suis allée faire une conférence au Lion's Club sur le thème : « Embauchez des SDF ». L'un d'eux a pris Christian à témoin. Tu te souviens de lui, Pierre ?

— Très bien, ma sœur.

Je me rappelle de grosses chaussettes débordant de mocassins italiens très usés et un visage barbu marqué par toutes les épreuves du monde.

— Au début, c'était merveilleux. Pour le loger, son patron lui a trouvé un mobilhome. L'ennui, c'est que Christian faisait soixante-dix heures par semaine nécessaires à sa formation, de sorte qu'il ne gagnait que 3 500 francs par mois ! Un jour, Christian a craqué et il a tout quitté. L'hiver est arrivé et il s'est trouvé à la rue. Je n'ose pas lui proposer un nouveau travail.

Soudain, elle demande à la cantonade :

— Mais pourquoi est-ce qu'il lui faut un million à Hervé ? Un million !

— Ils ont la tête tournée par les chiffres qu'ils entendent, dis-je. On mesure la réussite d'un homme à la réponse à la question : « Combien tu pèses ? » Le Veau d'or est toujours debout, ma sœur. Les Hébreux ne l'avaient jamais rêvé aussi monumental. Parce qu'on voulait se débarrasser d'un type qui ne faisait pas l'affaire à la tête d'une grande compagnie pétrolière, on l'a fait partir avec trois cents millions en poche. Et cela simplement pour qu'il veuille bien sortir sans faire d'histoires de son superbe bureau. Comment voulez-vous qu'un jeune qui sait cela se contente de 2 000 F ?

— Trois cents millions, ça fait combien ?

Comme beaucoup de vieilles gens, elle ne veut connaître que les anciens francs.

— Trente milliards.

— Tu te moques de moi ?

— Non. Je suis très sérieux.

— Mais c'est obscène !

— Je ne vous le fais pas dire, ma sœur.

Elle s'abîme dans ses réflexions.

— Et Zidane, combien gagne-t-il ? me demande-t-elle soudain, avec la mine d'une fillette qui s'enquiert des mystères de l'existence.

— Je ne connais pas son revenu mais je sais qu'on paie un transfert de grand joueur de foot plusieurs dizaines de millions de francs.

— Hou hou !

Puis elle revient à son souci actuel.

— Ces deux gosses sont dans un de ces pétrins ! Comment les en tirer ?

— On ne peut pas toujours réussir, ma sœur.

— Ce qui me fait mal, c'est qu'on n'arrive pas à leur rendre de l'énergie. Tu as vu toi-même. Ils ne sont pas mieux qu'à la prison de Draguignan. Un million ! Il y a des moments où j'aimerais leur faire un trou dans la tête pour y verser de la « pêche » à la cuillère !

Nous la déposons chez elle. Je la regarde s'éloigner. Avec sa grosse écharpe de laine sur la tête, on croirait Peau de la Vieille Hutte dans le *Little Big Man* d'Arthur Penn. Elle a la dignité et les rides d'un chef sioux vaincu.

— Là, elle a son compte ! soupire Philippe. Ces jeunes, elle les avait cru tirés d'affaire. Elle les a fait libérer avant l'heure, elle est allée elle-même les accueillir à la porte de la prison, et elle s'aperçoit qu'il reste encore du chemin à faire. Ce n'est pas si vite gagné. Quel dommage tout de même !

— Cela arrive souvent ?

— Trop souvent. C'est comme Sylvain. Il avait un chouette travail et puis le chef de chantier a changé. Le nouveau buvait. Sylvain, qui avait arrêté la bouteille, ne supportait plus les alcoolos. Tout a craqué. C'était le rejet de lui-même tel qu'il avait été. Ah, ce ne sont pas des gens faciles ! Ce qu'il faudrait, à la sortie de prison, c'est un sas de décompression, un caisson comme les plongeurs. La grande maison communautaire à la campagne nous serait bien utile. La sœur a raison.

— C'est la première fois que je la vois aussi abattue.

— Cela lui arrive mais ça ne dure pas. Je suis sûr qu'elle va déjà mieux. Heureusement, nous avons aussi des succès.

— Allons boire un verre, proposai-je, et parle-moi de l'un de ces succès. J'avoue que je me sens un peu déprimé moi aussi.

Au Relais du Lac, nous nous installons confortablement dans un petit salon.

— Je vais te raconter l'histoire de Gilbert, me dit Philippe. Elle commence mal mais elle s'achève très bien. En 1998, ce garçon était dans un état de santé catastrophique. A sa sortie de l'hôpital, il aurait dû aller dans un

foyer, mais le directeur l'avait jugé alcoolique, car il titu-
bait en marchant. En fait, c'était le résultat d'un hématome
au cerveau après accident vasculaire. Bref, le directeur ne
voulait pas prendre de risque.

— Comment est-ce possible ?

— Dans un foyer, on a le droit de refuser les malades
et les alcooliques. Bref, Gilbert disparaît. On dit qu'il est
du côté de Toulon. Et puis il refait surface. Il pèse quarante kilos, semble sur le point de s'écrouler à chaque pas,
et a beaucoup de mal à s'exprimer en raison de son trouble
neurologique. Il faut absolument le loger. Dans ce cas-
là, les prêtres de la communauté Saint-Martin sont ma
providence car ils donnent toujours plus de la moitié de
leur manteau ; mais ils m'avaient déjà accueilli un gars
peu auparavant et il s'était très mal comporté. Il avait tout
cassé chez eux un soir de cuite. Alors j'appelle Dominique, une femme médecin qui travaille avec nous, et je
lui demande de témoigner que Gilbert est un malade, pas
un pochard. Elle le confirme. C'est alors que la sœur entre
en scène. Je la mets dans la confidence pour Gilbert. Je
lui dis : « Il n'y a plus que Saint-Martin, mais ils sont
échaudés. Il faudrait arriver à les convaincre. » Elle me
répond : « Ne t'inquiète pas, Philippe, j'en fais mon affaire
de tes curés. Ils sont braves, tu sais. Invite-les à déjeuner
et tu verras. »

— Oh, elle est maligne ! dis-je, admiratif.

— Pour ça, oui. Pendant le repas, elle les enjôle si bien
qu'ils lui demandent de venir faire un exposé chez eux.
Elle leur dit, avec son plus beau sourire : « Je n'ai rien à
refuser à des gens qui abritent un SDF. » L'un des curés
sourit, me regarde et regarde la sœur. Il a tout compris.
« Ne vous en faites pas, on va l'héberger, votre Gilbert.
– Yalla, c'est fait ! s'écrie la sœur. Gilbert est casé ! »

— Tu m'as promis que l'histoire finirait bien.

— J'y arrive. En essayant d'obtenir des papiers d'identité pour Gilbert, on s'aperçoit que le maire du patelin était son oncle. On retrouve sa famille, qu'il avait fuie quand il avait commencé à perdre la boule. Sa vieille mère pleurait de joie en le revoyant.

Je me sens beaucoup mieux. Philippe m'a rendu courage.

Le lendemain, Emmanuelle semble avoir retrouvé tout son allant. Toutefois, à la fin de notre conversation, elle me glisse :

— Ne viens pas à Callian le mois prochain, s'il te plaît.

— Pourquoi, ma sœur ?

— J'ai besoin d'un peu de tranquillité.

— Ce n'est pas toujours facile d'aider les gens, dis-je maladroitement.

Elle me rembarre :

— Ça n'a rien à voir ! D'ailleurs, qui a dit que c'était facile ? Tiens, je vais te raconter l'histoire de « celle qui rendait les autres beaux ».

Elle s'assied plus commodément pour soulager ses jambes.

— Un jour, je donnais une conférence en France sur les chiffonniers du Caire. Je ne me souviens plus de la ville, peu importe. On me demande si j'accepterais de visiter un foyer pour handicapés profonds. « Bien sûr, volontiers. » Et nous voilà partis. La directrice de l'établissement était une femme d'une quarantaine d'années, blonde et vêtue d'une robe claire, qui semblait équilibrée et heureuse de vivre. Elle m'accueille très gentiment et m'entraîne dans une grande salle. Et là, je me trouve en face de ces pauvres gens. On aurait dit des chiens prêts à mordre. J'ai eu si peur que j'ai voulu m'enfuir. Je ne suis pas très courageuse.

— Allons donc ! Dans le bidonville, vous n'aviez peur de rien.

— Dans le bidonville, je ne me sentais pas en danger. Là, je t'assure que j'avais peur. J'avais envie de m'enfuir.

— C'est normal. Le premier mouvement devant un malheureux est de reculer.

— A Alexandrie, en promenade avec ma classe, j'ai rencontré une petite fille handicapée de six ou sept ans. Je l'ai prise dans notre jardin d'enfants. Elle nous faisait un peu peur, elle s'énervait, elle se jetait sur les autres, et nous n'avons pas pu la garder. Mais cette fois-là, c'était bien pire. Ces handicapés profonds se traînaient par terre en poussant des grognements. L'un d'eux a essayé de m'attraper par le pied pour me faire tomber ; un autre voulait me mordre la main et il sautait comme un chimpanzé. La directrice me guidait, sereine, écartant gentiment mais fermement ceux qui s'approchaient trop. Elle m'entraîne dans une chambre. Sur un lit, un gamin hideux hurlait sans interruption en bavant, un rictus découvrant sa bouche édentée. Elle s'approche, le saisit dans ses bras et le presse sur son cœur comme si c'était le plus gracieux des enfants. Je vois sur le visage de cette femme se former un sourire éblouissant de tendresse. Et alors, écoute ça, le monstre a un tressaillement, un éclair de vie le traverse, ses yeux s'animent. Il cesse de hurler. Elle me dit : « Regardez, ma sœur, comme il devient beau ! »

Elle marque une pause. Est-ce vraiment pour essuyer ses lunettes ?

— Et c'était vrai ! Le rayon d'amour échappé de son cœur avait traversé l'âme enfouie dans le désastre de ce corps. Il était beau ! Tu te rends compte ? Ces mains tordues, ce mufle hargneux. Et elle qui le serre sur son cœur. Leurs visages se touchaient. Le sourire de cette femme ! Il y a eu une lumière sur le visage du gamin et il s'est calmé. Ce n'est pas possible qu'une chose comme ça vienne seulement de la nature ! Dieu est là qui nous fait signe. A chaque moment de découragement, j'y repense. Cela m'enseigne un peu plus le sens du mot aimer. Tu aimes quelqu'un qui n'a rien pour être aimé, précisément parce que tu veux réparer l'injustice. C'est ce que Dieu a fait pour nous. Quand on est retournées dans son bureau, la directrice m'a confié qu'elle avait traversé des moments très difficiles. Et elle m'a dit : « Depuis que j'ai accepté ce poste où je peux beaucoup donner, je reçois encore plus. J'ai retrouvé la joie de vivre. »

Derrière les lunettes remises en place, les yeux s'embuent.

— Cela a été pour moi comme une révélation du ciel. Si un être humain peut atteindre, face au plus repoussant de ses semblables, de tels sommets de tendresse, que ne peut l'infinie bonté de Dieu ? Saint Paul nous dit que nous mesurerons « *la largeur et la longueur, la hauteur et la profondeur de cette charité du Christ qui surpasse toute connaissance* ». Eh bien, ce jour-là, j'en ai eu une petite idée.

À PARAY-LE-MONIAL AVEC LES CHARISMATIQUES

Demain, je l'accompagne à Paray-le-Monial. Ce soir, elle participe à une veillée de témoignage dans l'église parisienne de la Trinité, paroisse attribuée par le diocèse à l'une des communautés charismatiques du Renouveau, celle qui porte le nom prédestiné de l'*Emmanuel*. Dissipons tout malentendu : il ne s'agit pas de « traditionalistes » ou autres nostalgiques des curés en soutane et de la messe en latin. Les charismatiques n'ont pas de problèmes avec la hiérarchie qui, au contraire, les apprécie. Ce sont des chrétiens qui, voulant retrouver la ferveur des origines, exigent beaucoup d'eux-mêmes. Chez eux, les laïcs ont, comme dans les premiers temps, une place considérable.

L'église, pourtant vaste, est comble. Foule loin d'être exclusivement bourgeoise, tous âges et toutes conditions unis par la ferveur et la certitude, comme ils aiment à dire, qu'*Il est vivant*, titre de leur publication. Accompagnés par un petit orchestre – flûte, guitare –, les fidèles, bras en l'air, chantent en chœur. Si l'on ferme les yeux, on se croirait dans le Sud profond du gospel. Au premier rang, Emmanuelle chante à cœur joie, les bras levés. Puis les témoignages se succèdent au micro. C'est d'abord un adolescent qui raconte une première et, du moins si j'en crois ma modeste expérience, peu ordinaire rencontre avec un SDF parisien.

— Je suis tombé sur un gars qui avait une foi très profonde. Il faisait la manche parce qu'il attendait tout de Dieu, dans la certitude que le Seigneur le nourrirait et lui donnerait tout ce dont il avait besoin.

Après ce commentaire du célèbre «Aux petits des oiseaux, il donne la pâture», sœur Emmanuelle s'empare du micro. Elle annonce son sujet : L'étranger, mon frère.

— Depuis quand l'étranger est-il mon frère ? Depuis deux mille ans. Depuis qu'un petit enfant a été déposé sur de la paille, un Enfant-Dieu. Depuis ce jour-là à Bethléem, il n'y a plus d'étrangers en ce monde, il n'y a plus que des frères. C'est cela le message. Depuis deux mille ans, nous apprenons à regarder l'étranger comme un frère. Vous allez me dire qu'on ne s'en aperçoit pas vraiment. Et pourtant, cela est. J'ai rencontré des milliers de gens extraordinaires. A Khartoum, ces hommes et ces femmes qui, tous les jours, nourrissent sept mille enfants dans les écoles de bambou. Aux Philippines, Loretta Castro, ancienne recteur de l'Université de Manille, m'a fait visiter une prison. Je n'avais jamais rien vu d'aussi horrible.

Sachant d'instinct ménager l'effet, elle marque un temps d'arrêt avant de poursuivre :

— Ces pauvres gens étaient entassés dans des cages où ils ne pouvaient même pas se tenir debout. J'en avais le cœur tordu ! Loretta passait la main à l'intérieur de la cage avec un sourire. J'étais pétrifiée et j'essayais de faire comme elle, mais j'avais peur de ces mains qui s'emparaient des nôtres. Ah, si vous aviez vu ces ongles ! Et la figure de ces pauvres êtres accroupis ! Mais pour Loretta, l'étranger était un frère, un vrai frère. Quand nous sommes sorties, je lui ai demandé : «Tu n'as donc pas peur ?» Elle m'a regardée de ses grands yeux noirs et elle m'a seulement dit : « On n'a pas peur quand on aime. »

Soudain, son récit devient un examen de conscience passionné.

— Est-ce que tu sais aimer jusque-là, Emmanuelle ? J'ai vécu vingt-deux ans dans des bidonvilles. J'étais étrangère, j'étais française. Eh bien, ces chiffonniers m'ont traitée comme leur sœur. Ils m'appelaient *Ableti* – grande sœur. Si vous saviez comme nous étions heureux ! Je n'ai jamais été aussi heureuse sur terre. Dites-vous bien ceci : si je souris au monde, le monde me sourit.

Après un intermède de chants et de prières, un homme jeune évoque un SDF qui « voulait vraiment s'en sortir » et qu'on a emmené en pèlerinage à Paray-le-Monial.

— Là, quelque chose s'est passé. Ensuite, on l'a accueilli un mois chez nous, à Paris. Il avait tant besoin qu'on lui fasse confiance ! Le simple fait de le charger d'aller acheter le pain lui faisait un bien énorme. Un jour, il est reparti. Aujourd'hui, il a un travail et un appartement. Avant cette expérience, j'avais l'impression que le pauvre était différent de moi. Cette impression-là, je ne l'ai plus du tout ; c'est fini. Le pauvre a besoin d'aimer et d'être aimé.

Le lendemain matin, nous voici dans le train. Elle dort, dans l'angle du compartiment. Dès qu'elle se réveille, elle me parle des gens rencontrés la veille :

— Ils sont fantastiques au Renouveau charismatique ! Tiens, les Muller, par exemple, Roselyne et Bernard, le couple qui nous attend à Mâcon. Lui est un haut personnage dans la banque et elle une grande bourgeoise. Eh bien, ces gens-là ont décidé d'accueillir un SDF chez eux, dans leur appartement. Et il faut voir l'appartement ! Elle dit qu'elle sait que c'est difficile mais qu'elle doit y parvenir. C'est beau, non ?

J'approuve avec quelques restrictions mentales. Comment une maîtresse de maison, si généreuse soit-elle, peut-elle accepter chez elle la présence d'un clochard ?

— Quand tu fais partie de l'*Emmanuel,* tu dois prendre en charge quelqu'un de malheureux. C'est ce qu'ils appellent l'obligation de servir un souffrant. Tu t'engages à deux choses. D'abord à la prière au moins une demi-heure par jour. Ensuite à être responsable d'un pauvre ou d'un exclu. Ils sont sept mille dans le monde à accepter ça. Des jeunes en veux-tu en voilà ! Ce n'est pas croyable. Leurs chapelles sont si pleines que j'ai du mal à y entrer. Ils y prient et chantent jusqu'à des 4 heures du matin !

— Ils m'ont rappelé les Noirs des Etats-Unis, dis-je. Leur succès tient peut-être en partie au manque d'attrait de la liturgie actuelle. Chez eux, on chante et on danse !

— Chanter est le propre du Renouveau. J'irai à Rome avec eux pour le Jubilé. Enfin, si Dieu veut, car à mon âge il est bien imprudent de faire ce genre de plans.

— Tout de même, cette obligation de servir un souffrant, de le recevoir chez soi, ne doit pas être facile à observer ?

— Eh bien, ils le font ! Et ils recrutent. C'est comme Saint-Egidio, à Rome. Ceux-là aussi ont commencé petitement. C'était une bande d'une dizaine de jeunes de terminale. Le fondateur doit avoir ton âge et il est professeur d'université lui aussi. Ils sont allés dans le Trastevere, l'un des quartiers les plus misérables de Rome. Au début, ils ont été très mal reçus. On les insultait, on leur volait leurs Vespa. Ils ont persévéré et ont ouvert une soupe populaire. Tous les voyous du coin ont fait savoir que si quelqu'un leur volait encore une Vespa, il aurait affaire à eux. Maintenant, ils sont acceptés. Cette soupe populaire tous les jours, c'est incroyable. J'y suis allée. Il y a beaucoup de clandestins de toutes les nationalités qui passent par Rome. Ils m'ont parlé parce que je n'ai vraiment pas l'air d'être de la police !

Elle s'arrête pour rire sous cape et je prends conscience que je ne l'ai jamais vue éclater de rire. Encore son côté Robin des Bois.

— Ils m'ont raconté des choses incroyables. C'est pénible de les écouter. Ils ont peur de la police à un point ! Des hommes jeunes, pleins d'espoir et de désespoir. Bon, j'ai sommeil, à tout à l'heure !

Elle repique un somme. Nous sommes seuls dans le compartiment. Certes, le train est loin d'être bondé, mais j'ai l'impression que certains voyageurs glissent un œil et reculent devant le couple que forment une vieille pauvresse à fichu et un chevelu en jeans.

Je la réveille doucement quand nous entrons en gare de Mâcon. Le couple ami et sa belle voiture nous conduisent à Paray. Après qu'ils ont déposé Emmanuelle, je m'installe dans un hôtel de pèlerins. Il a des allures de pension de famille, et la clientèle ressemblerait à toutes les autres si, dans les groupes qui se forment, on n'entendait sans cesse, fût-ce pour se donner l'heure, invoquer le nom du Seigneur. J'avoue que cela m'agace un peu. Je ne suis pas encore mûr pour le Renouveau charismatique.

Au dîner, dans la grande maison des pèlerinages, une infirmière du genre pète-sec veut absolument m'expédier à une autre table que la sœur. Je dois me battre pour être admis à son côté. Là, je fais la connaissance du père Francis Kohn, petit homme râblé au crâne rasé, dont j'apprends qu'il est le supérieur des chapelains de Paray, et du père Jean-Rodolphe Kars, ex-pianiste virtuose à la voix douce qui s'est converti et est entré dans les ordres sur le tard. Bien qu'il prétende, modestement, ne plus avoir au bout des bras que des «ruines», il a accepté de nous régaler ce soir d'une «méditation musicale», la discussion est vive et porte sur le choix du thème sur lequel Emmanuelle va parler. Quelqu'un prononce le mot de charité.

— Pas charité, justice ! tranche-t-elle. La charité est une vertu théologale. Ce qu'il faut dire, c'est que nous n'avons plus le droit, actuellement en France, d'être des privilégiés. Il n'est pas juste que mes frères couchent dehors.

— On ne peut tout de même pas opposer la justice à la charité, observe doucement le père Kohn. Elles se ressourcent l'une à l'autre. Jean-Paul II l'a très bien dit : la charité est le point culminant de la justice. Pour le pape, la charité consiste à parvenir à l'exigence ultime de toute justice.

— Ouais, concède-t-elle, mais il y a là une ambiguïté pour le peuple chrétien. Jean-Rodolphe, qu'est-ce que tu en penses ? Moi, je veux vous suivre. Je veux servir votre cause, alors j'entends bien ne pas dire de bêtises.

— Pour le pape, dit le prêtre pianiste, la remise de la dette des pays pauvres est plus importante que toutes les actions humanitaires. Elle relève de la justice.

— Il n'y a plus beaucoup de curés, remarque Emmanuelle. Hier après-midi, à la Trinité, on m'a donné une chambre pour que je me repose un peu. Eh bien, il y avait des pièces vides à tout l'étage. Des pièces vastes, chauffées et confortables. C'est fou ce que l'Eglise possède à Paris ! Elle pourrait partager.

— C'est le patrimoine des communautés religieuses, ma sœur, dit le père Kohn.

— Justement. Que de communautés où les sœurs ne sont plus qu'une poignée ! Elles nagent littéralement dans leurs locaux. Non, là, il y a quelque chose qui ne colle pas ! Je l'ai dit au père Lustiger.

— Voyons, de quoi allez-vous parler tout à l'heure ? demande le père Kars qui souhaite visiblement abréger les digressions.

— Je pourrais peut-être montrer que ce que font les gens ordinaires est extraordinaire. Par exemple, Roselyne et Bernard vont accueillir chez eux un SDF. Moi, ça me plaît de raconter ces choses-là.

Elle est visiblement impressionnée par la prouesse que représente, pour de grands bourgeois aisés, l'ouverture de leur porte blindée et de leur chambre d'amis à un miséreux. Souvenirs de son enfance ouatée? Je ne suis pas certain que sa mère aurait ouvert son salon aux dégoulinades de *Boudu sauvé des eaux*.

— C'est cela, dit le père Kars. Parlez-leur de la pauvreté. C'est votre domaine.

Qu'a-t-il avancé là? Elle prend la mouche.

— Mon domaine? Allons donc! Qu'est-ce qu'on connaît, nous autres religieux, de la pauvreté. On n'y connaît rien, c't'évident! Moi, par exemple, je suis dans une maison de retraite dans le Midi. Beau pays, bien logée, bien nourrie, bien soignée! Je ne mourrai jamais de faim. C'est de la pauvreté, ça?

Elle se tourne vers moi.

— Je leur parlerai de Loretta Castro. J'ai vu que ça t'a bien plu.

Avant d'aller faire sa sieste, elle passe un instant dans la garderie des petits enfants car, chez les charismatique, on fait le pèlerinage en famille. Pour s'adresser à eux, elle change de ton instantanément. J'avais raison de la qualifier de «bête de scène»: elle s'adapte à un nouveau public sans le moindre problème. Elle admire les dessins que lui apportent les bambins, puis leur raconte une histoire: «J'étais dans un pays, loin d'ici. Qui a entendu parler de l'Egypte?» Joyeuse sarabande. «A Noël, ils n'avaient rien. Alors j'ai fait venir cent petites poupées pour les filles et du chocolat pour les garçons. C'était une bonne idée, qu'en pensez-vous?» Vacarme d'approbations enthousiastes. «Ils ne mangent jamais de chocolat, là-bas. Alors, je vois mon petit ami Guirguis qui n'ouvre pas son petit paquet. Je lui demande : "Tu n'aimes pas le chocolat ?" Il me répond : "Oh si, mais je veux en donner à tout le monde à la maison".»

Face aux adolescents, nouveau changement à vue. Avec la même souveraine aisance, elle les apostrophe, organise une sorte d'émission de jeux télévisés. Quand on répond convenablement à sa question, on est félicité.

Je la retrouve le soir dans la vaste salle des congrès. Sur l'estrade, elle parle de la justice. Au bout de quelques minutes, elle empoigne la carafe, se verse un verre d'eau qu'elle engloutit, s'essuie la bouche et lance à la salle ravie : «A votre santé !» Lors de l'ouverture du Parlement, au Cap, il y a quelques années, j'avais vu Nelson Mandela faire cela avec le même succès. Serait-ce un truc d'orateur ?

Elle possède un remarquable don de séduire, entraîner et convaincre un auditoire. Sa fougue, son entrain, son côté «vieille dame pétulante» plaisent infiniment. Ce soir, elle parle des SDF et réussit à rendre drôle une réalité qui ne l'est guère : «Il faut leur sourire !» lance-t-elle en appuyant sur chaque syllabe du mot comme si elle voulait en exprimer toute la saveur. «Tout à l'heure, devant l'église de la Visitation, il y avait un sans-logis. Je me suis approchée de lui. Il était ivre et plutôt entreprenant. Il faut vous dire qu'à quatre-vingt-onze ans et fagotée comme je suis, je ne risque plus grand-chose des hommes mais je n'aurais pas conseillé à une jeunesse de m'imiter auprès de ce gars-là, croyez-moi ! Eh bien, il a arrêté de faire l'idiot et il m'a regardée très gentiment. Il était devenu un frère. Ce sont nos frères. Rappelez-vous le mot terrible adressé aux courtisans par saint Basile, évêque de Constantinople, alors la ville la plus riche du monde :

«Les chaussures que vous avez dans vos armoires, vous les volez aux pauvres.»

Elle baisse le ton dans une sorte de méditation grave.

— Souvent, je me dis : Emmanuelle, est-ce que tu partages assez? Est-ce que le pauvre vit vraiment en toi à 100 %? Cela me ronge et me rend mal à l'aise. Je pense alors : Non, Emmanuelle, tu n'aimes pas assez! Seigneur, apprends-moi à aimer! Que ton amour me possède, m'habite enfin, me traverse! Que je puisse, quand le pauvre est devant moi, extraire de ma misère, de mon égoïsme et de mon péché la flamme de l'amour!

La soirée s'achève sur l'interprétation par Jean-Rodolphe Kars, de la *Légende de saint François d'Assise marchant sur les eaux* de Liszt. Avant de s'asseoir au piano – serait-ce un petit péché de coquetterie, mon père? –, il demande pardon au public pour les «ruines» que sont devenues ses mains. Puis il prouve magistralement que le sacerdoce ne lui a fait perdre ni son talent ni son doigté.

«JE VOULAIS DEVENIR UNE SAINTE.
EH BIEN, C'EST LOUPÉ!»

Entre deux giboulées, Callian s'ébroue dans l'attente du printemps et de ce 10 mai anniversaire des premiers vœux qui, en 1931, transformèrent Madeleine Cinquin en sœur Emmanuelle.

Le premier de ces vœux ne lui a jamais posé, dit-elle, le moindre problème. Pour accepter la pauvreté, elle n'avait pas à forcer sa nature. Comme saint François, elle était l'un de ces enfants de bonne famille qui trouvent le bonheur à distribuer leur héritage. Mais fille d'un fabricant de lingerie fine, elle avait naturellement le goût du luxe, des belles choses et de la mode et, à cet égard, la renonciation fut peut-être moins aisée.

Elle ne semble pas avoir trop souffert du deuxième vœu, dit de chasteté, qui va bien au-delà de l'aspect charnel, car il implique le refus du prioritaire à une personne, le choix d'un rapport à l'autre qui ne soit pas de possession. Sa mère se trompait sur son compte quand elle l'empêcha de fréquenter l'université de Louvain en lui lançant: «Tu t'intéresses plus aux moustaches qu'aux études!» Pour le vœu d'obéissance, c'est une autre paire de manches, tant il est plus aisé de dompter ses sens ou son cœur que de réformer un caractère entier et parfois ombrageux.

Ce matin, je l'asticote sur ce point précis. Elle ne me semble pas un modèle d'obéissance.

— Pour quelque chose qui touche vraiment à notre vie profonde, répond-elle, il faut avoir parfois le courage de dire non.

— Une appréciation individuelle passerait avant un vœu devant Dieu ? Vous m'étonnez, ma sœur !

— Pas pour des petites choses, bien sûr. Mais pour les grandes qui touchent à ta vie profonde, il faut savoir désobéir. Je ne l'ai fait que trois fois dans ma vie. Ce n'est pas beaucoup !

— Quelles furent ces trois non ?

Elle compte sur ses doigts comme les écolières.

— Le premier, c'est quand je n'en pouvais plus de mes élèves de philo d'Alexandrie. J'ai dit : « Non, en conscience je ne peux plus m'occuper de ces filles, je ne me suis pas faite religieuse pour être seulement professeur. Aider les jeunes à s'intéresser aux autres, d'accord. Mais s'occuper de gamines choyées, fini ! »

— Le deuxième ?

— Mon refus de quitter les chiffonniers du Caire.

— Et le troisième ?

— Celui-là, je ne l'ai jamais raconté à personne. Il ne te regarde pas. Mais c'est vrai, je ne suis pas obéissante. Je suis née avec, en moi, l'esprit de contradiction. Jeune fille, la mode était aux cheveux longs. Eh bien, moi je voulais les cheveux courts. Que de scènes n'ai-je pas faites à ma mère ! Même maintenant, j'ai souvent envie de prendre le contre-pied de ce qui est demandé. Mais il s'agit moins d'obéissance que de responsabilité. Il faut savoir renoncer à son idée pour écouter les points de vue des autres. Pas toujours facile !

— Comment avez-vous supporté l'obéissance exigée d'une novice ?

— Le problème ne se posait pas. Nous obéissions au doigt et à l'œil à notre Mère. On ne pouvait pas imaginer autre chose. Cela a bien changé.

— Revenons à votre deuxième non, votre refus de quitter les chiffonniers.

— Je n'avais pas le droit d'aller vivre dans le luxe en les laissant dans leurs cabanes. J'avais l'impression de les trahir et de trahir le Seigneur. En août 1992, la supérieure générale m'a convoquée. « Ecoute, m'a-t-elle dit, tu as bien travaillé, mais tu as atteint un âge où tu devrais laisser les autres te remplacer. Il est temps de passer la main et de partir. »

— Et vous avez refusé d'obéir ?

— Non, bien sûr, mais j'ai connu un moment très difficile. Qu'est-ce que j'ai pu prier ! C'était mieux que d'aller demander son avis à Paul ou à Jacques. Remarque bien que j'aurais pu passer outre et rester au Caire avec sœur Sara. Elle ne m'aurait jamais laissé tomber. D'ailleurs, l'évêque d'Alexandrie, Egidio Sampieri, un brave type, me soutenait, et il était prêt à aller jusqu'à Rome, jusqu'au pape. Je ne pouvais quand même pas dresser l'un contre l'autre mon évêque et ma supérieure ! J'ai dû lui dire : « Laissez donc le pape tranquille. »

— Comment vous êtes-vous tirée d'affaire ?

Elle prend son petit air coquin.

— J'ai fait appel au cœur de la mère supérieure. Je lui ai dit : « Essaie de me comprendre. Pour moi, vois-tu, c'est mal de m'en aller. En conscience, je ne peux pas. » Du coup, elle m'a donné six mois pour prier et pour réfléchir. Elle a été très chic. Alors, j'ai beaucoup prié. Je disais au Seigneur : « Que Ta volonté soit faite et non la mienne, mais il me semble que Ta volonté, c'est que je reste. »

— Bref, vous dictiez votre volonté au Seigneur. C'est du beau !

Elle se récrie mais semble ravie du bon tour qu'elle a joué.

— J'ai tout de même parlé aux autres. Une sœur que j'aimais beaucoup m'a dit : « Emmanuelle, dans la vie, il y a aussi autre chose que l'action. Ne penses-tu pas que tu pourrais prier davantage maintenant ? » Et elle avait raison. Je ne pouvais pas prier, chez les chiffonniers, autant que je l'aurais voulu. Je m'étais fixé une heure par jour, mais c'était pratiquement intenable. Le jour, je courais de droite à gauche et le soir, on se couchait tôt, faute de lumière. J'étais tellement fatiguée que je m'endormais comme une masse. La vie de prière profonde que j'ai ici, je ne pouvais pas l'avoir là-bas. Ma conversation avec cette sœur m'a fait beaucoup de bien. Elle m'a dit aussi : « La prière, c'est ce qu'il y a de plus important pour aider les hommes. Ce que nous cherchons, c'est à leur donner une vie plus profonde. On peut aussi aider les gens à prier. »

— C'est ce que vous faisiez au Caire.

— Oui. Nous avons retapé l'église pour les chrétiens et la mosquée pour les musulmans. Matériellement parlant, on n'avait plus tellement besoin de moi au Caire. Il y avait l'usine, les écoles, les clubs du soir, la visite du docteur aux bébés deux fois par semaine, la maison au bord de l'eau. Tout tournait rond. Alors, j'ai prié et j'ai compris que ce que m'avait dit ma sœur amie était vrai. Mon discernement avait duré trois ans… Deux fois j'avais refusé ; cette fois j'ai accepté.

— Ne seriez-vous pas tentée par le démon de la colère ? Ou du moins par un diablotin ?

— Je suis très soupe au lait, ça je le reconnais.

— Si vous deviez recommencer, choisiriez-vous la vie religieuse ?

— Sans aucun doute. Sans elle je me serais lancée dans un tourbillon d'actions qui m'auraient sûrement conduite à faire des bêtises. Je me serais retrouvée révolutionnaire.

— Par orgueil ?

Elle a un geste de la main qui signifie « N'exagérons rien ! ».

— Nous naissons tous orgueilleux. Le tout est de mettre son orgueil au service d'une juste cause. Ce qui est beaucoup plus malfaisant que l'orgueil, c'est le désir de pouvoir. J'ai parcouru les cinq continents et je me suis trouvée en relation avec des hommes et des femmes de haute valeur. Eh bien, j'ai remarqué que, partout, ils sont en lutte pour le pouvoir. Et, même s'ils sont au service d'une juste cause, il y a souvent dans leur esprit : « J'ai raison et l'autre a tort » sans qu'ils écoutent vraiment cet autre.

— Même dans l'Eglise ?

— Bien sûr. Moi, à plus de quatre-vingt-dix ans, je suis orgueilleuse, mon cher Pierre. Je commets le péché d'orgueil. Et pourtant, toute ma vie, j'ai eu sous les yeux le modèle du Christ, son exhortation à être doux et humble de cœur.

— J'ai peine à vous croire ! Et comment se manifeste cet orgueil ?

— Au début, je voulais devenir une sainte. Eh bien, c'est loupé !

— Vous appelez ça un péché ? Vous vous moquez de moi ?

— Non. Il a toujours été difficile de collaborer avec moi. Je luttais pour le bien mais il fallait que les autres s'en fassent la même idée que moi, sinon ça n'allait plus du tout. Ma mère me disait : « Toi, Madeleine, tu écrases tout le monde ! » Et c'est vrai, j'ai toujours eu tendance à écraser. Je suis trop dure. Au début, je pensais que cela disparaîtrait à force de prière. Nous en sommes loin ! Hou, hou !

— Allons donc ! Vous vous entendez très bien avec vos sœurs. Vous ne les écrasez nullement.

— Aujourd'hui, c'est vrai, mais avant, dans le travail, il en allait autrement. La seule avec qui je me sois vraiment entendue, c'est sœur Sara, et c'était parce qu'elle avait le tempérament qui convenait au mien. Quand nous étions en désaccord, je m'emportais : « C'est moi qui ai raison ! » Et Sara, toujours calme : « On en reparlera demain, Emmanuelle. » Pendant la nuit, je me disais que j'avais été trop loin et, le lendemain, nous avions une base de discussion. Il ne faut jamais régler les problèmes à chaud. Jadis la mère des novices me disait : « Tu vas plus loin que ton idée. Tu triches avec ta conviction, tu la forces pour la faire passer ! » Elle avait vu juste. Plus d'une fois, on m'a répété ce que j'avais dit dans un moment de passion, et ça ne répondait pas du tout à ma pensée profonde.

— Ces comportements sont inscrits dans nos gènes.

— Eh oui, j'ai du sang juif, flamand, gaulois. Quand il y a mélange de races, le sang se renouvelle.

Je pense à l'époque où l'inflexible Berthe essayait de réduire sa fille à sa vision, très chrétienne mais terriblement conformiste, de ce que devait être une jeune fille rangée.

— Quelle genre d'épouse auriez-vous été si vous étiez restée dans le siècle ?

— Je n'en sais rien. Mon directeur de conscience, quand je lui ai parlé de mon désir de me faire religieuse, m'a dit : « Vous ne pensez qu'à vous amuser avec les garçons. Mariez-vous plutôt avant qu'il soit trop tard. » Il s'est bien trompé ! Mais il est vrai que j'étais un peu étourdie.

— Ce n'est pas un péché bien grave !

Elle me regarde bien en face, l'air préoccupé, comme si l'aveu qu'elle allait faire lui pesait.

— Un jour, en apprenant le grave accident de santé de quelqu'un qui m'avait beaucoup blessée, j'ai senti une joie mauvaise. Là, c'était vraiment grave. Quelle horreur !

— Cela prouve seulement que vous êtes un être humain. C'est une réaction naturelle. Le tout est de la contrôler.

— Eh oui, on gonfle et on dégonfle.

Cette image semble la ravir. Elle répète :

— On gonfle et on dégonfle ! Je ne crois pas à l'échec. Ce qui n'a pas réussi dans l'immédiat vous permet de rebondir. On tombe, on se relève et on court plus vite. Ma joie mauvaise m'a été utile. Elle m'a permis de me dire : « Seigneur, aie pitié de moi ! » Le Seigneur nous regonfle toujours. C'est cela qui est formidable : avoir Quelqu'un dont on est sûr qu'il ne vous abandonnera jamais. Il est là, à la fenêtre, il te regarde. Cela, je le dis par expérience.

— La foi du charbonnier ?

— J'ai confiance.

— Sans preuves ?

— Bien sûr, sans preuves. Il n'y a pas de preuves que Dieu existe, mais il n'y en a pas non plus du contraire. Alors, il faut parier ! Moi, je ne crois pas qu'un athée puisse être convaincu de son athéisme. Forcément, il a des doutes. C't'évident !

— Vous en avez eu ?

— Bien sûr. Je ne suis pas une mystique, je n'ai pas de visions. Mais depuis longtemps, je sais qu'Il est vivant.

— « Dieu est plus proche de moi que ma veine jugulaire », a dit un mystique musulman.

Elle note la phrase, qui lui plaît beaucoup. Je reprends :

— Pas de Dieu ne signifie pas forcément absence de spiritualité.

— Chrétien ou non, si on arrive à s'intéresser à l'autre, on retrouve une joie de vivre extraordinaire. Il faut bouger pour aller vers l'autre. C'est le mouvement normal de la vie. On se sent être, on se sent plus homme.

— Vous êtes une passionnée. J'ai envie de dire qu'il y a une charité passionnelle comme il existe un crime passionnel.

Elle se rebiffe :

— Pas charité ! Justice ! Combien de fois devrai-je te le répéter ? Quant à la passion, elle peut faire du tort à la cause qu'on défend.

— Alors, pas de passion ?

— Mais si, bien sûr ! L'homme qui ne se passionne pas pour une cause autre que ses propres intérêts n'a pas de valeur. C'est cette passion-là qui fait la valeur de l'homme. Et, bien sûr, la bonté. Elle est toujours là, même derrière sa férocité et au sein de la pire horreur. Une Polonaise m'a raconté qu'un jour des soldats avaient investi son village. Ils tuaient et violaient. Ils ont fait irruption dans la maison où elle était et, prise d'une inspiration, elle a mis le doigt devant sa bouche en disant : « Chut, bébé dort ! » Eh bien, les assassins et les violeurs se sont arrêtés et sont repartis sur la pointe des pieds !

Devant mon air sceptique, elle lève les yeux au ciel comme si elle avait affaire à un cas désespéré.

— C'est qu'ils n'étaient pas vraiment programmés pour tuer et violer, dis-je. Au fond, il existe quand même quelque chose qui ressemble à une fatalité.

— Ah non ! Il n'y a pas de fatalité. Il faut accepter la réalité telle qu'elle est. Accepter ce qu'on ne peut pas changer, comme le conseillait Marc Aurèle. C'est ce que je demande au Seigneur : « Enseigne-moi à accepter ce que je ne peux pas changer. Donne-moi le discernement qui permet de faire la différence, et donne-moi la force et la sérénité. »

— Je vous envie. Avez-vous déjà été jalouse ?

— Oui. Une fois.

— Est-il indiscret de vous demander à quelle occasion ?

— Très indiscret.

— Un journaliste vous a décrite comme une « *gamine insupportable et une jeune fille volage transformée en une religieuse frondeuse qui en fait voir de toutes les couleurs à sa congrégation* » [1]. Vous reconnaissez-vous dans ce portrait ?

Ses yeux pétillent. De toute évidence, elle ne voit là rien de bien outrageant.

— Il ne faut pas croire tout ce qu'écrivent les journaux ! J'étais une jeune fille qui aimait les distractions et les plaisirs. J'étais coquette et j'attachais beaucoup d'importance à ma tenue. C'est tout.

— Puis vous vous êtes retrouvée engoncée dans la robe longue de Notre-Dame-de-Sion et le petit bonnet tuyauté avec une bande sous le menton. Quelle élégance !

— Je ne peux pas dire que j'ai trouvé cela seyant. C'était une tenue d'un ridicule achevé. Mais je me suis sentie libérée de ma coquetterie. C'était merveilleux. D'autre part, je savais bien que tous ces petits plaisirs étaient éphémères et ne me donneraient jamais le bonheur.

— Avez-vous trouvé la sagesse ?

— Il y a une sagesse qui vient avec l'âge. J'étais plutôt agressive quand j'étais jeune. Même maintenant, j'ai tendance à agresser les gens.

— Dites plutôt que vous les secouez. J'en sais quelque chose !

1. Robert Solé, *Le Monde*, 6 juillet 1995.

— J'ai tort. Tu dois respecter en l'autre ce qui est différent de toi. Il faut être comme les restaurants, ouvert midi et soir. Allez, hop !

— A propos de restaurants, je crois bien vous avoir vue commettre le péché de gourmandise à propos de moules-frites.

Elle pouffe.

— J'aurais pu le commettre, ça oui ! Heureusement, au bidonville du Caire, on n'avait que du *foul*, c'est-à-dire des fèves à l'huile. Pratiquement jamais rien d'autre d'un bout de l'année à l'autre. C'était d'ailleurs très bien comme ça. Sinon, on s'occupe de son assiette et on ne voit plus les gens. Et puis quand on mange trop, on grossit. Cela étant, les gros sont plus gentils. J'ai remarqué qu'ils sourient davantage. Le maigre vit sur ses nerfs, tandis que le gros a les nerfs enrobés de graisse.

Toujours son étrange vision de l'anatomie ! Elle raconte qu'elle a connu en Tunisie une famille dont la benjamine était noire. Certain de la fidélité de sa femme, le père a fait des recherches et s'est aperçu qu'il y avait eu un Noir parmi les arrière-grands-parents.

— Et le goût du bonheur, ma sœur ? C'est héréditaire ?

— Peut-être, mais il n'y a qu'une façon d'être heureux, c'est de faire quelque chose pour les autres. Hou, hou ! il est onze heures et demie. Tu vas me faire rater la messe. J'y vais. Toi, tu restes ici.

— J'y vais aussi.

Elle me toise, goguenarde.

— Tu vas donc à la messe de temps en temps ? Tu n'es pas si méchant que ça ! Allons, on pourra faire quelque chose de toi !

L'après-midi, nous parlons de ces amateurs d'extrême qui prennent des risques insensés en traversant l'Antarctique à pied ou le Pacifique en planche à voile. J'exprime des réserves ; sous prétexte de se dépasser, est-ce qu'on ne se livre pas surtout, en pareil cas, à une petite orgie de mégalomanie et de culte du Moi ? C'est très bien de se dépasser, mais quand on est père ou mère de famille, on n'a pas le droit de risquer sa vie à la légère.

— C'est vrai, concède Emmanuelle, il faut garder le sens de ses responsabilités, mais il y a un tel plaisir à prendre des risques ! Cette femme qui a traversé toute seule un continent, je la comprends ! Tiens, moi, par exemple...

— Ah non, ma sœur ! Vous n'allez pas me dire que vous rêvez de vous lancer sur la banquise à bord d'un traîneau à chiens ?

— Ma foi, si j'étais plus jeune... répond-elle, rêveuse. Et même maintenant ! Tu as vu, autour de chez nous, tout est en travaux. Il y a une espèce de trou, enfin une grande dénivellation. On dit que c'est dangereux de passer par là et les sœurs font un détour. Eh bien, figure-toi que moi, j'y passe exprès. Avec mes quatre-vingt-onze ans et mes pieds en compote ! Je ne peux pas résister tant ça me grise ! Je descends dans le trou et je remonte de l'autre côté. Exprès !

Elle prend son air entendu de vieille coquine. Elle espère bien être grondée.

— Vous en êtes là, vous ? dis-je sur un ton réprobateur. C'est puéril ! Qu'est-ce que vous voulez donc nous prouver ? Que vous tenez sur vos vieilles jambes ?

— Hé hé ! le risque fait toujours du bien. Si tu te détournes de lui, tu ne vis pas vraiment. C'est ainsi avec les enfants. Ici, on entend toujours : « Ne fais pas ceci, ne fais pas cela, mets ton cache-nez ou tu vas prendre froid ! » C'est grotesque. Dans le bidonville du Caire, ils allaient où ils voulaient. On ne les surveillait pas comme du lait sur le feu. Moi, je répétais toujours à mes élèves le mot de Marc Aurèle : «L'obstacle est matière à action.» L'obstacle, c'est le risque. Voir mes sœurs ne jamais prendre un risque m'agace un peu. Mais enfin, on s'aime beaucoup !

Je note au passage que chaque fois qu'il lui arrive de faire une réserve sur ses sœurs, cette correction la suit.

— Aujourd'hui, dis-je, les gens s'installent devant leur téléviseur pour regarder un cycliste ou un skieur, mais ils ne prennent pas le moindre risque eux-mêmes.

— En sortant du cinéma où je venais de voir *Himalaya*, il faisait froid et j'étais fatiguée. Je me suis dit : «Allez, Emmanuelle, un peu de courage !» Je pensais que le film avait donné la pêche aux gens qui l'avaient vu avec moi. Si tu avais vu la tête qu'ils faisaient ! Lugubres !

Avec les Français, elle n'est pas au bout de ses surprises.

— Vous savez bien, dis-je, que nous sommes à l'époque du «risque zéro» et du «principe de précaution». Les gens vivent dans l'obsession de la sécurité. On est en train de bâtir une civilisation sans risque, où tout danger est gommé, escamoté. Même la mort est niée. On en sera bientôt à attaquer les médecins en justice parce que leurs malades n'ont pas été guéris. On appelle ça le droit à la santé.

— Les gens s'emmitouflent pour traverser un trottoir. Même les jeunes.

— Vous êtes pour l'éducation spartiate ?

— Je ne vais pas jusque-là, mais le matin, je me passe de l'eau froide sur la peau et, crois-moi, ça me revigore. Il faut avoir avec son corps la relation des stoïciens. Et savoir se défaire du superflu. Comme Diogène, qui a un coquillage pour boire et qui s'aperçoit un beau jour qu'il peut très bien s'en passer et boire dans le creux de ses mains. C'est beau ! Quelle grande leçon ! Moins on a, mieux ça vaut. Et Socrate donc ? Il nous a appris à mourir, celui-là. Quelle dignité ! Ces gens que nous appelons des païens avec un peu de condescendance préparaient l'arrivée du Christ.

III

LE QUESTIONNAIRE DE PROUST

Installé auprès d'elle sur la terrasse, face au vaste paysage qu'éclaire un soleil encore hivernal, je lui lis le « questionnaire de Proust » que lui a soumis le périodique *Famille chrétienne*[1]. En prenant ses réponses en note, je constate que j'aurais pu les prévoir presque toutes. Commencerais-je enfin à bien la connaître ?

Quel est le plus grand mal de notre époque ? Le manque de relations entre les êtres. *Votre idéal du bonheur terrestre ?* Vivre dans la fraternité. *Votre personnage historique favori ?* Le père Damien, apôtre des lépreux qui fascina son adolescence. *Vos saints préférés ?* François d'Assise et Bernadette Soubirous bien sûr ! *Votre philosophe préféré ?* Pascal, parce que personne n'est allé plus profond dans le cœur de l'homme. *Le principal trait de votre caractère ?* La révolte. *Qu'appréciez-vous le plus chez vos amis ?* L'enthousiasme, parce que cela veut dire avoir Dieu en soi. *Votre prière préférée ?* L'Ave Maria et le Magnificat. *Votre maxime préférée ?* « Fends le cœur de l'homme et tu y trouveras un soleil. » *Le don que vous*

1. *Famille chrétienne*, 9 mars 2000.

voudriez avoir ? La douceur (Tiens, tiens !). *Une phrase a-t-elle guidé votre vie ?* Oui : «L'obstacle est matière à action.» *Quel est l'état présent de votre esprit ?* La joie.

Rien de bien surprenant dans tout cela. Je ne m'étonne pas davantage que son peintre préféré soit Fra Angelico, ni que, pour son tableau favori, elle hésite entre l'*Annonciation* et la *Pietà* d'Avignon. Mais voici qu'à l'indiscret *Quel est votre principal défaut ?* elle répond, sans l'ombre d'une hésitation : «La vanité». Je la regarde, ébahi, et elle précise : «Tu dois savoir que *vanus* veut dire vide en latin. La vanité, c'est de s'intéresser plus au vide du paraître qu'au plein de l'être.» Si sœur Emmanuelle ne s'intéresse pas au «plein de l'être», je me demande bien qui y parvint !

Le soir, en transcrivant mes notes, je repense à cette accusation de «vanité» qu'elle porte contre elle-même. Cela traduit au moins un malaise. Il ne doit pas être facile pour une religieuse, tenue par son état à la modestie, de vivre sans mauvaise conscience le statut de célébrité nationale et d'être considérée par beaucoup, de son vivant, comme une sainte. Or, sa notoriété est immense. Chaque jour ou presque, un journaliste téléphone. Au box-office qui commande l'empressement des médias, elle est une vedette de tout premier plan. Cela ne peut pas aller sans conséquences. La première, c'est qu'elle n'a plus besoin de se faire présenter quand elle veut rencontrer quelqu'un, ni de quémander quand elle souhaite obtenir quelque chose. Cela doit donner une impression de puissance assez grisante, mais aussi la gêner quelque peu. Il faut que j'en aie le cœur net.

— Vous êtes une star, ma sœur, lui dis-je le lendemain. Une star de Dieu certes, mais une star.

Elle hausse les épaules.

— Une star ? Tiens donc ! Il y a beaucoup de gens qui

font des choses cent fois plus extraordinaires que moi. On traverse le Pacifique à la rame, ou l'Antarctique en traîneau.

— Allons, vous savez bien que vous plaisez aux médias ! A quoi attribuez-vous ce succès ?

— Je ne sais pas. C'est peut-être parce que j'ai parfois des mots qui touchent les gens. Un jour, à Genève, j'ai dit devant une assemblée très convenable : « Si je ne trouve pas ces trente mille dollars, il ne me restera plus qu'à faire un hold-up. » Alors là, oui, j'ai eu du succès, tu peux me croire ! Et j'ai eu les trente mille dollars. Une autre fois, j'ai dit à un type qu'il était un chameau. On m'en a reparlé pendant des années tant cela avait frappé les gens. D'ailleurs, dans mon esprit, un chameau est un animal très utile et que j'aime beaucoup.

Je lui lis un commentaire de presse : « *Faisons les comptes. Une Eglise qui, depuis quelque temps, n'aligne plus que des vieillards : mère Teresa, sœur Emmanuelle, l'abbé Pierre et Jean-Paul II. Il serait temps de recruter et de faire surgir la relève[1].* »

— Hou hou, quelle idiotie ! La relève existera toujours.

— Le journal *La Croix* vous a interrogée à propos de la journée chrétienne de la communication[2]. Vous lui avez répondu : « Lorsque je passe à la télévision ou à la radio, ce que je dis est amplifié et parvient à des milliers de personnes, cela vaut le coup, non ? »

— C't'évident.

— Avez-vous mis au point une technique, des procédés ?

— Non. Je me contente d'être moi-même, un point c'est tout. Avec les médias, il faut être ce qu'on est. Tu

1. Stéphane Di Vittorio, *Votre Santé*, février 2000.
2. *La Croix*, 5-6 février 2000.

ne veux tout de même pas que je prenne un professeur de télé, comme les hommes politiques ?

— Et vous ne craignez pas de vous faire piéger ?

— J'ai l'Association pour me protéger !

— Sans doute, mais quand vous êtes sur le plateau, vous êtes seule, terriblement seule. Pour un type sans scrupule et qui veut se faire mousser à vos dépens, c'est une aubaine. Il y en a un, chez Drucker, qui vous a accusée par pure provocation d'avoir dit : « Les pauvres, j'en ai rien à secouer, je préfère l'alcool et les bagnoles de luxe. » Il espérait vous faire sortir de vos gonds.

— Eh bien, il en a été pour ses frais. Mes gonds sont solides.

— Oui, mais comme l'a remarqué un journaliste, il vous a *« traitée comme une banale vedette de série-télé »*[1]. Voilà comment certains vous voient : une vedette de série-télé !

Ses yeux bleus rient. Je la soupçonne de ne pas être mécontente de rivaliser avec les héroïnes de *Dallas*. D'ailleurs, elle sait très bien qu'elle s'est brillamment tirée de ce *Vivement dimanche !* où certains avaient espéré la ridiculiser. A en croire *Le Monde*, *« sœur Tempête, ne se contentant pas de laisser Gelluck déraciné, Drucker réfugié dans l'observation attentive du canapé et Masure abrité derrière son parapet dentaire »* a su reconnaître que Gérard Miller avait raison et *« est sortie de cette émission encore renforcée »*, laissant *« l'univers télé définitivement enseveli sous les décombres de son inanité »*[2].

— J'ai tout de même l'impression que vous ne vous méfiez pas assez, lui dis-je. On peut raconter n'importe quoi sur votre compte.

1. Daniel Schneidermann, *Le Monde*, 9-10 janvier 2000.
2. *Ibid.*

— Ah, pour ça, les journalistes ont de l'imagination ! Thierry Desjardins a fait un livre sur moi après avoir passé en tout et pour tout cinq jours au Caire. C'est du roman ! Par exemple, je lis qu'il a rencontré un Américain qui me connaissait et qui lui aurait dit : « Je croyais en Dieu et elle m'a fait croire en l'homme. » Ne me souvenant pas de ça, je prends mon téléphone : « Thierry, comment s'appelle cet Américain à qui j'ai fait croire en l'homme ? » Au bout du fil, je l'entends rire : « Mais il n'existe pas, ma sœur. Je l'ai inventé, ça faisait tellement joli ! »

Je lui dis que la presse vient de s'attirer une belle volée de bois vert de la part de Régis Debray. Il reproche aux médias d'être *« un clergé faible pour une croyance faible, un sacerdoce qui correspond à une société agnostique et amnésique aux adhésions assez superficielles qui a surtout la forme de l'emballement et de l'émotion »* [1]. Même si lui est une vedette assez contente de l'être, il n'a pas entièrement tort de soutenir que la presse fait de la morale à bon compte.

— Moi, je trouve que, dans les médias, mieux vaut un peu de morale que pas du tout, observe Emmanuelle avec son inaltérable bon sens.

— Ne craignez-vous pas de tomber dans un piège tendu par un journaliste en mal de sensationnel qui vous ferait dire une bêtise ?

— Je ne parle jamais de politique.

C'est, en effet, une grande différence. L'abbé Pierre, auquel je pensais, ancien député, se laisse volontiers entraîner sur un terrain où elle ne s'aventure guère. Elle a vécu des décennies en Turquie et en Egypte dans des circonstances délicates, sans même avoir le droit de professer sa religion. Il n'y a sûrement rien de plus difficile

1. Régis Debray, *L'Emprise*, Gallimard, 2000.

au monde. A-t-elle jamais fait la moindre gaffe, posé le moindre problème ? Je lui parle de la « loi du tapage ».

— Qu'est-ce que c'est ?

— Kouchner assure que, dans la société actuelle, si l'on veut se battre pour une cause, il faut faire le plus de bruit possible pour être seulement entendu. C'est ce qu'il appelle « la loi du tapage ». Il faut hurler pour dénoncer les situations scandaleuses. Si l'abbé Pierre n'avait pas lancé un appel pathétique sur RTL, il n'aurait pu mener à bien son projet.

— Je ne crois pas que ce soit la meilleure façon de faire, du moins pour moi. Je n'aime pas beaucoup le mot tapage. Ce qui me plaît, c'est éveiller les consciences. Pour cela, il faut parler de justice. Par nature, l'homme est sensible à l'injustice.

Nous sommes samedi, le jour où Myriane organise le « partage de prière » dans la bibliothèque. Les sœurs qui le souhaitent se réunissent autour d'elle pour une lecture commentée de l'Evangile. Je m'invite, moins pour mon édification personnelle que pour voir comment la « vedette des médias » est traitée par le groupe de ses sœurs anonymes. Je suis vite fixé ; elle ne jouit d'aucun traitement de faveur. On n'hésite pas à la contredire, à se moquer gentiment d'elle quand s'affirme par trop sa tendance naturelle à mettre partout son grain de sel.

Après cette édifiante réunion, je vais demander son avis à sœur Marthe sur la célébrité d'Emmanuelle. J'attaque très fort : Ne lui aurait-elle pas tourné la tête ? Loin de trouver ma question déplacée, elle réfléchit un instant avant de répondre.

— Non, je ne crois pas. Jamais elle ne cherche à se faire valoir. Quand elle revient de ses passages à la télé ou de ses conférences, nous lui demandons de nous les raconter et là, il lui arrive de parler du succès qu'elle a remporté. Mais il faut le lui demander. Jamais elle ne le ferait d'elle-même.

— Vous ne trouvez pas qu'elle exagère parfois ?

Sœur Marthe sourit avec bonté.

— C'est sa nature d'être un peu excessive ! On l'appelle de partout, on la fait venir, on la fait parler. Certains trouvent qu'elle parle trop. Moi la première. J'essaie de faire en sorte qu'elle parle moins.

Ce même soir, le Rotary Club de Fayence remet solennellement à sœur Emmanuelle 60 000 F destinés à assurer des soins dentaires aux SDF. La somme provient de la vente des « BD du cœur » de Jean-Paul Roquebrune et des recettes d'une soirée donnée par l'école de théâtre de Montauroux et d'une « soirée sixties »

— Tout le monde me disait que je demandais trop, confie la récipiendaire, mais moi, je savais bien que c'était possible. Ce qui me plaît le plus là-dedans, c'est que ces messieurs du Rotary n'ont pas seulement donné leur argent. Ils ont offert leur temps et leurs idées. Hé hé ! 60 000 F, ce n'est pas rien !

Elle empoche son chèque et, dans un petit discours bien tourné, parle de la Genèse et de la création du monde. Ses auditeurs sont ravis. Au bout du compte, ce n'était pas trop cher payé.

JOUTES VERBALES SUR LE CÉLIBAT
DES PRÊTRES ET LE SACERDOCE
DES FEMMES

Ce matin, Claude nous a emmenés au bord de la mer, estimant que sœur Emmanuelle doit se fatiguer d'être soumise à un interrogatoire dans sa chambre alors que le soleil d'avril invite à la promenade. Il nous a fait découvrir une petite crique dans laquelle les rochers offrent de commodes sièges naturels. Ce matin, c'est là que nous échangeons des propos à bâtons rompus.

— Ce n'est pas facile d'être curé, dit Claude. On devrait tout de même les laisser se marier.

Emmanuelle – Je n'ai rien contre, mais cela dépendra du prochain pape.

Moi – Vous accepteriez que les prêtres se marient ?

Emmanuelle – Pourquoi pas ? Les coptes et les uniates le font bien. D'ailleurs, dans les premiers temps de l'Eglise, il fallait choisir entre mariage et célibat avant de devenir prêtre.

Moi – Le célibat obligatoire des prêtres est sans doute regrettable, mais il a tout de même une justification : la disponibilité absolue. Ce n'est sans doute pas un hasard si les grandes figures de l'humanitaire sont le plus souvent des religieux.

Claude – Mais ces gens-là se sont tous plus ou moins mis l'Eglise officielle à dos.

Moi – Vous êtes un peu insolente vous aussi, convenez-en, ma sœur.

Emmanuelle – Non, je dis franchement ce que je pense. Evidemment, si je parle de préservatifs, *Le Canard Enchaîné* écrit que je vais me fâcher avec le pape, mais il n'y a aucun risque que cela arrive. C'est mon pape !

Claude – Pourtant, vous n'êtes pas toujours de son avis.

Emmanuelle – Il a sa manière de voir et moi la mienne. Il ne s'agit pas de questions de foi. J'espère qu'un jour un autre pape sera de mon avis et que ça changera. Mais de toute façon, Jean-Paul II parle de ce qui est le plus important, c'est-à-dire de la fidélité. Les préservatifs, c'est un pis-aller. Il ne faut pas s'obséder là-dessus !

Elle a les yeux fixés sur la mer qui miroite et donne l'impression de jouir intensément du spectacle. Comme tous ceux qui aiment la vie, elle a une tendance naturelle à laisser les autres vivre à leur façon. C'est moins affaire de libéralisme théorique que de tempérament. Il n'y a rien en elle de l'étroitesse qu'on trouve chez certains chrétiens bigots.

Moi – Le pape n'est pas très arrangeant. Par moments, on dirait qu'il aime bien se montrer incommode.

Emmanuelle – Je trouve seulement dommage qu'il revienne si souvent sur la sexualité. Il lui suffisait d'exposer une fois sa pensée. Les gens s'imaginent qu'il a comme idée fixe d'interdire le préservatif et qu'il se soucie peu de l'extension du sida en Afrique, ce qui est, bien sûr, faux et injurieux pour lui.

Moi – Pourquoi n'avez-vous jamais envisagé de fonder un ordre, comme mère Teresa, qui l'a fait alors qu'elle avait trente-huit ans ?

Elle se tourne vers moi le doigt levé, comme si je venais de proférer une insanité.

— Fonder un ordre ? Mais ce n'était pas du tout pour moi ! J'en étais bien incapable. Pour fonder une congrégation, il faut avoir un charisme, il faut être poussé par Dieu. D'ailleurs, j'ai beaucoup trop besoin de mon ordre à moi ! J'ai besoin de mes sœurs, on s'aime beaucoup. Il y a tellement de tendresse entre nous ! Et puis n'oublie pas que j'ai fait mes débuts chez les pauvres à soixante-trois ans.

— Vous n'avez jamais eu l'idée de quitter votre congrégation ?

— Si. Mais je me suis rendu compte que c'était une erreur. Ma congrégation m'était absolument nécessaire et j'y ai été conduite. Dieu sait ce qu'il fait. Là où nous voyons les trous dans la robe, Il voit l'être, ce que nous sommes, ce qui vit en nous.

— Tout de même, ma sœur, insiste Claude, vous devez bien rêver d'un beau miracle.

— Le plus beau des miracles, ce serait que les hommes soient un peu plus à l'image de Dieu.

Le soir, à la table des religieuses, je ramène la conversation sur les innovations qui pourraient tenter l'Eglise du nouveau millénaire.

— Pourquoi les femmes ne seraient-elles pas prêtres ? Lorsque vous assistez à la messe, ne vous sentez-vous pas frustrées ? Après tout, vous pourriez la célébrer à l'autel.

Sœur Myriane, à son habitude, relève le défi d'une joute oratoire. Elle adore les discussions portant sur des problèmes de fond et paraît d'autant plus ravie que le sujet du débat est grave. Elle se met alors à argumenter avec vigueur, de sa voix énergique et bien articulée. En revanche, Emmanuelle est généralement très discrète et l'on a du mal à la lancer.

— Pourquoi pas ? Le rôle que l'Eglise a reconnu à Marie ressemble à celui du prêtre. Comme lui, elle exerce une intercession permanente entre Dieu et l'homme. Ce rôle spirituel, la femme l'a puisqu'elle donne la vie à la fois physique et spirituelle. Il faut mettre la femme à sa juste place. L'incarnation s'est faite dans le corps d'une femme.

Je pousse mon attaque.

— Je ne vois vraiment pas pourquoi il n'y aurait pas de femmes prêtres. D'ailleurs, elles pourraient être mariées. Cela n'a rien d'incompatible avec le sacerdoce.

— Là, je ne suis plus d'accord, dit Myriane, car alors son rôle de femme pourrait prendre le dessus. Cela conviendrait mieux à une femme célibataire ou d'un certain âge. Je vois mal la mère de jeunes enfants s'abstraire de ses devoirs de femme pour se consacrer à son travail de prêtre.

— En tout cas, dis-je, sur certains sujets, elle saurait ce dont elle parle. Je déteste voir des curés ou des bonnes sœurs donner des conseils à des couples à propos de leur vie intime.

— Moi aussi, assure Myriane. Il n'y a pas longtemps de ça, un mari trompé voulait que je raisonne son épouse. Je lui ai répondu que je pouvais donner des conseils en toute matière sauf dans celles où, par expérience et formation, je ne connaissais absolument rien.

— Vous pouviez l'exhorter à la fidélité.

— Elle m'aurait ri au nez. Qu'est-ce que je sais de la vie des ménages ? Les gens veulent du concret.

Je force Emmanuelle à sortir de sa réserve en m'adressant directement à elle :

— Que souhaitez-vous que fasse le pape ?

— Je n'ai pas à lui donner de conseils. Mais si j'étais papesse, je vendrais tous les biens de l'Eglise pour les distribuer aux pauvres. Quand j'ai visité les musées du Vatican, j'ai été scandalisée. Tant d'œuvres d'art qui valent des fortunes et qui dorment là, alors que les besoins sont si grands. L'Eglise pourrait les vendre aux grands musées mondiaux. Elles ne seraient pas perdues et elles rapporteraient des milliards mieux utilisés.

— La supplique que vous remettez sur la photo, c'était pour demander ça ?

— Oui. J'ai fini par recevoir une réponse. Elle était signée d'un cardinal et il me demandait si je croyais que le président Mitterrand avait le droit de vendre les trésors du Louvre. Il ajoutait que ceux du Vatican n'appartiennent pas au pape et qu'il faudrait un concile pour décider de les vendre. C'est la même chose pour les couvents. A quoi ça rime, ces couvents dans des palais ? Aux sœurs de Sion, on avait un escalier de marbre extraordinaire. Je leur disais : «On ne peut pas garder ça, c'est idiot.»

Le père blanc qui a célébré la messe du jour est un homme chauve au visage rond qui ressemble à Bernard Blier. Benoîtement, il fait observer que l'Eglise ne doit pas offrir un aspect trop misérable. Hélas, l'habit fait le moine et si l'habit est trop rapiécé, le monde étant ce qu'il est, cela peut porter préjudice au moine. Il pousserait volontiers plus loin son développement mais, deux fois de suite, Emmanuelle lui coupe la parole. Il la regarde en dessous d'un air peu amène. Les petits froissements d'amour-propre existent aussi dans ce milieu préservé.

— Un jour, raconte Emmanuelle, j'ai dit à l'évêque Egidio d'Alexandrie : «Franchement, père évêque, vous n'avez pas un peu honte de rouler en Mercedes ? Vous vous déplaceriez aussi bien en 2 CV.» Il m'a regardée en souriant : «Mais enfin, sœur Emmanuelle, vous connaissez la mentalité des gens d'ici. Si je roule en 2 CV, à leurs yeux je ne suis plus personne. Je dévaloriserais tout ce que je représente. Cette Mercedes, on me l'a offerte. Je ne l'utilise pas par goût du luxe mais par nécessité. » Il avait toujours vécu en Orient et il savait de quoi il parlait. Dans nos sociétés d'Occident, l'Eglise n'a pas besoin de luxe ni même de confort. Il faudrait que les évêques se mettent cela dans la tête.

Elle ajoute qu'elle a demandé récemment à Mgr Lustiger de la faire déjeuner avec quelques-uns de ses séminaristes. Elle souhaitait savoir comment sont formés les prêtres du nouveau millénaire.

— Avant le repas, j'avais un coup de téléphone à donner et on m'a conduite dans une chambre de séminariste. Un confort d'hôtel quatre étoiles ! C'était des jeunes gens très sympathiques, mais quand je les ai interrogés sur l'emploi de leurs journées, ils m'ont répondu qu'ils les passaient à étudier. « Comment, vous n'avez pas de contacts avec le peuple de Dieu ? Il faudrait absolument que vous en ayez ! » J'en ai parlé au père évêque après le repas. « Quand même, ils devraient aller voir les pauvres, s'immerger dans le peuple de Dieu comme l'abbé Pierre ! » Il m'a répondu : « Mais enfin, ma sœur, c'est une église de mission que vous me décrivez là ! – C'est cela, père évêque, une église de mission ! »

— Vous n'allez pas soutenir que les évêques de France vivent dans le luxe ! dis-je, conscient que plus les semaines passent et plus je prends plaisir à la provoquer.

— Il ne manquerait plus que ça ! Je me souviens d'un évêque auquel j'ai rendu visite dans le Nord. Il était en train de céder son palais à la municipalité pour le transformer en musée. J'en ai rencontré un qui vivait en HLM dans un F-2. Chez certains, qui ont l'air de jouir d'un grand luxe, il ne faut pas se fier aux apparences. Quand j'ai été voir Mgr Decourtray, il y a quelques années, j'ai dû passer par les pièces de réception d'un somptueux palais. J'étais encore un peu agressive à l'époque, et je l'ai attaqué bille en tête. Il m'a regardée et il m'a dit : « Ah, sœur Emmanuelle, vous remuez le fer dans la plaie ! Quand j'étais jeune prêtre, j'avais fait trois vœux : ne me déplacer qu'à bicyclette, me faire nommer dans les endroits les plus pauvres et, pour moi-même, choisir ce qu'il y aurait de moins beau et de moins confortable. Et me voici devenu une espèce d'institution, le primat des Gaules, obligé de résider dans un palais ! Vous croyez que cela me plaît de renoncer à mes trois vœux ? » Eh bien, ce jour-là, il m'a donné une grande leçon d'humilité.

— J'ai vu récemment à Lourdes Mgr Perrier, répondis-je à l'appui de sa thèse. Il est venu m'ouvrir la porte lui-même et il m'a installé dans un vieux fauteuil tout râpé. Je vous jure que ça ne respirait pas l'opulence.

— Oui, mais l'Eglise universelle avec ses milliards en trésors artistiques me gêne beaucoup, affirme Emmanuelle à qui ce sujet semble tenir à cœur.

— Cela gêne aussi l'abbé Pierre.

— Au fait, je ne t'ai jamais demandé comment tu avais fait sa connaissance ?

Je raconte notre rencontre dans l'antichambre du subtil Edgar Faure, mon maître en droit romain, pour lequel je faisais alors quelques recherches. Je décris ma première impression : ces grands yeux lumineux et tendres d'adolescent idéaliste, à la fois horrifié par la laideur du monde et ébloui par sa beauté.

Les petites sœurs m'écoutent, captivées. Puis Emmanuelle s'esquive pour aller se reposer.

— Un jour, dit Danièle, l'assistante de la directrice du Pradon, elle m'a fait une scène parce que j'avais jeté son vieux manteau. Il était si usé qu'on voyait le jour à travers. Je lui en ai donné un autre et elle m'a répondu : « Je n'en veux pas. Il est neuf ! » Et elle va tout le temps à Paris où il fait si froid. Et les vieilles baskets qu'elle porte ! Elles

sont toutes trouées. Mais enfin, elle est comme ça. Il faut
la respecter.

— C'est excellent pour la télévision !

Décidément, je crois bien que je serai impertinent jusqu'au bout ! Les petites sœurs se regardent, perplexes.
Elles se demandent visiblement si, dans ma bouche, c'est
une critique ou un éloge.

LETTRES DES *AMIS DE SŒUR EMMANUELLE*

Dans l'avion qui me ramène à Paris, je dépouille une pile de *Lettres des Amis de Sœur Emmanuelle*. J'y trouve une preuve, s'il en était besoin, de l'impact de la télévision : « *Vous avez été plus de 2000 personnes à rejoindre notre association à l'occasion de l'émission* Vivement dimanche ! *de Michel Drucker, le 2 janvier 2000, puis avec* Changez de vie *de Sylvain Augier le 28 février.* » Il faut que j'aille voir au plus vite la permanente chargée de la communication.

Je trouve une utile description des missions : « *Chantiers collectifs (un mois) ; missions bénévoles de courte durée (deux à six mois) et volontariat (durée supérieure à un an, deux en moyenne). Les missions de volontariat répondent aux besoins de nos partenaires et ont été soigneusement préparées avec eux. Nous veillons à ne pas nous substituer à une ressource du pays et nous envoyons un volontaire dans une perspective de formation de l'équipe locale. Le profil : éducatrice spécialisée pour jeunes enfants, médecin, infirmière, psychologue, psychomotricienne, orthophoniste, ergothérapeute, travailleur social, coordinateur de projets. Qualités requises : expérience profes-*

sionnelle en France, bonne santé physique et psychique, autonomie, écoute, diplomatie, capacité d'adaptation pour comprendre l'environnement culturel et social du pays, patience et esprit d'équipe. » Diable ! Si je savais faire autre chose que des cours de droit, serais-je seulement engagé ?

Sur les difficultés de la tâche, on ne se fait guère d'illusions. On écrit à propos des projets d'insertion pour les jeunes en difficulté de Paris : « *Persuadés d'être foutus et de ne pouvoir compter sur personne, ils n'ont foi en rien. Rendez-vous manqués, mensonges, violences... En général, leur avenir ne dépasse pas trois jours. Leur faculté de concentration est très faible et leur mémoire extrêmement volatile. Ils sont sincères quand ils promettent de venir à un rendez-vous, et puis ils oublient.* »

Le malheur au malheur ressemble ! Quelques pages plus loin, le portrait de l'un des enfants philippins de la Fondation Virlanie qu'a soignés Alexandra David, relayée par Sandrine Coutansier : « *A sept ans, il était employé par un gang, sa petite taille lui permettant de s'introduire dans les maisons pour voler. Il est arrivé tatoué comme un animal, ne sachant que pousser des cris ou faire des colères pour se faire entendre. Insomniaque, hyperactif, kleptomane et n'ayant aucune limite de perception de son corps et de celui des autres. Grâce à une thérapie par le jeu, il a pu exprimer ses traumatismes passés. Maintenant, il s'exprime à nouveau par le langage, il est moins agressif et s'est peu à peu équilibré. Il entrera à l'école à la prochaine rentrée*[1].»

Si l'on songe que le coût d'un suivi psychologique pour un enfant de la Fondation est de 300 F et que, pour cette somme, l'enfant « *bénéficie d'un lieu pour s'exprimer et jouer, d'un matériel adapté et de l'encadrement*

---

1. *La Lettre des Amis de Sœur Emmanuelle*, avril 2000.

*par des travailleurs sociaux formés par des profession-
nels compétents »*, on mesure le bien que peuvent faire
les donateurs des Amis de sœur Emmanuelle. La détresse
des enfants est planétaire.

Au Sénégal, les enfants de la rue proviennent de
familles éclatées et déshéritées avec un nombre croissant
de mères seules : *« Parfois la mère se prostitue à la maison et l'enfant doit s'éloigner. Blessé et honteux, il oublie
ou refuse de revenir et élit domicile dans les marchés
où il est très vite confronté à la délinquance. Il y a aussi
un nombre important d'anciens petits talibés (élèves
d'écoles coraniques) qui ont fui des conditions de vie difficiles. Le père est souvent âgé, impotent, à la retraite
ou immigré et la mère doit se débrouiller pour subvenir
aux ressources de la famille... Les enfants des rues ont
de plus en plus fréquemment entre cinq et sept ans. Ce
phénomène très inquiétant est apparu au Sénégal en
1994 et s'est accentué depuis. »*

Heureusement, ces sombres constatations sont accom-
pagnées de bonnes nouvelles. Soher, jeune fille de dix-neuf
ans qui habite à Matareya, quartier populaire du Caire, a
trouvé du travail dans une entreprise de confection. *« J'ai
été très heureuse de suivre cette formation. J'ai trouvé des
personnes qui m'ont écoutée, encouragée, conseillée et,
surtout, aimée. Ce fut un rayon de lumière. »* Layla, la petite
chiffonnière du Caire, annonce qu'elle s'est mariée avec
le garçon qu'elle avait choisi. Joey a quitté les trottoirs de
Manille : *« J'ai été aimé comme jamais je n'aurais pensé
pouvoir l'être. »* Désiré, alphabétisé et nourri par le « dispensaire trottoir » de Bobo Dioulasso avec cent quarante-
cinq autres enfants, il vient d'obtenir son diplôme de
soudeur. On construit une école pour les enfants de Layaye
en Haïti.

Autant de petites étoiles dans la nuit !

JULIANA, «PROFESSIONNELLE DE L'ÉCOUTE»

Le hall du boulevard de Strasbourg est plein de jeunes, sans doute en instance de départ pour quelque chantier. Ils sont semblables à tous les garçons et filles de leur âge mais je sais ce qu'ils valent et je connais les difficultés qu'ils vont affronter. Je me fraie parmi eux un chemin jusqu'au bureau du fond où je suis attendu.

Juliana, mère de deux jumeaux, vient elle aussi du privé. Elle a rallié l'Association, dont elle dirige le secteur communication, à l'occasion de la crèche de Noël de 1992 à l'Hôtel de Ville, grande opération médiatique qui requit l'aide de soixante-quatre bénévoles et fit connaître les Amis de Sœur Emmanuelle.

— Que faisiez-vous avant de venir ici ?

— J'étais responsable de la communication dans une grande entreprise du privé.

— Qu'est-ce qui vous frappe le plus dans ce nouveau poste ?

— Le grand changement des dix dernières années dans les ONG, c'est sans nul doute la professionnalisation.

— Vous travaillez avec les bénévoles ?

— Oui. Ils sont très présents dans l'Association et ils renforcent notre équipe de permanentes. En quelques années, ils ont beaucoup changé. Nous avons des jeunes qui sont partis en mission avec l'Association, plus un grand nombre de jeunes retraités et de gens venant de tous les horizons.

— Pourquoi viennent-ils plus spécialement chez vous ? L'image de sœur Emmanuelle ?

— Sans aucun doute. Son charisme joue parfois, même trop chez certains. Mais s'il est vrai que les gens viennent à nous d'abord pour sœur Emmanuelle, ils se rendent vite compte qu'au-delà de sa personnalité, si attachante soit-elle, c'est la cause des enfants qui importe. Un jour, nous avons demandé à un échantillon de nos bénévoles comment ils voyaient sœur Emmanuelle. Tous ont répondu : « D'abord en grand-mère. Le regard sur le monde de quelqu'un de vieux qui n'est pas vieux. »

Je trouve la formule jolie. Ce mélange de vieillesse extrême et d'indestructible jeunesse a quelque chose de fascinant.

— Nous attirons des gens très ouverts, poursuit Juliana, pleine de son sujet. Des gens très généreux, prêts à faire du travail obscur et sans gloire. Personne ne rechigne à donner un coup de main quand nous sommes débordés. Ici, vous verrez de grands banquiers ou des hauts fonctionnaires établir des reçus fiscaux à la chaîne et enregistrer des chèques.

— Vous me paraissez bien organisés, dis-je. Ordinateurs, audits, sondages… On est loin du denier du culte !

— C'est un mouvement général. Je suis bien placée pour en parler puisque je représente les *Amis de Sœur Emmanuelle* au Clong, le comité de liaison des organisations non gouvernementales. Les humanitaires se sont professionnalisés. Les gaspillages et les bénévoles sans compétence sont de plus en plus rares. Les gens nous disent : « Voilà ce que je sais faire. Avez-vous un travail pour moi ? » Beaucoup sont actifs dans plusieurs associations, ce qui nous semble une bonne chose. Rien n'est plus détestable que l'esprit de clocher.

— Comment vous faites-vous connaître ?

— Par tous les moyens modernes. J'évite de bombarder la presse de communiqués. Non seulement cela ne sert à rien, mais un journaliste harcelé ne vous prête plus attention le jour où vous en avez vraiment besoin. Il en va de même pour le mailing. Il y a des associations qui relancent leurs donateurs chaque mois. C'est de la folie ! Nous le faisons une fois par an.

— Comment sont prises les décisions dans votre domaine ?

— Plusieurs groupes de travail rassemblent bénévoles et permanents, ce qui est indispensable pour apporter de l'air extérieur. C'est ainsi que l'on rédige le journal, qu'on a réalisé le film de présentation de l'Association ou que nous animons des stands dans les manifestations ou les universités. Dans quelle université enseignez-vous ?

— Paris-VIII – Saint-Denis.

— Nous avons monté un stand à Villetaneuse, mais il n'a pas été pris d'assaut ! Nous avons beaucoup de travail à faire pour que les jeunes, qui nous connaissent très mal, renoncent à l'idée qu'ils se font de notre action. Ils sont toujours étonnés quand ils découvrent que nous sommes non confessionnels, que nous ne sommes pas un escadron de bonnes sœurs ! Ah, les idées toutes faites ont la vie dure !

— C'est vrai, dis-je, vous gagnez à être mieux connus.

Elle m'approuve en souriant. Dans ses yeux, je lis ce qu'elle est trop bien élevée pour me dire : « Et pourquoi donc, cher monsieur, croyez-vous que nous avons fait bon accueil à votre idée de livre ? »

PAOLA

Successeur depuis quelques jours de Claude Garioud à la présidence de Paola, Roger, la cinquantaine confortable, barbe et cheveux poivre et sel, a l'allure carrée et robuste d'un homme de terrain. Je fais sa connaissance dans le petit restaurant de Fréjus où nous allons déjeuner avec Emmanuelle, Claude et un couple d'amis de la sœur qui a fait un long voyage pour lui rendre visite et qu'elle n'a pas voulu faire « monter » à Callian. Lui est tabellion dans une petite ville du centre de la France.

— Je l'ai rencontré à un colloque de notaires à Deauville où j'étais allée parler, nous explique Emmanuelle. Un hôtel cinq étoiles pour une religieuse ! Quand j'ai vu où ils me logeaient, j'ai voulu m'en aller. Cinq étoiles ! Hou, hou !

— Ils auraient dû vous installer un lit à la cave, dis-je, pince-sans-rire.

Elle bougonne puis se réjouit en découvrant sur le menu ses chères moules frites.

— Mais c'est un plat bien trop lourd pour vous, ma sœur !

— Lourdes, les moules frites ! Tu plaisantes, il n'y a rien de plus léger ! C'est très bon pour mon tonus.

Les amis du Massif central sont aux anges. Après une matinée passée auprès des «accueillis», nous avons envie de parler d'autre chose que de la misère. A propos d'un film, je porte un jugement qui semble excessif à Emmanuelle.

— Il est marseillais, celui-là !

— Catalan, ma sœur, catalan !

Elle prend les invités à témoin.

— Vous ne le croiriez jamais, mais j'avais un beau Bic rouge et il me l'a volé. Un professeur de droit ! C'est du joli !

— Elle me calomnie parce que je ne suis pas toujours de son avis.

Elle attaque ses moules avec entrain et je la taquine sur sa gourmandise. Ne serait-ce plus un péché ?

— Si, mais pour l'alcool seulement.

— L'alcoolisme n'est pas de la gourmandise, observe Roger, expert en la matière car j'ai compris depuis longtemps que l'alcool est le véritable adversaire de Paola.

Nous voici partis à la recherche des sept péchés capitaux. Comme toujours en pareil cas, il nous en manque un. A propos de la luxure, Emmanuelle prononce un vibrant éloge de la fidélité. Elle raconte que, dans le bidonville du Caire, une femme avait été répudiée par son mari au profit d'une plus jeune et plus belle.

— Eh bien, elle m'a dit : «J'attendrai. Quand il sera malade, c'est vers moi qu'il reviendra». Et ça s'est passé exactement comme ça. Un homme ne pourrait pas se comporter de cette façon.

De ses yeux bleus, elle me fixe.

— Vous avez des cœurs d'artichaut, vous les hommes !

— L'amitié entre homme et femme est difficile.

Elle me coupe :

— Taratata ! Taratata ! A l'âge que j'ai, je me fais encore plein d'amis hommes ! Jadis, une bonne sœur ne parlait

jamais à un homme, même pas à un prêtre hors du confes-
sionnal. Nous n'avions pas l'autorisation de descendre au
parloir voir un père venu s'enquérir de la scolarité de son
enfant. Seule la supérieure avait ce droit. Heureusement,
depuis Vatican II, cela a changé.

L'ami notaire nous montre une photo d'Emmanuelle,
un bouquet de fleurs dans les bras. Il voudrait qu'on tire
une carte postale à des milliers d'exemplaires et qu'on
la vende au profit de l'Association, mais celle-ci hésite
à accepter car elle ne veut pas faire de sa fondatrice une
marchandise. Je rappelle qu'au temps de son immense
gloire de 1954, l'abbé Pierre avait laissé une marque de
lessive faire de la publicité sous son nom, l'essentiel à
ses yeux étant de trouver de l'argent pour ses sans-logis.
Il était prêt à vendre sous son image des produits déri-
vés comme Mickey ou Snoopy.

— On va bientôt proposer des savonnettes avec mon
portrait, observe Emmanuelle, narquoise.

Quand elle est à Fréjus, elle dispose d'une chambre
pour sa sieste dans un ancien presbytère tout proche de
la boutique solidarité. Elle a la faculté napoléonienne de
s'endormir où et quand elle le veut.

— Qu'est-ce qui vous frappe le plus en sœur Emmanuelle ? me demande Roger dès qu'elle s'est éclipsée.

— Comme aptitude particulière, dis-je, c'est la mémoire.
A la boutique, je l'ai vue appeler je ne sais combien de
SDF par leur prénom sans se tromper une seule fois ! Lorsqu'elle se lance dans une digression, elle ne ressemble
en rien aux personnes âgées qui perdent le fil de leur discours. Elle n'oublie jamais le point de départ et elle y revient
avec une sûreté d'ordinateur. Et vous, qu'est-ce qui vous
étonne ?

— Tout. Parfois, on est obligés de se séparer de certaines personnes, eh bien, elle ne l'accepte pas. Elle ne

s'y oppose pas non plus, car elle respecte les compétences des uns et des autres et ne prétend pas nous régenter, mais son regard se voile. Elle se dit que si un type est capable d'aimer, il est sauvé. Dès qu'elle rencontre quelqu'un, elle cherche à savoir s'il est ou non capable d'aimer. C'est un test systématique chez elle : « Tu es capable d'aimer ? Donc il y a en toi quelque chose sur quoi on peut bâtir. » Elle tient une forme incroyable pour son âge et elle tonifie ceux qui l'approchent. Je vais la chercher le lundi matin à Callian et après ce petit voyage ensemble, c'est comme si je m'étais dopé !

Je passe à la boutique où il n'y a jamais grand-monde à cette heure pour interroger les deux permanentes de Paola sur leur illustre bénévole.

— Oh ! ce n'est pas compliqué, me dit Elisabeth. La sœur a une capacité d'adaptation incroyable. Elle est allée suivre un séminaire sur l'alcoolisme. A son âge !

— Et puis elle est discrète, ajoute Annie. Quand il y a eu un problème entre le bureau de Paola et Philippe, elle a tout fait pour que ça s'arrange le mieux possible.

— Quel est le secret de son succès ? Le style vieille grand-mère ?

— Ce n'est pas une vieille grand-mère ordinaire, dit Annie. C'est une professionnelle de l'écoute.

— A-t-elle été efficace dès le premier moment ?

— Non. Très franchement, ça ne marchait pas vraiment bien. Pour elle, dès lors que la personne en difficulté trouvait un travail, tout était réglé.

— On était en décalage, dit Annie. Elle fonçait sans avoir encore bien compris la situation. Ici, ce sont des crises morales qu'on rencontre, plus encore que des problèmes matériels. Il faut reconstruire des gens déstructurés de l'intérieur.

— Vous enregistrez tout de même quelques succès ?

Les jeunes femmes se consultent du regard.

— Oui, de temps en temps, concède Annie, mais c'est plutôt rare. Sœur Emmanuelle voudrait sauver tout le monde. Elle a du mal à accepter que ce soit si difficile. Par exemple, si elle tire quelqu'un de prison, elle croit que c'est gagné. Hélas, c'est loin d'être le cas. Les problèmes ne font que commencer.

— Quand elle s'en aperçoit, est-elle déçue ?

— Non, répond Elisabeth. Elle ne comprend pas. Elle n'imaginait pas la France comme ça. Les SDF mettent en évidence les carences de notre société, et nous continuons à en fabriquer chaque jour que Dieu fait. Il faudrait s'occuper plus tôt de la prévention, ne pas avoir un système qui jette des exclus dans la rue. Quand ils ont quarante ans, c'est trop tard. Ce sont des maisons sans fondations qui ne peuvent que s'écrouler.

— En Egypte, ajoute Annie, la misère qu'elle rencontrait était surtout matérielle. Ici, on a l'impression qu'à un certain moment on s'entend dire : « Moi, je suis SDF et je t'emmerde ! » Beaucoup se contentent d'utiliser le RMI pour acheter alcool ou drogue. C'est pervers quelque part, le RMI. Cela peut soit les aider à sortir du trou, soit les y enfoncer. Il y en a pas mal qui se disent : « Au fond, je ne suis pas si mal que ça ; RMI plus manche égale vie pépère. »

— La sœur me donne parfois l'impression de ne pas pouvoir se passer de ses SDF ?

— Sans eux, elle serait morte ! C'est un besoin. Elle voudrait se mettre à leur place. Souvent, je lui fais la guerre quand je la vois par temps froid ou sous la pluie sans jamais consentir à passer un imperméable ou un manteau. Elle me dit : « Je veux être comme les pauvres ! » Je lui réponds : « Mais voyons, ma sœur, ouvrez les yeux. Ici, ils ont tous les manteaux qu'ils veulent. » Elle n'arrive pas à comprendre ça.

— Moi, je lui ai demandé, dit Elisabeth, de s'acheter des chaussures, même très simples, au lieu de se promener en vieilles baskets trouées. « Dans l'état où sont vos pieds, vous seriez quand même mieux, non ? » Elle m'a répondu : « Je suis libre, mes baskets, c'est mon choix. Mes pieds ne te regardent pas ! »

Je parle de son admiration pour l'abbé Pierre et de la réflexion qu'elle fait toujours à son propos : « Lui, il souffre ! »

— Vous qui les connaissez bien, quelle différence voyez-vous entre eux ? me demande Elisabeth.

— L'abbé Pierre est un aventurier de Dieu, un chevalier des causes perdues, un saint romantique qui a besoin pour s'épanouir du décor et des personnages de Victor Hugo dans *Les Misérables*. Il ne résiste pas à la fascination de Jean Valjean sous sa forme moderne, l'ancien légionnaire devenu clochard et qui a tâté de la prison. Sœur Emmanuelle est une femme d'action par excellence, une fonceuse au cœur joyeux. Au théâtre, l'abbé Pierre serait un tragédien shakespearien et elle, si j'ose cette comparaison sacrilège, une sorte de meneuse de revue.

— Avez-vous le même rapport avec les deux ?

— Pas du tout. Devant l'abbé Pierre, je suis intimidé. Je ne me vois pas lui disant : « C'est idiot ! votre raisonnement ne tient pas debout ! » Si je lance cela à sœur Emmanuelle dans un moment d'impatience, elle ne m'en veut pas de mon manque de respect. Lui, est douloureux, tendu, vite blessé. Elle, est pétulante et optimiste.

— Elle a un besoin terrible d'être aimée, remarque Elisabeth. Souvent, elle nous dit : « Celui-là, tu vois, il me fait la tête. Mais, un jour, il m'aimera ! » Il faut que les pauvres l'aiment. Elle dit que ce n'est pas pour elle, mais que l'amour est contagieux. Pour entrer en relation avec un être, quel qu'il soit, il faut d'abord le restaurer dans sa capacité à aimer. Un jour, nous avions un sans-logis très brutal, et elle m'a dit : « Je vais lui apprendre à avoir des relations humaines. » Eh bien, elle l'a adouci.

En quittant la boutique, je jette un regard discret aux alentours pour savoir si un passant m'observe. Ai-je vraiment l'air d'un SDF ? Et puis, quand cela serait ? Je n'en plairais que plus à sœur Emmanuelle.

IV

CONSEIL D'ADMINISTRATION
DE L'ASSOCIATION

J'ai demandé à assister au conseil d'administration annuel des *Amis de Sœur Emmanuelle*. Avant la séance, qui s'ouvre en fin d'après-midi, je rends visite à Catherine Alvarez. Depuis des années, il y a entre nous plus que de l'amitié, de l'affection. La joue pleine et l'œil vif, avec dans le physique quelque chose d'une fraîche fille de la montagne, elle parle d'une voix ferme et claire comme son caractère. Je lui fais raconter comment elle a connu l'association dont elle est aujourd'hui la directrice.

— J'étais dans l'immobilier et j'avais même fondé mon agence. Les affaires marchaient bien, mais c'était un travail sans autre horizon que d'arrondir son compte bancaire. J'en avais ras le bol ! J'ai vendu mon affaire et j'ai regardé autour de moi. Je connaissais depuis l'adolescence Benoît Lambert et nous nous étions occupés ensemble d'organiser les loisirs des handicapés mentaux. Personne ne s'en souciait à l'époque. Benoît avait été un bénévole très actif dans ce groupe de jeunes. Puis il avait fait la connaissance de sœur Emmanuelle en Egypte.

— Oui, dis-je, je me souviens de lui. Un homme de petite taille aux yeux clairs qui était professeur de lycée ?

— C'est cela. Donc, quand il voit que j'avais vendu mon agence, il me demande ce que j'ai l'intention de faire et je lui réponds : « Je vais me chercher un travail plus intéressant. » Et il me l'a trouvé à l'Aide sociale et médicale à l'enfance du tiers monde. Cette ASMAE était, à l'origine, une initiative belge. L'idée de mettre ce que j'avais appris en matière de gestion au service de la cause des enfants malheureux me plaisait beaucoup.

— Connaissais-tu Emmanuelle à l'époque ?

— A peine. Elle était venue déjeuner chez mes parents une fois. A dire vrai, si j'admirais ce qu'elle faisait, je la trouvais un peu trop autoritaire. En outre, je suis croyante mais j'ai toujours eu beaucoup de réticences devant les églises et les institutions. J'ai accepté l'offre à titre d'essai. Benoît Lambert avait trouvé comme administrateur et trésorier Bernard Mignot qui était profondément humain et alliait la compétence à l'idéal.

J'approuve car j'ai connu cet homme bronzé et souriant sous sa chevelure blanche qui avait un peu l'allure sportive et juvénile d'un hommes d'affaires américain conservé par le golf. Derrière cette apparence se cachait un être infiniment dévoué aux autres. Il avait dirigé IBM en Egypte où il avait fait la connaissance de sœur Emmanuelle.

— Donc, reprend Catherine, je vais voir Emmanuelle au Caire en compagnie de Benoît. J'étais si peu sûre de rester que j'avais tenu à payer mon billet. A mon retour, je débarque dans l'Association en même temps que Bernard Mignot, et nous faisons aussitôt équipe. Nous avions la même vision de ce qu'il fallait faire. La bonne volonté, la gentillesse, l'attachement à sœur Emmanuelle tenaient lieu de tout. Evidemment, nous avons dérangé et certains amis d'Emmanuelle sont partis mécontents, ce qui l'a mise en porte à faux à leur endroit.

— Vous en a-t-elle tenu rigueur ?

Je crois percevoir dans l'attitude de Catherine une légère hésitation. Elle balaie de la main un obstacle invisible.

— Avant mon arrivée, elle n'avait eu affaire qu'à des jeunes filles ou à des dames en extase qui filaient doux devant elle. Elle était obligée de choisir : ou on continuait dans l'improvisation ou on revoyait tout de fond en comble et l'on mettait en place une véritable organisation. Elle aurait préféré, bien sûr, continuer à fonctionner sur le mode affectif, comme avec Benoît qu'elle considérait comme son fils. Mais elle était en Egypte, la date de sa retraite approchait et elle vivait dans la hantise que l'argent ne rentre plus pour les pauvres. Bernard lui a dit que je venais d'être contactée par un chasseur de têtes. « Sœur Emmanuelle, c'est vous la patronne. Vous avez à choisir entre le cœur et la raison ! » Elle a choisi la raison. Je dois reconnaître que, depuis dix ans que je travaille avec elle, elle a toujours choisi la raison quitte à en souffrir quand certains de ses amis claquaient la porte.

— C'est tout à son honneur.

— Sans doute, mais quand il lui arrive de blesser l'un d'entre eux, elle voudrait qu'il se comporte comme si rien ne s'était passé. C'est une femme dont les blessures se cicatrisent vite et bien. D'autres sont plus fragiles. Les gens se précipitent vers elle, lui donnent sans compter, se consacrent corps et âme à elle, se laissent envahir par sa forte personnalité et, le jour où elle est obligée de prendre ses distances, ils se sentent orphelins et affreusement malheureux. Moi, je ne répondais pas du tout à ce profil psychologique. Par exemple, jamais je ne lui parlerais de ma vie privée. C'est ainsi que j'ai pu établir avec elle un rapport égalitaire et, tout en l'aimant beaucoup, ne pas devenir l'une de ses béni-oui-oui. Elle me jugeait «dure». C'est son mot.

— A-t-elle essayé de t'attendrir?

Catherine ne peut s'empêcher de sourire à un souvenir.

— Elle avait mis beaucoup d'espoir dans mes maternités. Quand j'ai eu mon premier enfant, Aliénor, elle m'a dit: «On voit que tu es devenue maman, tu es beaucoup plus douce.» Mais elle a vite déchanté et je me suis remise à lui tenir tête quand je le jugeais nécessaire.

— Pourquoi ne lui demandez-vous pas de voyager, de visiter vos opérations outre-mer, puisqu'elle est en état de le faire?

— Elle appartient à une congrégation dont nous ne pouvons pas méconnaître les droits. A son retour en France, nous demandions de temps à autre, avec toutes sortes de précautions, d'avoir recours à elle. Hélas, pendant ce temps, elle acceptait de son côté toutes les invitations qui pleuvaient sur sa tête. Alors, nous avons décidé de l'impliquer davantage dans la vie de l'Association. Ainsi, nous l'avons emmenée au Burkina-Faso.

— Quel est son rôle exact? Patronne à poigne? Autorité de tutelle? Statue du Commandeur? Image emblématique?

— Ni patronne à poigne ni statue du Commandeur. Nous voudrions qu'elle fût la Mère qui laisse grandir en bénissant.

— De toute façon, votre image sera difficilement aussi belle, aussi émouvante que celle de cette vieille femme qui a vécu vingt ans dans les bidonvilles du Caire. Normal, le business, ça manque de lyrisme!

J'ajoute, malicieusement:

— Peut-être vous trouve-t-elle un peu prosaïques. Ou pas assez catholiques?

— Je ne le pense pas. Nous n'avons aucun caractère

confessionnel et elle le comprend très bien. Pour les gens, elle est la grand-mère aux soixante mille enfants. Aux termes de nos statuts, nous fondons notre action sur « son expérience de développement au profit des plus pauvres et en partenariat avec les associations locales ». Quand repars-tu à Callian ?

— La semaine prochaine seulement. J'espère qu'elle se sera sorti de la tête l'idée que je veux faire son portrait ! Quand elle s'y met, elle est plus têtue qu'une mule. La mule du pape, bien entendu !

— Fais comme moi. Dis-toi que c'est une chance extraordinaire de croiser sa route et de travailler avec elle. Elle a du caractère et on se chamaille parfois avec elle, mais après, on se sent très bien.

L'heure du conseil d'administration est arrivée. Le plus discrètement possible, je me glisse parmi la douzaine de personnes qui s'installent autour de la table sans préséance ni protocole. Des verres, des bouteilles d'eau et de jus d'orange et des sachets de pommes chips laissent prévoir que la séance sera trop longue pour nous permettre d'aller dîner. Rien ne distingue Emmanuelle des autres participants. Après la lecture du bilan et la présentation par Catherine de l'état des projets dans différents pays, elle prend la parole à propos de l'Egypte et des activités de sa chère sœur Sara. Dans la suite de la séance, elle s'exprimera seulement après avoir écouté tout le monde et ne donnera à aucun moment l'impression de disputer à Christiane Barret, présidente de l'Association, la direction des débats.

Le climat de la réunion est serein et très professionnel, les exposés précis, les discussions animées. De toute évidence, rien n'a été décidé à l'avance comme c'est si souvent le cas dans ce genre de rendez-vous institutionnels. L'un des points de l'ordre du jour porte sur :

«Méthode et calendrier de notre réflexion identitaire et statutaire.» Ici, on n'a pas peur des indiscrets. Pour «avoir un regard neuf», l'assemblée décide de faire appel à un cabinet de consultants en communication.

La discussion aborde le sujet principal: les projets en France. A cet égard, le «comité de réflexion» a mené un travail important. Deux actions sont envisagées, l'une portant sur l'aide aux familles et l'autre sur la création d'un centre d'accueil des sans-logis. Contrairement à son habitude, l'Association agira directement et en son nom. «Par rapport à notre savoir-faire, quel projet nous correspond le mieux?» demande une intervenante. Une autre voudrait savoir si l'admission des sans-logis se fera uniquement par le biais des assistantes sociales et il est décidé de laisser la porte ouverte à la «demande directe». Pour sa part, Emmanuelle insiste sur les difficultés qu'il y a à travailler dans le concret et observe: «Il faut soigner les jeunes dans leur famille avant que la rupture se fasse et qu'ils finissent à la rue.» Elle remarque que la personne qui s'occupera du foyer devra «vivre sur le site et être douée de qualités humaines et surtout d'écoute, car les gens vivant dans ces endroits en ont besoin». C'est tout son portrait qu'elle brosse là!

MA VENGEANCE RÊVÉE

Hier soir, sans doute fatiguée par une dure journée, elle m'a reproché, une fois de plus, de préparer un « portrait ». Dans un moment d'impatience, j'ai répliqué qu'elle « me cassait les pieds ». J'ai osé lui dire cela, à elle qui s'est cassé les pieds pour les autres, au propre et non au figuré ! Puis je suis allé me coucher. Dans ma chambre du Relais du Lac, je me suis endormi en retournant dans mon esprit les termes de notre petite algarade.

Et j'ai fait un rêve. Vêtu de ma robe solennelle et désuète de professeur, je prenais part, dans une grande salle, devant une brochette de prélats, au procès en béatification de sœur Emmanuelle. J'étais le promoteur de la Foi, plus connu sous le nom d'avocat du diable, qui a pour mission de torpiller la cause du saint.

— Quel était le principal défaut de la candidate ? demandai-je à une vieille dame citée comme témoin.

— Elle était trop satisfaite d'elle-même.

Je me frottai les mains.

— Pouvez-vous nous donner quelques exemples ?

— Certainement. Elle rappelait à tout propos que, jeune,

elle avait un vif succès auprès des garçons et qu'elle se maquillait en cachette de sa mère.

— C'est tout ?

— Non. Elle répétait dans toutes les interviews qu'elle avait eu, autour de la quarantaine, un coup de cœur pour un homme. Elle en était fière ! Elle, une religieuse ! Ce sont des choses qu'on avoue seulement à son confesseur.

— Et encore ?

— Elle exhibait ses photos de jeune fille en faisant remarquer à tous combien elle était ravissante. Une religieuse !

— Avait-elle été d'une beauté exceptionnelle ? J'entends, d'une beauté qui, sans la justifier, pourrait expliquer cette vive satisfaction de soi ?

— Pas que je me souvienne. Elle avait le nez un peu fort et les joues tombantes.

Je me tournais alors vers l'auguste tribunal de la Cause des saints.

— Il n'y a aucun doute, mes Pères. La candidate était narcissique. Elle s'attardait avec complaisance sur l'image flatteuse qu'elle se faisait d'elle-même. Quelle que soit, par ailleurs, l'héroïcité de ses vertus et son incontestable dévouement aux pauvres, elle a oublié l'essentiel : *Vanitas vanitatum et omnia vanitas !* D'ailleurs, elle en convenait elle-même.

— Allons donc ! protestait le Défenseur de la cause. Sœur Emmanuelle coquette ! Chacun se souvient qu'elle portait des baskets usées et se souciait aussi peu de son aspect que de sa célébrité.

A cet instant, je citais une anecdote :

— Un témoin digne de foi quoique laïque m'a rapporté que, se trouvant un jour avec la candidate dans le métro parisien, tous deux virent une grande affiche d'une agence de voyages. Elle représentait une religieuse en cornette qui portait des lunettes de soleil sur lesquelles se reflétaient des palmiers et une plage de sable blanc. Il s'agissait d'une publicité profane abusant d'une image respectable. A cette vue, la candidate se serait exclamée : « Mais qu'a donc fait cette religieuse ? Pourquoi a-t-elle son portrait dans le métro ? Elle n'est tout de même pas plus célèbre que moi ? »

— Infâme ragot !

— Hélas véridique ! poursuivis-je, implacable. Et puis, tous ces livres ! La candidate visait-elle le Nobel de lit-térature ? Que n'a-t-elle pris exemple sur mère Teresa, qui, cachée aux yeux du monde, devint célèbre malgré elle ! Mais voilà : Emmanuelle aimait trop séduire. Elle don-nait à celui qu'elle voyait pour la première fois l'im-pression qu'il était très important, très intelligent. Elle était autoritaire, que dis-je ? impérieuse. Elle faisait mar-cher les gens à la baguette. Ainsi, elle a tourmenté un mal-heureux enseignant qui voulait lui consacrer un deuxième livre. Sans doute le premier ne lui semblait-il pas assez élogieux !

Je foudroyais du regard le défenseur de la cause avant de lui porter le coup de grâce.

— Un jour, le Seigneur a rappelé la candidate à la modestie. Elle avait été invitée par l'épouse de l'ambas-sadeur d'Egypte à Paris à un « déjeuner de dames ». Or, à son grand dépit, lesdites dames ne lui prêtèrent aucune attention. Deux jours plus tard, elle rencontra l'une des invi-tées qui lui donna le fin mot de l'affaire. Ces dames, en recevant le bristol, avaient toutes compris qu'elles allaient rencontrer l'héroïne d'un film à succès dont, paraît-il, le niveau moral est déplorable.

Mon rêve s'est interrompu à cet instant, les images des deux Emmanuelle se mêlant dans mon esprit de façon inconvenante. En m'éveillant, j'ai cherché en vain à savoir de qui je tenais ces anecdotes diffamatoires. Peut-être de Satan en personne ?

Au matin suivant, j'arrive un peu honteux dans la chambrette d'Emmanuelle et je me dispose à lui faire des excuses mais, de toute évidence, elle ne souhaite pas revenir sur ma malheureuse évocation des pieds cassés.

— On va prier une minute, me dit-elle tout miel tout sucre. Comme ça, je serai plus gentille.

Elle ne m'en veut nullement de ma sortie irrévérencieuse. Au fond, elle aime bien les gens qui lui tiennent tête. Elle a déjà classé l'incident.

— Pourquoi y a-t-il un tremblement de terre et, d'un seul coup, dix mille personnes qui meurent ? demande-t-elle. La terre qui se retourne contre toi et qui t'engloutit, c'est le scandale absolu.

— Au XVIIIe siècle, dis-je, le grand tremblement de terre de Lisbonne a été invoqué comme la preuve que Dieu n'existait pas.

— On ne posait pas la vraie question. Est-ce une catastrophe dans l'éternité ou une catastrophe dans le temps ? Si l'homme ne vit que pour le temps présent, la mort d'un enfant programmé pour vivre longtemps n'a aucun sens. Mais s'il n'est pas seulement à pourrir dans un trou, si son âme d'enfant entre dans des éternités de bonheur, dans la joie de Dieu, tout prend un sens. Si tu as la foi, tout a un sens. Vivre quelques années de plus ou de moins sur terre n'est pas le but suprême. Le but suprême, c'est la Rencontre. Pour nous, pauvres taupes qui ne voyons pas plus loin que notre nez, la mort d'une jeune fiancée dans un accident de voiture est une catastrophe absurde, c'est vrai. Mais s'il y a autre chose ? A la souffrance, il n'y a pas d'autre réponse. Moi, en tout cas, je n'en vois pas d'autre.

Combien de fois, devant le scandale et l'horreur, s'est-elle tenu ce discours dont, pour ma part, je sens les limites ?

— Non, ce serait trop absurde ! reprend-elle. Ou tu crois ou tu ne crois pas. Le seul vrai problème, c'est : Où va-t-on ?

Très intéressée par la visite de Jean-Paul II en Egypte, elle se lance dans un éloge de ce « pays béni de Dieu » qui a vu Abraham, Moïse et l'enfant Jésus.

— Le pape dit au peuple chrétien qu'il faut revivifier l'Alliance. L'Egypte mérite de notre part un amour infini !

L'heure du déjeuner est arrivée sans qu'elle paraisse s'en apercevoir.

— Qu'est-ce qui se passe, ma sœur ? Vous n'avez pas faim ?

— Ce n'est pas cela, mais aujourd'hui, je jeûne.

— Pourquoi donc ? Ce n'est ni carême ni même ven-dredi !

— Je l'ai promis à la Vierge de Medjugorje. On dit qu'elle demande aux religieux de jeûner au pain et à l'eau le mercredi et le vendredi. Moi, à mon âge, je ne peux le faire qu'une fois par semaine, et puis, du pain seulement, ça me gonfle l'estomac. On va m'apporter un peu de riz à l'eau tout à l'heure. Veux-tu le partager avec moi ?

— Euh… Non merci, sans façon.

Elle évoque ses deux pèlerinages à Medjugorje en Croatie, où des apparitions de la *Gospa*, la Vierge, dans les années quatre-vingt ont provoqué l'afflux de millions de pèlerins. Cela a posé un problème au Vatican, l'évêque du lieu se montrant réticent.

— La dernière fois, les trois voyants étaient au fond de l'église, dans la tribune. On leur tournait le dos.

— Les voyants ?

— Oui, ceux et celles qui disent avoir vu la Vierge. On les appelle comme ça. L'atmosphère était très calme, sans aucune exaltation. Vraiment extraordinaire. La piété est profonde dans ce pays. On a fait le chemin de croix puis j'ai rencontré l'une des voyantes. Une femme très simple qui m'a fait bonne impression. Elle ne se mettait pas du tout en valeur et elle avait l'air plutôt gênée. Elle a répondu à mes questions avec humilité et sobriété. On sentait en elle une joie sereine, sans aucun mysticisme douteux. Il faut que tu y ailles. Il y a là-bas une sœur Emmanuel, comme moi mais au masculin. Elle est fantastique.

— Mais ces apparitions, vous y croyez ?

— Comme je te l'ai déjà dit, moi je ne vois rien. Alors, ce que voient les autres ! Je sais seulement que beaucoup de gens qui vont là-bas en reviennent convertis. Il y a des guérisons, mais la seule vraie guérison est celle du cœur. La guérison physique ne fait que suivre. Il paraît que le pape a dit qu'il y serait allé s'il n'y avait pas eu ces controverses, mais qu'il ne pouvait pas désavouer l'évêque. Aujourd'hui, l'évêque est mort et la situation a changé. Le père Lustiger m'a dit que plusieurs jeunes prêtres ont découvert leur vocation en Croatie.

Je lui dis que l'abbé Laurentin a une haute opinion de Medjugorje et l'a soutenue au Vatican. J'ajoute que l'historicité ou l'authenticité du miracle importe moins au bout du compte que le surgissement d'un lieu où souffle l'esprit.

— C'est comme la Sainte-Baume, me dit-elle. Marie-Madeleine n'y a jamais mis les pieds, c'est une jolie légende que celle des saintes femmes traversant la Méditerranée dans une barque. Il n'empêche qu'elle y est présente par les prières qui montent vers elle. C'est un lieu de pèlerinage extraordinaire.

— Comme Assise.

— Assise est inégalable. Saint François est mon saint !

— Renan disait qu'il avait été le seul chrétien à avoir suivi Jésus jusqu'au bout.

— Il n'a pas été le seul.

Notre entretien est interrompu par l'arrivée du riz à l'eau. Elle rit en me voyant tordre le nez.

— Tu devrais en manger. Ce n'est pas une affaire ! C'est une formule dont elle use volontiers quand quelque chose ne lui semble pas tirer à conséquence.

Je profite de sa belle humeur pour revenir sur le sujet qui nous a opposés la veille.

— Franchement, ma sœur, vous avez grand tort de me reprocher de vouloir faire votre portrait. Vous dites qu'aucun portrait ne peut accéder à la vérité profonde d'un être ; c'est vrai, mais telle n'est pas mon intention.

Elle sourit. La partie est à moitié gagnée.

— Alors, ne me dites plus jamais que je vous fais perdre votre temps. D'accord ?

— D'accord ! concède-t-elle. Fais de ton mieux et tout ira bien. Bon, alors qu'est-ce que tu veux encore me demander ?

— Ce livre que vous préparez, *Richesse de la pauvreté*, où en êtes-vous ?

— C'est difficile. Le père Philippe Asso me dit de descendre en moi, mais je ne suis sans doute pas encore descendue assez profond. Je veux montrer l'extraordinaire richesse humaine qui se trouve dans la pauvreté. J'ai découvert cela en Egypte. C'est valable partout.

— Peut-être un peu moins en France ?

— Les Français sont des révoltés, qu'ils soient riches ou pauvres. Tiens, regarde nos SDF. Hier, il y en a deux qui sont allés fumer dehors puisqu'ils ne peuvent pas le faire dans la boutique. Je les ai accompagnés pour causer. Tu connais la rue ; elle est très étroite. Une voiture a passé par là avec deux femmes à bord et, forcément, elle nous a frôlés. Les femmes nous ont regardés une seconde, mais sincèrement, il n'y avait rien d'offensant dans ce regard. Eh bien, les deux hommes en tremblaient de rage :

« Vous avez vu le regard qu'elles nous ont jeté ! Comme à des chiens ! » Voilà où ils en sont. Des écorchés vifs ! En vingt-deux ans de bidonville, je n'ai jamais vécu ça. Parfois des femmes se révoltaient contre un mari qui les battait, ça oui. Mais il n'y avait pas cette hargne contre les gens de l'extérieur. On formait une petite société solidaire et on y trouvait un vrai bonheur. C'est cela, la richesse de la pauvreté.

— Ce qui peut marcher, dis-je, c'est une petite société de travailleurs. Le travail en commun donne aux gens le sens de la fraternité.

— C'est une preuve que le bonheur de chacun vient de la relation à l'autre. Sinon, il ne s'agit que du divertissement dont parle Pascal. En latin, *divertere* ça veut dire se détourner de. Les gens ne se sentent vraiment libres et heureux que s'ils abandonnent une partie de ce qu'ils ont.

— Voilà ce qu'il faut dire dans votre livre. Vous n'avez qu'à donner des exemples de ces êtres qui se débarrassent du superflu.

— Il faut s'alléger, reprend-elle. Comme les éclaireurs dans l'armée de César. Les légionnaires étaient chargés comme des mulets, mais les éclaireurs ne portaient rien. Cela leur permettait de marcher en avant des autres pour ne pas être surpris par l'ennemi.

— Dans le monde tel qu'il est, dis-je, consommation rime avec consolation. On cherche à se rassurer en accumulant des objets et des possessions.

— Chez mes chiffonniers, les portes restaient toujours ouvertes. J'arrive en Europe et il me faut, pour entrer chez quelqu'un, parler dans un interphone, connaître des codes secrets. J'ai été estomaquée, il n'y a pas d'autre mot. La première fois, je me suis dit : « C'est donc un pays de bandits pour qu'il faille prendre tant de précautions. »

— Ne confondons pas ! L'insécurité existe, et il est normal que les gens se protègent des voleurs. Fermer bien sa porte, après tout, c'est légitime. Moi, ce qui m'estomaque, c'est que la relation à l'autre fait peur. On se défend contre l'autre.

Emmanuelle m'approuve. Cela l'a beaucoup frappée.

— C'est le contraire de l'Afrique. Là-bas, la relation humaine passe avant tout. Pense qu'un homme, quel que soit son âge, qu'il soit marié ou non, va voir sa mère tous les jours aussi longtemps qu'elle est en vie. C'est une source de joie extraordinaire. On a le sens de la communauté. Ici, il est absent.

— N'allons pas trop loin tout de même, ma sœur. Même les Français s'engagent dans des actions collectives. Songez qu'il existe ici près de cinq cent mille associations.

— Cinq cent mille ! Il faut que je note ça. Tiens, va chercher dans l'armoire le papier marqué « brouillon », là, juste devant toi ! Voilà. Tu es complaisant, tout de même ! Décidément, tu n'es pas méchant. On fera quelque chose de toi.

Et voilà la femme que j'ai refusé de béatifier en rêve !

CLAUDE PLAIDE POUR LA «JARDINOTHÉRAPIE»

La façon dont on s'occupe des SDF ne satisfait pas Emmanuelle. Elle constate qu'au bout du compte les résultats sont incertains et médiocres. Il ne suffit pas de les aider à survivre.

— Regarde Hervé et Raphaël. On a beau aller les voir toutes les semaines, on ne réussit pas à leur donner du tonus. Ce n'est pas une solution de laisser ces jeunes regarder des inepties à la télévision et boire de la bière.

— C'est vrai, concède Claude. De toute façon, Paola ne peut être qu'une rustine sur la misère. Nous travaillons dans l'urgence et nous en sommes conscients mais comment faire autrement?

— Dans une grande maison à la campagne, dit Emmanuelle, nous pourrions loger une quarantaine de nos gars. Ils y vivraient en communauté et ils travailleraient.

Je donne un avis fondé sur ma connaissance de l'épopée d'Emmaüs.

— Une douzaine de personnes, pas plus, du moins au début! Sinon, ce sera le désastre. On n'improvise pas une communauté; il faut qu'elle grandisse peu à peu comme un être vivant.

Claude évoque les diverses solutions retenues par les autres. Certaines associations, tel le Patriarche, censé guérir les toxicomanes, relèvent de la secte pure et simple, sous l'impérieuse et douteuse tutelle d'un gourou. En revanche, le père Guy Gilbert, le prêtre des loubards, semble obtenir des succès avec sa zoothérapie. Les jeunes en difficulté s'occupent d'animaux.

— Moi, je pense qu'il faudrait leur faire cultiver des légumes, dit Claude. Cela, ça marche toujours. Avec le RMI, un potager, des poules, des lapins, une communauté peut très bien vivre.

Claude nous fait un petit exposé des mérites de ce qu'il appelle la «jardinothérapie». Il évoque l'Arche fondée par Lanza del Vasto sur le plateau du Larzac.

— Ils font leur pain eux-mêmes et ils mélangent les anciens et les jeunes.

— C'est bien. Ce qu'il nous faudrait, c'est un chef de communauté. J'ai pensé à Sylvain, dit Emmanuelle, toujours expéditive et concrète.

— Quand j'ai rendu visite au père Guy Gilbert dans sa ferme des gorges du Verdon, poursuit Claude tout à son obsession jardinière, je lui ai demandé pourquoi il ne cultivait pas des légumes, et il m'a envoyé promener dans son style : «Fais pas chier!»

— Moi aussi, je suis allée le voir, dit Emmanuelle. Il m'a expliqué que l'agriculture, c'est trop lent. Quand ses gosses s'occupent d'un animal du zoo, ils voient le résultat tout de suite. Ils n'ont pas la patience d'attendre que les tomates poussent. Les jeunes ne sont pas patients. Il faut les faire jubiler. Regarde le père Jaouen avec ses croisières sur un voilier. Là, les jeunes s'éclatent. Il y a aussi un prêtre qui fait de la montagne avec des jeunes. Comme dans le film *Himalaya*! Un beau film, hou, hou!

— La première chose qu'ont faite les gamins de Gilbert, dit Claude, ça a été de piquer la bagnole du maire. Heureusement, c'était un brave homme et il ne s'est pas braqué.

Emmanuelle rit. Les atteintes au droit de propriété ont le don de l'amuser.

— Allez, Claude, trouve-moi la perle rare pour ma grande maison !

Nous en restons là car elle doit se reposer un moment. Quand nous nous retrouvons en tête à tête, Claude me fait à nouveau l'éloge du jardinage éducatif. Il me demande des précisions sur Lanza del Vasto.

— C'était un grand homme, dis-je. Je te passerai ses livres. Il mériterait d'être mieux connu. On pourrait envisager que sœur Emmanuelle soit une sorte de marraine de cette grande maison sans avoir de rôle officiel ou directeur. Il ne faut pas qu'elle prenne ça sous son bonnet. Ce serait maladroit et peu efficace.

— D'accord. Je vais établir un projet dans ce sens.

— Comment va Paola ?

— Dur ! La sœur a raison, il faudrait resocialiser ces gars et cesser de bricoler. Tu te souviens des deux jeunes que j'ai essayé de placer à la villa Sainte-Camille ?

— Ceux qui dormaient dans la carcasse de voiture ?

— Exactement. Le père Muller n'a pas pu les garder parce qu'ils refusaient tout travail. Ils sont retournés chez leurs parents. Je les ai fait placer sous tutelle pour contrôler un peu le père qui les martyrisait, mais ce n'est pas une solution. Il faudrait une communauté. Ils sont trop cassés. Mais tu as raison, il faut peu de membres. Sinon, ils te tirent la communauté vers le bas. Toi, tu penses qu'on ne peut pas y mettre des femmes ?

— Ce n'est pas moi qui l'ai constaté, c'est l'abbé

Pierre. Il m'a dit un jour : « Si j'introduis des femmes dans les communautés, c'est comme si je demandais aux gars de tenir un bar-tabac en leur interdisant de boire et de fumer. »

NATHALIE A L'ART DE SENSIBILISER LA JEUNESSE

Dynamique et vive, parlant d'une voix très douce, avec aisance, rapidité et une grande précision dans les termes, Nathalie Barbier est arrivée à l'Association en 1992. Amie de Catherine Alvarez, elle avait d'abord mené avec elle une action en faveur des handicapés mentaux. Elle a choisi le métier d'infirmière en réanimation. Puis elle a milité au sein d'Amnesty International.

— Vous devez trouver une grande différence, dis-je, entre Amnesty et les *Amis de Sœur Emmanuelle* ?

— Cela n'a strictement rien à voir. A Amnesty, les gens dont nous nous occupions à longueur d'année croupissaient dans des prisons et nous n'apercevions jamais leur visage. Ici, on a un contact direct avec les enfants.

— Est-ce pour cela qu'il y a tant de femmes dans l'Association ?

— Peut-être. Les femmes vont naturellement au secours des enfants. Cela dit, la personnalité de sœur Emmanuelle nous séduit tous par son charme et son côté franc-tireur.

Tiens ! me dis-je, enfin une groupie ! Mais très vite je me rends à l'évidence : Nathalie est tout simplement enthousiaste. Et il y a des gens que l'enthousiasme dérange. Quand j'avais écrit il y a dix ans mon *Insurgé de Dieu*, un constipé de la presse avait confondu mon empathie avec une «hagiographie de vitrail».

— Et vous, quel est votre travail ici ?

— J'assure la relation avec les jeunes. Je travaille en amont, je les sensibilise à notre action et, plus généralement à l'humanitaire. Quelques-uns de ces jeunes partent dès leur majorité sur nos chantiers. Je saisis un micro et je leur parle dans leurs écoles. Le plus souvent, ce sont des écoles privées ou religieuses, bien sûr, car dans l'enseignement public, notre nom nous dessert, bien que nous ne soyons pas une association confessionnelle.

— Quel âge ont vos auditeurs ?

— Je m'adresse à deux catégories, les 14-15 ans et les 20-21. Les premiers sont pleins d'allant, et ça marche du feu de Dieu, si j'ose dire. Avec leurs aînés, c'est moins facile. Ils posent plutôt des questions pratiques.

— On dit que notre jeunesse est désenchantée, blasée…

— Ce n'est pas si simple. En fait, les jeunes sont dans un monde de changement rapide et de compétition impitoyable. Alors, il est normal qu'ils donnent l'impression de fuir les engagements, l'idéal, l'action désintéressée. Si les jeunes de la nouvelle génération s'engagent peut-être moins que la précédente, c'est parce qu'ils sont plus sollicités et ont peur de ne pas pouvoir tout mener de front. Ils sont tout aussi sensibles aux grandes causes.

— Quel langage leur tenez-vous ?

— Je leur explique qu'il existe un autre regard sur le monde que celui du succès, de l'argent, de la carrière. Nous voulons leur faire sentir que la relation humaine n'est pas seulement un rapport de force et que l'attention à l'autre est essentielle.

— Vous travaillez en milieu favorable ?

— Les élèves des écoles privées sont plus faciles à convaincre mais il m'arrive de parler aux jeunes d'aumôneries. Ils sont très enthousiastes et souhaitent, avant tout, participer à un monde de justice. Les aumôneries sont des lieux de rencontre et d'entraide.

— Vos visites entraînent-elles des conséquences concrètes ?

— Oui. Des *clubs yalla* se constituent par référence au mot arabe « en avant » cher à sœur Emmanuelle. Ce sont de petites associations de collégiens avec président et trésorier qui mènent des actions concrètes avec l'argent gagné par de menus travaux. Le premier de ces clubs s'est formé à Montigny-le-Bretonneux. Actuellement, il en existe quatre et d'autres s'annoncent. Celui d'Enghien-les-Bains est très actif, il est en train de préparer un site sur Internet.

— Quel est le profil psychologique des jeunes qui partent en chantier ?

— Ils sont motivés et conçoivent les rapports avec le monde sous-développé sans condescendance mais avec réalisme et intelligence. Si l'on prétend aider le tiers monde, nous n'avons pas à y exporter nos misères, il en a bien assez. Nous n'envoyons pas seulement là-bas des gens de condition aisée ou des jeunes.

Elle fouille un instant dans un tiroir et en sort une pile de feuillets qui portent en marge des annotations, comme des copies d'examen.

— Ce sont les questionnaires que nous faisons remplir au retour des chantiers. Voici Catherine, de Boulogne, revenant des Philippines : « *Le démarrage n'a pas été simple. Une chaleur accablante, un langage inconnu, le tagalog, et plus d'une centaine d'enfants autour de nous attendant de notre part des idées de jeux, de chansons et d'amusements. Mais plus les jours passaient et plus le bidonville devenait notre bidonville, nous procurant un bonheur intense. Je peux définir cela comme un voyage du cœur, un don de soi pour les autres aux retombées magnifiques de bonheur et de bien-être. »*

Irène, de retour d'Egypte : « *Travail assez dur, toute la journée en plein soleil. J'ai appris à vraiment respecter la culture égyptienne dans notre habillement et l'image que nous véhiculons de la France.* »

— C'est réconfortant, dis-je. Vos bénévoles ont compris que, sans le respect, l'assistance est une insulte.

— Tenez, en voici un autre. Il s'appelle Nicolas et revient du Burkina-Faso : « *Le contact humain était un élément déterminant et de ce côté là je suis très satisfait, bien qu'avec certains adultes il ait été un peu difficile du fait de la couleur de ma peau. Le Blanc est pour eux assimilé à la richesse, ce qui est compréhensible mais me dérangeait beaucoup... Je pense avoir apporté aux enfants de la joie, de l'affection et un changement dans leur vie quotidienne. Par ailleurs, ce séjour m'a sensibilisé de façon directe à la pauvreté, à la dure réalité de la vie quotidienne. Je pense qu'il m'a apporté de la maturité. Après une telle mission, je pense qu'il faut bien réfléchir au sens que revêt un projet collectif à but humanitaire et bien sonder ses motivations de départ. Il faut beaucoup discuter pour corriger ses a priori et ses préjugés.* » Nicolas ferait un excellent coordinateur ; il en a toutes les qualités.

— Parvenez-vous à éveiller des vocations hors des milieux aisés ?

— Quand on évoque l'entraide et la justice, tous les jeunes sont partants. J'en veux un peu à l'Education nationale qui gave les élèves de programmes remis en question régulièrement sans leur donner la part de dépassement et de rêve dont ils ont besoin.

Nous tombons d'accord sur un point : lorsqu'un jeune éprouve une passion ou prend conscience d'une vocation, c'est parce qu'il a rencontré un professeur hors normes qui a fait éclater le cadre étouffant de l'enseignement. Je raconte que je dois beaucoup à deux de ces hommes d'exception. Mon instituteur en Ariège, M. Bergès, était, au sens propre du terme, un enseignant prodigieux. J'ai eu en sixième, au lycée Bellevue de Toulouse, un professeur d'histoire et géographie, M. Odol, qui m'a fait rêver pendant toute une année et m'a donné le goût des Grecs et des Romains pour le reste de mon existence. Qui serais-je sans ces éveilleurs d'âme ? Un spécialiste à l'horizon étroit et aux idées courtes. Je vois cela pour les étudiants en médecine auxquels je fais un cours. On fabrique des disques durs d'ordinateurs, pas les praticiens pleins de compassion et de finesse dont nous avons tant besoin.

— Qu'est-ce qui vous frappe le plus chez les jeunes d'aujourd'hui ?

— Le fait que beaucoup courent d'un moment fort à un autre sans jamais s'arrêter pour reprendre leur souffle. Ils sont successivement et avec la même énergie, internautes, amoureux, humanitaires. Ils s'engagent à fond, mais se dégagent aussi vite pour passer à autre chose. Parfois, je me demande si leur expérience chez nous leur laissera des traces durables, ou si elle sera seulement un temps fort parmi d'autres.

— L'exemple de sœur Emmanuelle est-il vraiment entraînant pour des enfants du XXIe siècle ? N'est-elle pas un personnage d'un autre temps, une figure un peu dépassée ?

— Je vous ai préparé un petit dossier qui vous permettra de juger par vous-même.

Il s'agit de rédactions faites par des écoliers après son passage. En voici quelques extraits.

Vincent : «C'est une femme rayonnante malgré son âge. On se rend compte qu'elle a vraiment souffert, mais malgré ça, elle est restée de tout son cœur (*sic*).»

Brice : «Lorsqu'elle est entrée en scène, nous nous sommes tous levés. Elle avait l'air ravie d'être entourée de jeunes. Lorsque Jonathan a posé la première question, elle a rempli la salle d'une gaieté surprenante. Tout le monde rigolait, bavardait. Au fur et à mesure que la conférence s'entamait, le ton n'était plus à la rigolade mais au sérieux.»

Isabelle : «Quelle foi il faut avoir pour partir vers un endroit inconnu, pauvre, différent, inconfortable. Elle est FORMIDABLE.»

Camille : «Moi qui m'attendais à voir quelqu'un de las qui parle du Seigneur sans trop de gaieté, j'ai été surprise. Elle portait des baskets ! Ce n'était pas les plus belles, mais cela faisait original ! Elle a même dit que s'il y avait une bombe dans l'avion du pape elle irait avec lui. Elle l'aime, le pape ! Il paraît qu'il faut qu'elle récolte deux millions de francs pour l'année prochaine.»

Emmanuel : «Je ne la voyais pas du tout comme ça. Elle est vive, drôle, énergique : elle n'est pas comme les autres.»

Laissons le dernier mot à Charles : «Ce qui m'a frappé, c'est sa petite voix toute maigrelette, avec tant de vigueur et de ferveur. C'est une dame petite mais grande.»

LA CONFESSION DU CONFESSEUR
D'EMMANUELLE

Il y a dans la salle à manger de la communauté un petit air de fête qui n'est pas dû au menu mais à la présence d'un ami. Le père Philippe Asso est venu rendre visite à sa pénitente et il partage le repas des sœurs. Pour ce prêtre jeune et bien fait de sa personne, elles auraient presque, sinon les yeux de Chimène, du moins ceux que sainte Claire devait poser sur saint François.

— Ah, comment ferais-je si je ne l'avais pas ! soupire Emmanuelle. Il me conseille bien, mais il ne me fait pas de cadeaux. Tu sais ce qu'il a mis un jour en marge d'une de mes pages ? « Ecrit par une vieille institutrice du début du siècle ! »

Tout le monde rit de bon cœur, y compris Philippe Asso.

— Vous êtes meilleure à l'oral qu'à l'écrit, dis-je. Dès que vous ouvrez la bouche, vous êtes passionnante.

— Peut-être, mais je vois bien que, toi aussi, tu es contre mon livre sur les femmes.

— Ce livre ! soupire Philippe Asso, j'ai bien peur que ce soit une erreur.

Elle fouette l'air d'une main indignée.

— Une erreur ! Hou, hou ! Rien que ça ! Enfin, donne-moi un coup de main ! Sois serviable. Tu es prêtre après tout !

Philippe ne se laisse pas convaincre.

— C'est une erreur. Tu n'es pas la mieux placée pour parler de l'amour, conjugal ou non.

— Ce n'est pas moi qui vais parler de l'amour. Ce sont les femmes qui s'exprimeront à travers mon livre. J'ai tout de même le droit de montrer que l'amour conjugal, ça existe !

— Mais enfin, Emmanuelle, dit Philippe Asso, dont j'admire la patience, quand je lis *Ainsi soit-elle* de Benoîte Groult, je me dis que l'auteur sait ce dont elle parle, elle a réfléchi toute sa vie à la féminité, elle a connu l'homme de très près. Ce n'est tout de même pas ton cas. Mieux vaut que tu parles de choses qui, dites par toi, donnent du sens, qui assurent l'unité profonde de ta vie et de ta spiritualité.

— Avec *Richesse de la pauvreté*, dis-je, vous êtes sur votre terrain. Personne ne vous accusera de ne rien connaître à la pauvreté.

— Il faut que je parle de l'impression d'impuissance que j'éprouve envers les sans-logis français. Chez les chiffonniers, je ne l'avais pas du tout. Il faut dire aussi que j'étais tout le temps avec eux, même la nuit. Ici, ce serait bien que je sois avec les SDF la nuit.

— Allons, allons, ne rêvons pas, tu sais bien que c'est impossible ! La nuit, tu écris, tu lis, tu pries, c'est ta part d'adoration, coupe Philippe.

— Et mes *Confessions d'une religieuse* ? Ça n'avance pas ! Pour qu'on le publie après ma mort, il faut quand même que je finisse de l'écrire avant !

Elle s'empare d'une liasse de papier vert pour prendre des notes.

— D'abord, conseille le père, souviens-toi de l'état dans lequel était ton *Jésus* dans les premiers temps de la rédaction.

— Son meilleur livre, dis-je. J'en sais quelques phrases par cœur. Celle-ci, par exemple : *« Je laisse pénétrer l'amour du Christ dans ce que saint François de Sales a appelé la fine pointe de l'âme. Chaque jour, lui et ce qui est le plus moi se touchent davantage. »* Et encore ceci qui me plaît bien : *« Le Christ aime les gens tels qu'ils sont. Je crois même qu'il a un penchant pour les plus misérables, les plus rejetés. Il s'adresse de préférence aux femmes de mauvaise vie et aux bandits. »*

— Quelle mémoire ! s'exclame Emmanuelle.

— Au début, dit Philippe, c'était un tohu-bohu pas possible ! Et tout s'est mis en place peu à peu. Maintenant, passons aux critiques. Dans la troisième partie, tu reviens à la biographie que tu es pourtant censée avoir épuisée dans la première. La troisième partie doit être thématique, pas chronologique. En outre, à propos de la façon dont tu as été amenée à t'occuper des SDF de Fréjus, tu nous racontes des conne…

Il se rattrape à temps :

— … des bobards. Voici comment cela s'est passé. Je suis allé voir Catherine pour lui dire que tu te « desséchais » si tu n'avais plus de contact avec ton charisme de pauvreté, et que c'était une perte pour tout le monde. Elle m'a demandé si j'avais une suggestion à faire. Ce n'était pas le cas. En rentrant ici, j'en ai parlé à un ancien camarade de séminaire, Gilles Rebêche ; c'est lui qui a avancé le nom de Paola. Ensuite, nous avons proposé à Paola l'engagement d'une nouvelle bénévole nommée sœur Emmanuelle.

— Oui, c'est bien cela.

— Il serait bon que tu rectifies. As-tu essayé d'enregistrer ton texte au magnétophone pour que ce soit plus naturel ? Il y a beaucoup moins de saveur quand tu écris que quand tu parles, et c'est dommage. Tu me dis souvent des choses qui sont de vraies trouvailles et qui disparaissent sous ta plume. Il faudrait les retrouver. Tes lecteurs n'ont pas rendez-vous avec une dame-professeur mais avec Emmanuelle. Il faut que tu sois plus décontractée en écrivant.

— Je n'y arrive pas. J'ai besoin de disposer d'abord d'un plan précis. Aide-moi à bâtir un plan.

— Vous n'êtes pas une sociologue et votre livre n'est pas une thèse de doctorat, dis-je alors. Racontez-nous ce que vous ressentez et ce que vous vivez. C'est cela qui intéresse les gens.

— Evite de trop zapper, ajoute Philippe. Tu passes d'un sujet à l'autre sans prévenir. Pour le reste, c'est tout simple : il faut qu'on voie les pauvres et qu'on les entende.

Sentant qu'elle commence à être agacée par cette pluie de conseils, je m'applique à détendre l'atmosphère.

— L'autre jour, vous m'avez raconté l'histoire de la directrice de la maison pour handicapés profonds. Celle qui disait : « Regardez comme il est beau ! » Eh bien, votre récit était juste, poignant, parfait. Il n'y avait pas un mot de trop. Ecrivez toujours comme ça.

— Oui, mais cette histoire, j'y pense tous les jours. Elle est entrée dans ma chair. Elle veut dire que si une femme peut avoir un tel amour pour le dernier des êtres, c'est la preuve que le Christ nous regarde et que nous sommes dans la pitié de Dieu. C'est une histoire unique.

— Des histoires comme celle-là, vous en avez des centaines avec tout ce que vous avez vécu.

— Donne-moi un carré de chocolat noir, Pierre. Il est dans le placard de la salle de bains.

Elle n'en conviendrait jamais, mais c'est la preuve que

la discussion la fatigue. Elle n'a recours au chocolat que comme reconstituant.

— Prends des notes pour ne pas oublier, conseille Philippe. Rédige seulement après. Si tu commences par rédiger un texte, ça ne marchera pas. N'oublie pas que tu n'es plus au Caire. L'action est beaucoup plus compliquée, il faut de la paperasse, des autorisations. On travaille en réseau.

— Si on allait se promener au jardin ? coupe Emmanuelle que le carré de chocolat semble avoir revigorée.

Nous nous mettons en route. Le jardin, cultivé en étages, est très pentu. Emmanuelle ne semble pas s'en soucier.

— Regardez les amandiers sauvages. Et ce romarin, mon Dieu, que c'est joli. Hou, hou ! Grimpons par là. Avançons !

— Attention, c'est raide, ma sœur.

— Et alors ? Je ne suis pas infirme. J'ai de vieux os, mais je suis jeune.

Je me place devant elle pour la hisser, et Philippe Asso derrière, afin d'arrêter une chute éventuelle. Malgré ces précautions, je ne me sens qu'à moitié rassuré et ne peux m'empêcher de penser à ce col du fémur si fragile chez les vieillards. Faire de l'escalade à quatre-vingt-onze ans ! C'est pure folie.

— Comme c'est beau ces violettes sauvages ! s'écrie-t-elle. Ici, c'est le coin de Florenzina. Il n'y a qu'elle à monter aussi haut et elle est comme moi, elle adore les violettes. Avant, il y avait deux cerisiers extraordinaires. Et le château là-haut, n'est-il pas magnifique ?

— Si on avance encore, on va sortir du domaine observe Philippe. Il y a une chaîne.

— Oui, mais ça ne fait rien. C'est une partie que la communauté a vendue mais les propriétaires nous laissent très gentiment nous y promener. Il ont une piscine où j'allais presque tous les jours en été jusqu'à l'année dernière.

Nous enjambons la chaîne et nous asseyons côte à côte sur un muret de pierre blonde dominé par un olivier, face à l'immense paysage que surplombe le château des comtes de Villeneuve. Sur la pierre sèche, elle ramasse une olive noire qu'elle porte à sa bouche.

— Ne mange donc pas ça, dit Philippe. Les vieilles olives sont acides et il n'y a plus que le noyau.

Son téléphone portable sonne et il chuchote longuement.

— Je n'ai pas ton numéro de portable, dit Emmanuelle dès qu'il a raccroché. Donne-le-moi.

— Pas question ! C'est uniquement pour les urgences, les drames et les catastrophes. Si je te le donne, tu m'appelleras à tout propos.

Elle me prend à témoin.

— Tu vois comme il est, Pierre. Les curés sont pires que les autres !

Comme toujours, la descente est plus malaisée que l'escalade. Par moments, j'ai peur qu'elle tombe. Mais les religieuses jouissant, c'est bien le moins, d'une protection spéciale du ciel, nous atteignons le Pradon sans dommage.

Tandis qu'elle fait sa sieste, je pose à Philippe la question qui m'intrigue depuis que je le connais :

Comment est-il devenu prêtre ?

— Oh, c'est une longue histoire.

— J'adore les histoires longues qui finissent bien.

— Alors, voici la mienne. Je suis issu de deux lignées méditerranéennes. Mon père est d'un village au-dessus de Nice où sa famille a vécu pendant plusieurs siècles. Ma mère, elle, était d'origine grecque. Son père venait du Dodécanèse, sa mère de la colonie grecque d'Alep en Syrie ; ils avaient fui les persécutions turques et trouvé

refuge en Egypte. Tu vois, je suis le résultat d'un mélange
de terriens et de déracinés. Ma mère était une orthodoxe
très croyante, mon père ne croyait guère, mais j'ai reçu
le baptême catholique. J'étais encore jeune quand ma mère
est tombée gravement malade. J'ai dû assumer des responsabilités.

— C'est toujours formateur, dis-je.

— Oui, mais à condition de ne pas intervenir trop tôt
comme ce fut le cas. J'étais en sixième et déjà des copains
venaient me voir pour me parler de leurs problèmes. J'ai
eu une sorte de crise mystique vers onze ans. Je voulais
être prêtre, puis cela a passé comme c'était venu. A la
puberté, j'ai rencontré la grande question : Dieu existe-
t-il ? Pour moi, Dieu ne pouvait pas exister, car s'il existait, il serait responsable de l'oppression, de la souffrance
et de l'injustice, et ce n'était pas possible. Seul l'homme
existait. Alors, après le bac, je me suis mis en tête de comprendre ce qu'était l'homme.

— En passant par la science ?

— Exactement. J'ai donc choisi, très logiquement, des
études de biologie et j'ai commencé par le plancton marin.
Ma première intention était d'étudier le vivant puis de passer aux sciences du comportement, à l'éthologie. Très vite,
j'ai compris qu'il fallait que je m'engage dans une cause
qui fît avancer l'homme et donnât un sens à ma vie. Au
bout d'un certain temps, je me suis aperçu que j'idéali-
sais la recherche scientifique en la transformant en absolu.
Elle était, elle aussi, le champ clos des rivalités de labo-
ratoires et des petitesses des savants. Bien sûr, la réussite
dans ce monde-là me tentait, mais je sentais qu'elle ne me
comblerait jamais. Il fallait que je prenne une décision
sur l'orientation de toute ma vie. J'ai traversé une crise
profonde. Je marchais dans la rue en imaginant ma vie.
Une femme, des enfants ? Cela ne semblait pas cohérent

avec mon désir de me battre sur tous les fronts à la fois. Pourtant, j'ai eu une histoire de cœur importante avec une Grecque.

— Mais où est le Christ là-dedans?

— Il exerçait depuis toujours une fascination sur moi. Je trouvais qu'il avait fait le plus beau geste humain qui fût: donner sa vie pour ceux qu'on aime. Mais attention, je n'éprouvais pas du tout l'attirance morbide ou sacrificielle que la croix suscite chez certains. Plus j'avançais en âge, plus Jésus me semblait l'homme le plus proche de la vérité. Mais je ne croyais pas qu'il fût Dieu. Un jour, le 27 septembre 1978, je suis allé voir une amie religieuse et je lui ai exposé la situation dans laquelle j'étais. Elle m'a dit: «Je n'ai aucune solution, mais si vous voulez, nous allons prier ensemble.» Je lui ai répondu: «Pourquoi pas?» J'ai fermé les yeux. Et voilà que Jésus de Nazareth, mort il y a deux mille ans et que je considérais comme un homme admirable, est devenu vivant.

— L'illumination pascalienne?

— Je n'emploierais pas ce mot-là pour définir ce qui m'est arrivé. J'ai continué à prier au sein d'un groupe et puis, un soir, tandis que je priais, j'ai vécu l'appel. Soudain, la Trinité était devenue une évidence. Le Père, le Fils et l'Esprit-Saint venaient à moi. Alors j'ai compris: Il m'appelait à devenir prêtre. J'ai pris conscience que c'était ce que j'avais toujours cherché.

— Le sacerdoce? Comment te le représentais-tu?

— Etre prêtre, cela consiste, grâce à la force de Dieu soutenant notre impuissance, à faire reculer la mort. Sur ma vocation, il n'y avait en moi pas l'ombre d'un doute: devenir chaque jour un peu plus prêtre, un peu plus chrétien, un peu plus homme. Maintenant, il est évident que le sacerdoce pose des problèmes.

— Ce fameux célibat si contesté?

— Le célibat du prêtre n'a rien d'un point de dogme. Il peut changer un jour et, en Orient, il n'est pas requis. Et puis il ne faut pas en faire une montagne. Personnellement, le célibat ne me pose aucun problème. J'ai choisi le célibat, j'ai quarante ans et c'est ma vie !

— Qu'est-ce que cela implique ?

Dans le style du scientifique qu'il a voulu être, il distingue par chiffres et lettres les étapes de son exposé.

— Procédons par ordre. *Petit a* : la renonciation à la paternité. Il ne faut pas la vivre comme une frustration puisque nous autres prêtres, nous aidons les gens à grandir. Nous sommes des pères, et pas seulement par le titre qu'on nous donne désormais et qui vaut mieux que l'ancien Monsieur l'abbé.

— Comme Emmanuelle est la mère des milliers d'enfants dont elle s'occupe.

— Exactement. *Petit b* : l'affectivité. Là encore, j'ai eu de la chance car j'avais un naturel extraverti. Je connais des prêtres qui débordent d'amour mais sont coincés pour le manifester. Ils sont incapables d'un baiser, d'une étreinte, d'une bourrade. Je les plains et ce n'est pas mon cas. Je manifeste mon affection et elle a beaucoup d'objets. Disons que je suis dispensé de l'affectivité jalouse et possessive. Nous autres sommes dans l'alliance, pas dans le lien.

— J'ai compris. Et quel est ton troisième point ?

— *Petit c* : la génitalité, la pulsion sexuelle et ses exigences. Là, il y a problème et il est absurde de le nier. Je suis comme tout le monde, et je dois gérer les pulsions d'un homme de mon âge. Il y a des jeunes qui viennent me voir en me disant : « Mon père, je ne suis pas normal, j'éprouve tel désir. » Je leur réponds :

« Sauf quelques cas aberrants et clairement définis comme la pédophilie, le désir est normal. Ne te mets pas martel en tête. »

— On dit qu'il existe des femmes attirées par les prêtres.

— C'est exact. Inconsciemment, elles voient en nous le fruit défendu qui les tente depuis notre mère Eve.

— C'était plus facile à vivre pour vous quand vous portiez soutane. On vous identifiait clairement. Toi, je sais que tu es curé, mais sinon…

— Oh, même en veste de tweed, les gens me connaissent comme prêtre.

— Quelle est ton attitude face à la mort ?

— J'ai accompagné beaucoup de mourants. C'est une expérience nourrie de la prière, de la communion des saints, c'est-à-dire de la familiarité avec ceux qui sont déjà morts. Face à la mort, je me sens dans une relation vivante avec eux. Donc, la lumière de la mort est celle de la plénitude de la relation. Non seulement avec ceux qui respirent sous le ciel, mais avec ceux qui ont vécu en ce monde. La mort pour moi, c'est l'entrée dans cette lumière. Mais c'est aussi la douleur, celle de la perte des autres et celle qu'on éprouve. Rien ne peut gommer la souffrance de mourir et d'être séparé. C'est un drame pour le chrétien comme pour tous les autres ; Jésus lui-même a vécu cet arrachement.

— Aujourd'hui, on essaie d'ignorer la mort.

— Refuser l'expérience de la mort, c'est une façon de refuser Dieu.

— Si tu crois en la Rencontre de Dieu, la mort devrait être accompagnée d'une joie.

— Sur un plan supérieur, oui. La mort est un déchirement et, en même temps, une promesse de rencontre : la promesse de jouir de la présence de l'Autre pour l'éternité.

— Une promesse ou une certitude ?

— Non. Ce n'est pas de l'ordre de la certitude. Mais il me semble que dès qu'on est en présence de Dieu, un Dieu libre pour des hommes libres, il nous révèle son

amour. La mort aussi est une proposition d'amour ; libre
à nous d'accepter ou de refuser. Si nous nous préparons
toute notre existence à rencontrer Dieu, la mort n'est
qu'un moment de l'amour que nous avons vécu. Ceux
qui ne comprennent rien à la vie ne comprennent rien à
la mort. La vie passe sur eux comme l'eau sur les plumes
du canard.

— C'est l'enfer ?

— Si tu veux. L'enfer, la plus triste virtualité de la
dimension humaine qui est le refus d'aimer.

— Sens-tu la présence de ceux qui nous ont quittés et
que nous aimons.

— Je sens qu'ils sont dans la lumière. C'est Dieu qui
nous relie, et notre communion avec Dieu nous met en
rapport avec les morts, aussi bien nos parents qu'un saint
ayant vécu il y a dix siècles.

— Crois-tu que le fait d'avoir essayé de rendre les
gens heureux rende la mort moins difficile ?

— Il faudrait d'abord s'interroger sur le sens du terme
«rendre les gens heureux». Personnellement, je ne
prends pas cette intention pour argent comptant. Je vois
des gens qui, en croyant faire cela, restent profondément
sacrificiels. Ils gardent l'attitude de la mère qui dit à son
fils : «Tu es un ingrat. Quand je pense que j'ai sacrifié
toute ma vie pour toi ! » Je ne suis pas disposé à reconnaître l'amour n'importe où et n'importe comment. On
peut être prêtre et être un parfait égoïste. On peut être
une dame d'œuvres et ne pas aimer son prochain. Mais
saint Jean de la Croix a raison de dire : «Au soir de notre
vie, nous serons jugés sur l'amour. » Si l'on est vraiment
dans l'amour, qui nous donne des instants d'éternité, on
n'a plus vraiment peur de la mort. C'est pourquoi j'ai
l'impression que je n'ai pas tout à fait peur de mourir.
J'ai l'impression que les moments d'amour initient à

l'éternité en donnant à la vie une certaine consistance.

Je l'interroge sur les autres conceptions que les hommes se font de la mort, et notamment sur la réincarnation.

— Il y a quelque chose de profondément vrai dans la conception bouddhiste. La part de l'absolu qui est en nous est enfermée dans le cycle de la manifestation et ils pensent qu'un jour elle s'échappe du monde des apparences pour rejoindre le Grand Tout. Cela, je le pense moi aussi. Certains Occidentaux ont tendance à interpréter cela comme un succédané de la résurrection. Ils se disent : « La vie individuelle ne peut pas finir vraiment. On ne meurt pas, on déménage dans un autre corps. » Il se peut que cette idée les aide à progresser, donc je ne la condamne pas. Tout ce qui aide à grandir, dans quelque religion que ce soit, est bon et louable.

— Et la survie individuelle, qu'en fais-tu ?

Il éclate de rire.

— Tu essaies de me prendre en flagrant délit d'hérésie ! Je ne pose pas le problème en ces termes. Dire que l'âme quitte le corps n'a guère de sens. Ame et corps sont liés, et l'ensemble est animé d'un principe de vie qui, lui, est éternel. Nous sommes atteints par la mort dans toutes nos composantes, corps, âme et esprit.

— Donc pas de survie personnelle ?

— Ce n'est pas si simple. Ce qui nous est promis, c'est la restauration de tout ce qui fait l'homme. C'est le sens, apparemment absurde, de la résurrection finale des corps. La mort est un passage vers la vraie vie, la vie pleine. Nous ne sommes pas immortels et pourtant nous sommes promis à l'éternité.

— Que penses-tu de l'euthanasie ?

— Je suis contre. De même que je suis contre l'acharnement thérapeutique, qui insulte à la dignité de l'homme. On a les moyens d'adoucir les fins douloureuses, et là je suis pour à 100 % car on rend sa dignité au mourant en le soulageant de la douleur qui le dégrade. L'être humain est un tout, âme et corps. Il faut donc aider les deux. Et puis nous n'appartenons à personne, même pas à nous. C'est pourquoi je suis contre la peine de mort.

Je l'ai retenu assez longtemps. Avant de le libérer, je lui demande si, en conscience, il n'a jamais regretté, ne serait-ce qu'un instant, le choix qui fut le sien.

— Je ne voudrais pas te faire de ma vie une description trop idyllique, mais je peux te dire que la jubilation y est très grande.

Cet homme-là est aux antipodes de la béate exaltation de certains chrétiens dont le bonheur me semble toujours un peu factice. Comme Emmanuelle, il a trouvé la joie en Dieu.

Je pense au beau titre du livre de Giono : *Que ma joie demeure !*

LA DOYENNE DES VISITEUSES DE PRISONS

La ronde des appels téléphoniques dévore une bonne partie du temps que je passe auprès d'elle.

— Je veux bien aller chez toi, mais pas dans ce cadre officiel ! J'en ai soupé des palais et des ambassades. Je suis une petite chiffonnière, ne l'oublie pas ! Chez toi et sans histoires, d'accord.

Elle raccroche et se tourne vers moi

— C'est Jean-Claude. Je l'ai connu aux Communautés européennes. Maintenant, appelle ce numéro-là.

— Allô, Dany, Danièle de mon cœur, c'est Emmanuelle ! Comment, ma pauvre chérie, il n'y a que deux aides-soignantes pour s'occuper de tout ton étage ? Ah, elles sont en grève. Ce n'est pas possible ! Ne te décourage pas, ma chérie, tu es une battante et tu dois le rester. Ah, si tu n'étais pas si loin, je viendrais te voir ! Au fait, où es-tu ? A Vallauris ? Connais pas.

Je glisse :

— Ce n'est pas très loin, ma sœur. C'est près de Cannes.

— Près de Cannes ? Mais alors, on va venir. Tu m'y conduiras, Pierre, n'est-ce pas ?

— Quand ?

— Cet après-midi. Cela tombe bien, je n'ai rien de prévu aujourd'hui.

Nous voici sur la route. Destination : le centre hélio-marin de Vallauris. Emmanuelle m'explique que Dany a eu un grave accident de voiture, compliqué par une infection nosocomiale à l'hôpital.

Dans la chambre de la malade, nous trouvons son mari, un sculpteur au catogan artiste. Dany est très éprouvée par les perturbations qu'une grève du personnel crée dans le service. Au milieu de la conversation, un infirmier vient dire à Emmanuelle que le directeur, informé de son passage, serait heureux de la recevoir.

Je l'accompagne et, un peu gêné, je la vois donner à l'aimable fonctionnaire une leçon bien sentie. Elle le rudoie presque : la grève ne doit pas affecter les malades : «Non, ce n'est pas possible ! Il faut que vous y mettiez bon ordre ! » Le directeur se laisse morigéner en souriant. Il doit savoir qu'il n'est pas question de remettre à sa place une célébrité comme sœur Emmanuelle. Pour ma part, je trouve qu'elle abuse un peu de ce privilège.

— Maintenant que je vous ai vue à l'œuvre dans un hôpital, lui dis-je sur la route du retour, parlez-moi de vos visites dans les prisons où, hélas, je ne puis vous accompagner. Comment cela a-t-il commencé ?

— Au début, j'y étais acceptée avec l'aumônier qui allait dire la messe. Maintenant, on m'y laisse entrer seule pour parler aux détenus

— Que leur dites-vous ?

— Des choses très simples et de bon sens. Que ce sont mes frères et que la seule différence entre nous c'est que, moi, je me suis trouvée dans des circonstances telles que je n'ai pas eu à enfreindre la loi. «A votre place et dans votre environnement, j'aurais peut-être fait de plus grosses bêtises que vous. Et vous, à ma place, vous seriez peut-être meilleurs que moi», voilà ce que je leur dis. Je leur raconte que mon meilleur pote, au Caire, avait tué. On n'en parlait jamais et il était le plus honnête de tous, parce qu'il ne voulait plus retomber. Quand je m'en vais, j'embrasse tout le monde. Ils aiment bien ça.

— Et eux, que vous disent-ils ?

— Ils me racontent leur vie.

— Ils n'ont pas de peine à faire des confidences à une bonne sœur ?

— Non. De toute façon, on ne parle jamais de religion. Il y en a tout de même un à Clairvaux qui m'a dit qu'il était en cours de conversion et qu'il demandait pardon à Dieu de ce qu'il avait fait. Là-bas, ce sont les longues peines, alors je suppose qu'il avait tué quelqu'un, mais tu penses bien que je ne le lui ai pas demandé. Avec un copain, il parrainait un enfant aux Philippines. «On lui écrit par l'intermédiaire de l'assistante sociale et on travaille pour lui payer l'école.» Il m'a dit qu'à sa sortie, il voulait devenir moine. Eh bien, à mon avis, il le sera un jour. Il m'écrit régulièrement. Il n'y a pas d'hommes perdus, de destins scellés. La rédemption est toujours possible.

— C'est peut-être votre passage qui a provoqué celle-là.

— Pas du tout. Il s'était converti bien avant. Mon passage a un seul effet : ces hommes voient que je ne les considère pas comme des rebuts ou des salauds. Cela leur montre que leur histoire n'est pas finie, qu'ils peuvent encore bouger, changer, vivre ! Je leur dis : « Je suis une vieille grand-mère, alors on s'embrasse ! » Si tu savais comme ça leur fait plaisir ! Ils en ont souvent les larmes aux yeux.

— La visite au prisonnier est l'un des grands actes charitables de la tradition chrétienne.

— Parce qu'il s'agit d'une eucharistie. On rencontre Dieu à travers l'homme qui est tombé, c'est-à-dire celui pour lequel Il est venu s'incarner parmi nous.

— Le bon larron ?

— Oui. Le bon larron. Ah, je ne voudrais pas être dans un jury. Tu as vu le film *Douze hommes en colère* ? Excellent.

— Avez-vous rencontré des femmes en prison ?

— Oui, mais rarement. Une fois, à Mons, je suis allée dans le quartier des détenues. Elles étaient une quinzaine. Pour moi, elles avaient préparé un petit goûter avec du thé et des biscuits. C'était très gentil. Je les embrasse et je leur demande leur petit nom. L'une d'elles, jeune et jolie, m'a regardée, et elle m'a dit d'un ton plutôt agressif : « Moi, ma sœur, je m'appelle Michèle Dutroux. »

— La femme du pédophile ?

— Exactement. Je lui ai dit : « Bonjour, Michèle, je suis contente de te voir ! » J'ai vu qu'elle retenait ses larmes. Elle avait dû s'imaginer que je reculerais avec horreur. A la fin, quand tout le monde est parti, l'aumônier m'a dit : « Ma sœur, Mme Dutroux aimerait vous voir un instant en tête à tête. Cela vous dérangerait-il ? – Bien sûr que non. » Cela a été un moment terrible. Elle sanglotait : « Ma sœur, ils disent tous que j'aurais dû tuer mon mari ! Mais c'est mon mari et je l'aime ! Et mes enfants, qu'est-ce qu'ils vont devenir ? Ces deux gamines qui sont mortes de faim, et moi qui avais la clé pour leur ouvrir ! Je ne l'ai pas fait. J'avais si peur, ma sœur, si peur ! Ah, ma sœur, quelle horreur ! » Je l'ai embrassée et je lui ai dit : « Courage, Michèle ! Qu'est-ce que nous sommes, nous, pauvres gens ? Prie. Je prierai pour toi. » Ce qu'elle a fait est affreux, mais il ne faut jamais désespérer de la miséricorde de Dieu car elle est infinie. Je pense souvent à ce drame. Je prie pour les victimes et pour elle. Ce sont des situations qui nous mon-

trent jusqu'où l'être humain peut tomber. Ah, mes visites
en prison m'en apprennent énormément sur l'homme.

— Avez-vous lu le livre du Dr Vasseur, médecin-chef
de la Santé ?

— Non.

— Je vous le passerai. Il a fait beaucoup de bruit car
elle a dit à haute voix ce que chacun sait : que les prisons sont dans une situation scandaleuse et que cela
déshonore la France.

— C'est sans doute vrai, mais j'ai aussi constaté que,
dans les prisons, on rencontre des gens qui aiment leur
métier et le font bien. Le directeur de la prison de Draguignan a un grand sens de l'autre. Un jour, je lui ai dit : « Monsieur Petipas, pourriez-vous laisser aller ce gars-là sans les
menottes à l'enterrement de son frère ? » Il m'a répondu :
« Non, ma sœur, ce n'est pas possible, hélas, car nous avons
eu une évasion dans les mêmes circonstances. » Mais quand
j'ai été à l'enterrement, j'ai vu qu'on avait caché les
menottes sous une écharpe pour ne pas humilier le gars.

— On peut être juge, policier, gardien de prison et rester humain, dis-je.

— Exactement. Au procès d'Hervé, le magistrat l'appelait Monsieur et le traitait avec politesse. Le vrai drame,
c'est la sortie de prison. Le plus souvent, personne ne les
attend. Ils sont désemparés, sans argent, ils traînent un
casier judiciaire et on les repousse. C'est horrible ! C'est
aussi pour cela que j'aimerais tant trouver une grande maison à la campagne. Il faut que j'en parle à Christiane.

— Je vais la voir dans quelques jours, dis-je.

— Je sais. Tu ne harcèles pas seulement les vieilles
religieuses. Tu veux faire son portrait à elle aussi ?

Ses yeux rient. Notre petite guerre est bien finie.

L'IDÉAL DE CHRISTIANE

A La Tour-du-Pin, la République française habite une grande maison toute simple. Madame la sous-préfète me reçoit dans un bureau fonctionnel dont une porte s'ouvre sur son appartement. Par elle fait son apparition une jolie adolescente qui donne la chasse à un épagneul.

— Ma dernière fille, Gentiane. Son chien s'appelle Nambo.

Je m'installe dans un fauteuil qui doit accueillir d'ordinaire le directeur des impôts ou le colonel de gendarmerie. La présidente des Amis de Sœur Emmanuelle est une femme élancée aux cheveux courts, vêtue simplement mais avec beaucoup de goût. Dans l'expression, je crois lire une gravité légèrement douloureuse. Elle a quarante-six ans et trois enfants dont l'aîné, me dit-elle, s'appelle Gilane.

— C'est un prénom que je n'ai jamais rencontré.

— Nous l'avons composé avec des lettres du mien et de celui de mon mari, Jean-Louis.

— Vous devez avoir eu quelques problèmes avec l'état civil ?

— Ne m'en parlez pas ! C'était l'époque où l'on faisait la guerre aux prénoms bretons. Il a fallu qu'on dise qu'il était iranien ! Gilane a vingt-cinq ans et a choisi le journalisme. Anne-Fleur a dix-neuf ans et a fait khâgne. Elle est passionnée par l'Association et elle m'a accompagnée dans plusieurs voyages. Vous avez vu Gentiane, qui a quinze ans. Elle est moins « humanitaire » que sa sœur, ou plutôt, sa générosité ne s'exprime pas de la même façon.

— Leur enfance ressemble-t-elle à la vôtre ?

— Oh non, grâce à Dieu ! J'ai eu une jeunesse bien différente de la leur. J'ai été élevée par deux familles. La première appartenait à un milieu très pauvre et la seconde m'a donné la chance de m'en sortir. Le travail et la volonté ont fait le reste. Il ne me reste rien de mon enfance, pas une photo, pas une poupée ! Mes enfants me disent : « Mais ta vie est un roman, maman ! Tu devrais l'écrire. » Cela viendra peut-être un jour.

— Comment avez-vous pu vous tirer d'affaire ?

— Adolescente, j'avais l'esprit curieux et j'adorais lire tout ce qui me tombait dans les mains. J'avais des rapports excellents avec mon père et il a tout fait pour que j'étudie. Mais c'était une éducation assez stricte. Je me suis mariée à vingt ans. J'étais étudiante en médecine et j'ai rencontré Jean-Louis qui voulait être ingénieur. J'ai arrêté mes études quand nous avons eu notre premier enfant. Il fallait vivre : je suis entrée dans l'administration au niveau le plus modeste. Employée de bureau. Mon père me disait : « Passe des concours, il faut que tu montes ! » J'ai passé tous les concours internes, jusqu'à celui de l'ENA. Je ne savais même pas ce que c'était, mais une amie m'a passé le dossier. J'ai obtenu trois ans pour préparer le concours, j'ai été admissible la première fois et reçue à la seconde.

— Vous deviez être un oiseau rare à l'ENA. Que pensez-vous de l'Ecole ? On la critique beaucoup.

— Précisément parce que j'étais un oiseau rare, je ne peux en penser que du bien. L'Ecole m'a libérée de mes complexes liés à mes origines. J'avais vingt-huit ans. Je ne participais pas aux joutes verbales dans «l'esprit Sciences-Po». Après les cours, je rentrais m'occuper de mes enfants. Ce n'était pas la scolarité de la plupart des anciens célèbres. A ma sortie, j'ai demandé le ministère de l'Environnement parce que j'aime la nature et avais suivi un séminaire avec un animateur passionnant. Je me suis retrouvée aux Parcs nationaux et j'y ai passé quatre années merveilleuses. Ensuite, j'ai choisi la Préfectorale. Par chance, j'ai été nommée à Briançon. J'avais tout : le Parc national, la montagne et un travail passionnant et varié. Puis j'ai été nommée au cabinet de Jean-Pierre Soisson, au ministère du Travail.

— Quand et comment avez-vous connu sœur Emmanuelle ?

— En 1987 à Briançon où elle était venue faire une conférence. Son parler direct, son sens de la révolte, son engagement pour les enfants malheureux m'ont bouleversée. Le soir même, mon mari et moi avons parrainé une fillette.

— Vous êtes-vous tout de suite engagée à ses côtés ?

— Non. Pendant que j'étais au cabinet du ministre, ma meilleure amie s'est suicidée, laissant deux petits enfants. J'ai décidé de prendre une année sabbatique. Je m'étais déjà tournée vers les autres, j'avais travaillé dans des hôpitaux pendant mes vacances et m'étais engagée dans une association d'aide aux chômeurs. A la fin de mon année sabbatique, en 1991, j'ai téléphoné à l'Association pour utiliser à son service le mois qui me restait. On m'a envoyée en chantier aux Philippines avec quatre filles de vingt ans. Nous étions chez les sœurs de l'Assomption et je me suis merveilleusement entendue avec l'une d'elles.

Mes quatre jeunes compagnes ont eu quelques difficultés d'adaptation; elles avaient peur des cafards. Elles avaient des amourettes avec des Philippins. Je servais de tampon avec les sœurs que ce comportement agaçait

— Ce fut votre découverte du terrain et des problèmes de l'action en équipe?

— Oui, et du travail physique. Pendant un mois, j'ai appris à couler du béton armé. Ce n'était pas un travail très tendre. Le pays non plus, d'ailleurs. Le choc de la misère du tiers monde fut un révélateur et explique l'engagement qui a suivi.

— Vous n'aviez pas peur?

— Pas des cafards, en tout cas. Mais je crois que j'étais lancée dans une recherche plus existentielle. C'est ce qui m'a portée à aller vers les autres et d'abord vers les enfants. Deux semaines après mon retour en France, j'ai pris un nouveau poste et au bout d'un certain temps, je me suis aperçue que je rédigeais des circulaires et que cela manquait désormais de sens pour moi. J'ai repris contact avec l'Association et, cette fois, je lui ai proposé mes compétences administratives. On m'a dit: « Vous êtes allée aux Philippines. Nous avons besoin de quelqu'un qui suive la situation là-bas à partir de Paris. » J'ai pu prendre un mi-temps. Pendant trois ans, je suis allée aux Philippines trois fois par an.

— Vous n'aviez pas de motivation religieuse?

— Non, mais j'avais découvert l'aumônerie en première et terminale et cela m'avait beaucoup plu. De même, j'avais connu des protestants et la rigueur de leur liturgie m'avait séduite. La ferveur des Philippins m'a beaucoup rapprochée de la foi. Le pays est très attachant. Ainsi, sur le chantier, nous avions naturellement des contacts avec les enfants et un jour, l'un d'eux est venu m'offrir mon prénom écrit avec un fil de fer ramassé sur le chantier. Je le conserve encore. Ces enfants font des merveilles à partir de rien. Et ils sont si beaux ! Quand on va là-bas pour la première fois, on ne voit que cette beauté. C'est ensuite seulement qu'on s'aperçoit que ces beaux enfants joyeux aux yeux noirs sont maigres parce qu'ils ne mangent pas à leur faim.

— Le soleil et la beauté sont parfois des cache-misère.

— C'est ce que les Occidentaux ont du mal à comprendre. Par exemple, ils demandent aux enfants de leur écrire. Or, à supposer qu'ils aient un crayon et du papier, ils sont hors d'état de payer le timbre. L'aide aux enfants des pays pauvres exige qu'on le sache. A l'Association, nous tenons beaucoup à être bien informés des situations locales et c'est la tâche de nos permanents sur place.

— Comment voyez-vous l'avenir des Amis de Sœur Emmanuelle quand elle ne sera plus parmi nous ? Elle a une telle vitalité qu'on hésite à aborder ce problème, mais il va se poser.

— Ce qu'il faudra avant tout, c'est maintenir le cap qu'elle nous a fixé. Continuer à aller vers les plus pauvres, donner la priorité aux enfants et aux femmes, garder le contact avec le terrain, maintenir les chantiers, les volontaires. Et, par-dessus tout, la capacité de révolte contre l'injustice et la pauvreté.

— L'image de votre fondatrice vous marque, que vous le vouliez ou non, d'une empreinte confessionnelle.

— C'est ce qu'on me dit parfois, mais ce n'est pas le plus important. Notre association est non confessionnelle. En même temps, nous ne pouvons pas habiller sœur Emmanuelle en « humanitaire laïque » pour la faire mieux voir des non-chrétiens. Nous sommes ce que nous sommes. Nous continuerons à nous réclamer des principes d'action de sœur Emmanuelle.

— Quels sont vos rapports personnels avec elle ?

Christiane Barret réfléchit un instant.

— J'ai une grande affection pour elle comme si elle était ma grand-mère. Et j'admire son sens de la révolte qui, pour moi, est fondamental. Ce moteur d'action nous est commun. Ce qui me peine parfois, c'est qu'elle ne semble voir en moi que mon rôle de gestionnaire de l'Association. Elle me choque un peu quand elle me dit : « Vous, vous êtes la raison et moi, je suis le cœur. » Heureusement, elle le dit de moins en moins. Quand je me suis engagée, c'est bien mon cœur qui m'a entraînée ! Bien sûr, je ne le montre pas beaucoup, surtout avec les responsabilités qu'on m'a confiées. Mais au fond, je me sens très proche d'elle.

— Elle est si joyeuse !

— C'est vrai, il me manque peut-être une dimension plus ludique. Par exemple, je n'ai jamais beaucoup joué avec mes enfants. Je regrette ce côté trop sérieux et collé au travail.

Dans le train qui me ramène à Paris, je pense à ces deux femmes si proches et si lointaines à la fois. Deux enfances. Celle de Madeleine Cinquin, fille de bonne bourgeoisie fascinée par l'absolu. Et celle de Christiane Barret, née dans la pauvreté, abandonnée par sa mère et qui n'a jamais su jouer. De ces deux expériences, elles ont tiré la même leçon.

Sœur Emmanuelle a raison : il y a du soleil dans le cœur des hommes.

«AVANÇONS!»

Ce matin, sans crier gare, le printemps a éclaté à Callian. Quand j'entre dans sa chambre, Emmanuelle est debout et trépigne d'impatience :

— As-tu vu le temps qu'il fait ? Tout a fleuri. Allons nous promener dans le jardin. Je veux voir où en sont les violettes de Florenzina. C'est si beau, les violettes !

— Qu'est-ce qui vous donne une telle pêche ? On dirait que vous avez mangé du lion !

— Tu n'y comprends rien. J'ai prié toute la nuit. C'est simple.

Dehors, elle hume l'air avec gourmandise. Devant le raidillon, j'hésite un instant. Pour prévenir une chute, mieux vaut être deux comme l'autre jour. A qui puis-je demander de l'aide ? Je ne vais tout de même pas m'aventurer dans ce sentier escarpé seul avec elle ! Elle a quatre-vingt-onze ans, les pieds dans un état pitoyable, une hanche raide, le cœur fatigué. Elle risque de…

Elle me lance un regard à la fois impérieux et amusé.

— Alors, Pierre, tu te décides, oui ou non ? Avançons !

Table

L'association
« Les Amis de Sœur Emmanuelle »

continue l'action de sœur Emmanuelle auprès des enfants les plus démunis dans le monde.

Les pays où elle intervient :
- Egypte
- Philippines
- Liban
- Sénégal
- Soudan
- Haïti
- Burkina Faso
- Inde

Les domaines d'action :
- éducation
- santé
- accompagnement familial

Si vous voulez aider sœur Emmanuelle, renvoyez ce coupon

J'apporte mon aide à sœur Emmanuelle en faisant un don de :

- ❏ 200 F
- ❏ 350 F
- ❏ 500 F
- ❏ autre ....

❏ par chèque à l'ordre des Amis de Sœur Emmanuelle
❏ par virement CCP 21 201 50 S Paris

❏ je souhaite être régulièrement informé(e) de l'action de l'Association

Nom :..
Prénom : ....
Adresse :...
....
....
....
Code Postal : ....
Ville :..

Envoyez le bon et votre chèque dans
une enveloppe affranchie adressée à :
Les Amis de Sœur Emmanuelle
26, boulevard de Strasbourg
75010 Paris

Du même auteur :

Le Poison et la Volupté, avec Paul-Jean Franceschini, Pygmalion, 1999.

Les Dames du Palatin, avec Paul-Jean Franceschini, Pygmalion, 1999.

Les Nouveaux Rois mages, Plon, 1998.

Les Mystères de Rome, Plon, 1997.

Abbé Pierre, mes images de misère et d'amour, Fixot, 1994.

40 ans d'amour, Le Livre de Poche, 1994.

Sœur Emmanuelle, Fixot, 1993.

Le Temps des apôtres, Edition° 1, 1992.

Bob Denard, le roi de fortune, Edition° 1, 1991.

L'Abbé Pierre, Edition° 1, 1989.

Composition réalisée par Chesteroc Ltd

IMPRIMÉ EN ESPAGNE PAR LIBERDUPLEX
Barcelone
dépôt légal éditeur : 39014-11/2003
Édition 01
GÉNÉRALE FRANÇAISE – 43, quai de Grenelle – 75015 Paris
5582-9   ◈ 31/5582/7